Tracy Bloom a commencé à écrire quand son mari, un homme cruel et sans cœur, l'a arrachée de force au travail de ses rêves – acheteuse de montagnes russes pour les plus grands parcs d'attractions du Royaume-Uni – pour l'embarquer en Amérique. Déterminée à saisir sa chance, elle se tourne vers son amour des mots et du rire, et entreprend d'écrire *Pas de sexe le mardi*. Ce livre lui vaut un succès international. Désormais, Tracy est sur un petit nuage grâce à ce nouveau boulot idyllique qui lui permet de faire rire, et parfois pleurer. Accompagnée de son mari et de ses deux enfants qui mettent la pagaille dans son quotidien, la voilà maintenant rentrée dans cette bonne vieille Angleterre, impatiente d'inventer d'autres histoires avec une bonne dose d'humour.

Du même auteur, chez Milady :

La Revanche d'une célibataire
Pas de sexe le mardi

CE LIVRE EST ÉGALEMENT DISPONIBLE
AU FORMAT NUMÉRIQUE

Tracy Bloom

Pas de sexe le mardi

Traduit de l'anglais (Grande-Bretagne)
par Charline McGregor

Milady

Milady est un label des éditions Bragelonne

Titre original : *No-One Ever Has Sex on a Tuesday*

ISBN : 978-2-8112-3223-8

Bragelonne – Milady
60-62, rue d'Hauteville – 75010 Paris

E-mail : info@milady.fr
Site Internet : www.milady.fr

À Bruce,
mon plus grand et mon meilleur fan,
comme toujours.
Je n'en serais pas là sans toi.

CHAPITRE PREMIER

Il y a celles qui ont la chance de choisir le père de leur enfant et il y a les autres. Celles qui, pendant des années, passent au crible la meule de foin géante que représente la population masculine et celles qui se font avoir.

Katy ne pensait jamais appartenir à la seconde catégorie. Et elle pensait encore moins tomber enceinte à trente-six ans, sans être mariée et avec un petit ami de huit ans son cadet. Un petit ami qui était en ce moment assis près d'elle, dans sa tenue de football, alors qu'ils partaient à leur premier cours de préparation à l'accouchement. Katy avait la nausée, ce qu'elle attribuait à l'anxiété provoquée par les cours susmentionnés, et au fait que Ben était rentré sans se changer de l'école, où il était prof d'éducation physique, si bien qu'il empestait – un mélange de chaussures de sport, de sueur adolescente et de purée de pommes de terre. Jetant un coup d'œil dans sa direction, elle se réconforta en songeant qu'au moins, elle pouvait compter sur lui pour quelques paroles de sagesse bien pensées destinées à calmer ses angoisses.

— Y a un collègue, à l'école, qui dit que tout ce qu'on fait dans ces cours, c'est discuter nibards et minettes pendant deux heures. C'est pas cool, ça ?

Katy le dévisagea pendant un moment, puis elle lâcha un soupir et enclencha la première.

— S'il te plaît, ne parle pas comme ça, dit-elle avec lassitude tandis que la voiture démarrait.

— Comme quoi ?

Ben s'amusait à tripoter tous les boutons, manettes et autres cadrans qu'il pouvait atteindre sur le tableau de bord.

— « Minette », répéta-t-elle en lui tapant sur les doigts.

— C'est mieux que la plupart des mots qu'on emploie pour désigner la chose, répliqua-t-il. C'est vrai, j'aurais pu dire...

— Assez. J'en ai assez entendu comme ça, l'interrompit-elle. Tu sais que ma grand-mère n'aimerait pas ça.

— Pourquoi ? Elle vient avec nous ?

Il ouvrit la boîte à gants, dont il observa le contenu.

— Elle s'appelait Minette, je te l'ai déjà expliqué.

Katy commençait à perdre patience. Ben tourna vers elle un air éperdument admiratif.

— Tu ne m'avais jamais raconté. C'est exactement le genre d'informations qui rend ma vie digne d'être vécue, je n'aurais jamais oublié un truc pareil.

— Ah bon ?

Elle hésitait à poursuivre la conversation, avant de se rendre compte qu'elle s'apprêtait à ajouter une information qui illuminerait la journée de Ben.

— Alors je ne t'ai pas non plus dit son nom de famille ? demanda-t-elle.

Ben réfléchit une seconde, très concentré, puis il lança avec enthousiasme :

— Vagin ! C'était forcément Vagin, exulta-t-il en sautant sur son siège. Oh, je t'en supplie dis-moi que c'était Vagin et je pourrai mourir heureux.

— Non, en fait c'était Mabite, l'informa-t-elle d'un ton triomphal.

Ben se tourna vers elle, bouche bée et les yeux ronds.

— Tu te moques de moi, déclara-t-il enfin. Ses parents l'ont appelée Minette, avec un nom comme Mabite ? Ils étaient fous ou quoi ?

— Non, idiot. Mabite était son nom d'épouse. Elle n'est pas née Mabite.

— Elle s'appelait Minette et elle a épousé un M. Mabite ?

— Oui.

Ben resta silencieux un instant, avant d'annoncer avec solennité :

— Ta grand-mère était un génie comique.

Ils ne parlèrent plus durant le reste du voyage, Ben étant occupé à envoyer des SMS ou à appeler ses amis pour leur raconter « l'histoire de noms la plus marrante de tous les temps ». Il était toujours au téléphone alors que Katy commençait déjà à rassembler son courage pour sortir de la voiture. Elle tourna son ventre proéminent dans la direction où son corps était vaguement censé se diriger, en espérant que le reste suivrait. Elle baissa alors les yeux sur les kilomètres de coton et de polyester magenta qui flottaient autour de ses rondeurs disgracieuses, choisis dans l'espoir de passer pour une femme qui maîtrisait sa grossesse. Mais le souvenir du manque de contrôle qui l'avait conduite là où elle en était fit renaître la sensation trop familière d'un poing étroitement serré autour de son cœur. Elle jeta un coup d'œil par-dessus son épaule, en quête d'un geste rassurant de Ben. Au lieu de quoi, elle remarqua pour la première fois ses genoux décorés de la boue du terrain de football de l'école.

— Tes genoux ! s'exclama-t-elle en désignant les coupables.

— Je ne vais pas te faire ma demande en mariage maintenant, répliqua-t-il, feignant la colère.

En désespoir de cause, elle secoua la tête, prit une profonde inspiration et se mit en route vers l'entrée de l'hôpital. Et dire que jusque-là, elle croyait avoir plutôt réussi sa vie. Toutes les cases importantes avaient été cochées : université, carrière, maison. Bon, la case « mariage » était restée ostensiblement vide, mais c'était par choix. Suite à une expérience traumatisante avec son premier amour d'adolescence, son cœur n'avait plus été en mesure de recouvrer la totalité de ses capacités émotionnelles. Depuis, la moindre palpitation amoureuse agissait telle une alerte rouge imposant à son esprit la possibilité d'une déception, ce qui lui permettait de mettre fin à la situation rapidement par le biais d'une rupture nette et sans bavures. Cette approche lui avait réussi au fil des ans, elle le savait, car à de multiples reprises elle avait vu ses amies humiliées après être tombées de très, très haut.

Elle ne comptait plus les fois où l'une ou l'autre de ses amies avait affirmé avoir rencontré « le bon ». Cela l'attristait de constater que, environ deux semaines plus tard, elle arrivait sur le pas de sa porte, en larmes, pour lui raconter l'histoire tragique mais prévisible du « bon », qui de son côté ne l'envisageait manifestement pas, elle, comme « la bonne », puisqu'elle l'avait surpris avec une autre. Patiemment, Katy ouvrait une bouteille de vin pendant que la délaissée lui ouvrait son cœur. Et invariablement, la nuit se terminait en beuverie, à danser et à chanter autour de la table du salon sur la musique d'un boys band quelconque. S'ensuivait une scène riche en émotions où elle était élue meilleure amie du monde. Enfin, aux petites heures du matin, l'une d'elles finissait par vomir par-dessus son balcon.

Katy n'en revenait pas que ses amies ne puissent comprendre qu'en ouvrant leur cœur à quelqu'un, elles finiraient rejetées aussi aisément que la collection de l'année précédente sitôt que se pointerait un nouveau jupon. Ces derniers temps, cependant, les nuits de consolation des éplorées semblaient avoir cessé. Une à une, ses copines avaient fini par se dégotter un homme qui paraissait vouloir d'une relation de plus de cinq minutes, et elles avaient fait le mariage dont elles rêvaient toutes.

Quant à Katy, elle avait subi deux années de torture mentale au cours desquelles les cartons d'invitation couleur crème s'alignaient à une vitesse effarante sur l'étagère de son salon. Son cœur se serrait chaque fois qu'elle recevait une autre de ces enveloppes sélectionnées avec soin, probablement choisies en accord avec la couleur de l'élastique de la culotte de la future épouse, et quand elle regardait au dos de l'invitation fabriquée à la main par ladite future épouse elle-même, c'était pour systématiquement fermer les yeux, désespérée, en lisant les mots : « Mlle Katy Chapman et cavalier ». Pourquoi, ô pourquoi était-il obligatoire d'assister aux mariages en couple ? Pourquoi ne pouvait-elle tout simplement y aller seule ? À cause de quelque peur irrépressible que les célibataires ne s'enfuient au bras de la mariée ou du marié à la première occasion ? Ça faisait partie des vœux de mariage ? « Tu auras toujours des amis en couple pour t'empêcher d'aller fricoter ailleurs. » Bref, cette manie lui faisait redouter ces prétendus événements heureux qui la forçaient à se dégotter quelque gars, choisi parmi ceux avec lesquels elle avait partagé un câlin aviné en échange d'un dîner et de plusieurs verres gratuits, celui qui supporterait le flot continu des connaissances l'abreuvant du sempiternel : « Alors, à votre tour de vous marier ? » Ils ne pensaient pas à mal, certes…

Au bout d'un moment, elle avait décidé que la coupe était pleine et qu'elle représenterait fièrement toutes les femmes fortes et indépendantes en cessant de se conformer aux stéréotypes du bonheur censé passer par le couple. La fois suivante, quand elle fut invitée à un mariage, elle prit la brillante décision d'y emmener Daniel, de l'agence de pub où elle travaillait. L'expression de la grand-tante de Laura, qui leur faisait la conversation pendant le petit déjeuner du mariage, avait été source d'une immense joie. Daniel lui avait gentiment répondu que oui, il pourrait bientôt se marier, vu qu'il fréquentait son petit ami Rob depuis plus de six mois et qu'aucun des deux ne couchait avec personne d'autre, si l'on omettait la nuit où il s'était envoyé en l'air avec Stanley, son ex. Mais bon, il ne pensait pas que ça comptait, vu qu'il était très soûl ce soir-là et que Stanley était habillé en officier de la marine car c'était une soirée costumée, et qui pouvait résister à un homme en uniforme ?

Depuis ce jour-là, Daniel était devenu son nouveau meilleur cavalier de mariage.

Katy sursauta quand Ben lui prit la main au moment où ils franchissaient les portes de l'hôpital.

— Qu'est-ce que tu en penses ? demanda-t-il en crachant dans son autre main, avant de se pencher pour essayer de nettoyer la boue sur son genou, tout en trottinant à ses côtés.

— Désolée, j'étais perdue dans mes pensées. Qu'est-ce que tu as dit ?

— Je te demandais comment tu t'imaginais les autres participants au cours.

— Oh, ils auront lu tous les livres, sauront exactement ce qu'ils font et poseront des questions hyper intelligentes, répondit-elle.

Une vague de panique la submergea de nouveau. Elle était plus que consciente d'avoir systématiquement classé le dossier « grossesse » dans la rubrique « à traiter plus tard », jusqu'à présent. Or il s'avérait que ce « plus tard » était arrivé. Sans l'ombre d'un doute.

— Hum, commenta Ben en digérant ses paroles. Donc tu penses qu'on va jouer les mauvais élèves, assis au fond de la classe pendant que les fayots seront au premier rang, à boire chaque parole du prof?

— Probablement, soupira-t-elle.

Ben lui jeta un coup d'œil.

— Le dernier rang, c'est toujours plus marrant, dit-il avec un grand sourire.

Auquel elle ne put s'empêcher de répondre à l'identique.

— Tu as raison, admit-elle.

Elle se sentait déjà mieux. Ben savait exactement comment l'empêcher de prendre la vie trop au sérieux. C'était ce qui l'avait attirée chez lui au départ, quand ils s'étaient rencontrés, au cours de l'une des pires nuits de toute sa vie.

Chapitre 2

Katy avait su que la soirée était un désastre imminent à l'instant où elle avait découvert son reflet dans le miroir crasseux des toilettes du *Pink Coconut*. C'était l'été dernier. Entourée par les corps nubiles et les visages frais des fêtards de moins de vingt-cinq ans, elle s'était soudain rendu compte du ridicule de son déguisement – un uniforme d'écolière.

Bon sang, mais comment en était-elle arrivée là ? songeait-elle avec colère tandis qu'elle observait les fausses taches de rousseur qui constellaient ses joues et ses couettes défraîchies avec leurs rubans rose fuchsia. Après le mariage de ses amies, elle avait accepté de se mêler à des gens dans des tranches d'âge en dessous de la sienne, pour continuer à faire partie du clan des célibataires, mais descendre aussi bas… ça devenait totalement inacceptable. D'emblée, elle avait été horrifiée par les réponses les plus déprimantes que puisse entendre une femme qui propose une sortie entre filles.

— Je vais demander à David.

Ou pire…

— Seulement si ça ne dérange pas Steve.

Ou encore, la pire de toutes…

— Seulement si Edward peut se joindre à nous.

Elle avait été prise d'une folle envie de les secouer – au sens propre du terme –, avec leurs excuses pathétiques. Alors, au lieu d'assister à la descente de ses amies dans l'enfer domestique, elle les y avait laissées, pour ne plus les voir qu'en des occasions spéciales où leurs conversations devenaient de plus en plus embarrassées au fur et à mesure qu'elles s'éloignaient.

Quelque peu déprimée par l'évolution de sa vie sociale et se retrouvant donc avec du temps libre à revendre, elle s'était jetée à corps perdu dans sa carrière et s'était cherché de nouvelles camarades de jeu dépourvues de ce genre d'attaches contraignantes. Au bout du compte, et au prix d'efforts considérables, elle apprenait à apprécier la compagnie de certaines camarades de gym avec lesquelles elle avait plus ou moins lié connaissance au cours d'une soirée à son club *Fitness Forever*.

À sa grande surprise, elle parvenait à tolérer leurs corps parfaitement hâlés à l'autobronzant, leur maquillage toujours frais au bout de quatre-vingt-dix minutes de step, et même leurs gloussements incessants chaque fois que l'un des profs les approchait à moins de dix mètres. Elle les soupçonnait de ne l'avoir adoptée que pour une seule raison : elles avaient appris qu'elle était directrice des comptes dans la pub, et elles espéraient donc se voir invitées à participer un jour au tournage d'une publicité pour du shampoing. Enfin bref, après quelques Bombay Sapphire, elle les trouvait plutôt divertissantes, en tout cas c'était toujours mieux que l'humiliation suprême d'avoir à rester chez soi un samedi soir.

Du moins le pensait-elle jusqu'à ce que les choses finissent par aller trop loin. Les accros à la salle de sport avaient failli mouiller leur culotte d'excitation quand leur discothèque préférée avait organisé une soirée « bal de l'école ». Malgré sa consternation initiale, Katy avait accepté à contrecœur d'y aller – car enfin, il n'était pas totalement impossible qu'elle y rencontre quelqu'un d'intéressant, même s'il était accoutré comme un écolier.

Le soir en question, elles étaient arrivées dans son appartement situé sur les bords du fleuve, à la lisière du centre-ville de Leeds, dans un nuage de parfums de créateur, une cacophonie de rires si aigus qu'ils en devenaient caricaturaux, et un tambourinement bruyant de talons exagérément hauts. Katy les reçut en grimaçant, car elles étaient là en opération commando, sachant pertinemment qu'elle essaierait de se débiner en invoquant quelque prétexte minable – du genre « le chat de la voisine est mort ».

En un temps record, l'appartement se retrouva jonché de jarretelles, de bas, de maquillage, d'extensions capillaires, de faux cils, de fers à lisser, à friser, de soutiens-gorge à balconnets, sans bretelles, décolletés garantis visibles depuis l'espace et que sais-je encore. Elle posa les yeux sur sa magnifique table basse des années 1920, chinée lors d'un week-end à Brighton en compagnie d'un type qui s'appelait peut-être Johnny, en se demandant si son pauvre meuble se remettrait jamais d'avoir été ainsi chevauché façon canasson par l'une des filles, qui le rouait de coups de règle pour faire bonne mesure, comme l'exigeait son déguisement d'institutrice.

Après la photo de groupe obligatoire, que Katy insista pour prendre elle-même afin de s'assurer qu'il ne reste nulle trace de sa participation à cette pantomime suprêmement glauque, elles se mirent en route – avec une Katy grincheuse à l'arrière, priant pour qu'aucun de ses voisins ne choisisse ce moment pour sortir.

Les filles du club de gym furent bien entendu surexcitées de l'attention qu'elles suscitèrent dans chaque bar qu'elles visitèrent, sans paraître remarquer que cette attention était en réalité de piètre qualité. À moins bien sûr que l'on apprécie les adolescents boutonneux et trop arrogants ou les hommes d'âge mûr essayant de se faire passer pour des adolescents arrogants.

À 23 heures, elles étaient dans la discothèque, au milieu d'une masse de corps ondulant sur la piste de danse. Et Katy commençait à songer qu'elle devenait peut-être trop vieille pour ça quand Christy, la plus dévergondée et dynamique des adeptes de fitness, proclama, à l'instant où passa *Going Underground* des Jam, que c'était de la merde. Katy se figea, vacilla légèrement. Comment pouvait-elle sortir avec des filles qui n'avaient jamais entendu parler de The Jam ? Elle fit volte-face et se rua vers le bar, consternée de s'être fourrée dans une situation pareille. Assez vieille pour faire preuve de bon sens, déguisée comme une bécasse d'écolière avec des soi-disant copines qui avaient la moitié de son âge et qui, pour couronner le tout, se permettaient de critiquer Paul Weller, son dieu sur Terre.

Alors qu'elle traversait la foule en jurant à mi-voix, elle ne vit pas le type qui s'écartait du bar, de dos, tenant avec peine trois pintes en plastique entre ses mains… jusqu'à ce qu'elle lui tombe littéralement dessus. Elle s'agrippa à son bras pour se retenir, ce qui fit lâcher prise à cet homme, et deux de ses gobelets tremblotants s'écrasèrent au sol comme des pierres, tandis que le troisième effectuait un rapide saut périlleux pour venir tremper le chemisier blanc de Katy. Elle resta plantée un instant, immobile, à se demander si sa vie pouvait encore empirer. Le liquide froid imbiba son chemisier, puis son soutien-gorge, et atteignit la peau. Elle n'osait pas baisser les yeux vers le carnage, bien consciente que son vêtement était sans doute devenu complètement transparent, et qu'il devait révéler à qui voulait bien les regarder l'ensemble de ses attributs.

— Putain, vous ne pouvez pas regarder où vous allez ? hurla-t-elle.

— Hé, on se calme, tigresse. Ça aurait pu être pire, imaginez que j'aie commandé de la brune, répliqua le type.

Le roi de la vanne, voilà bien la dernière chose dont elle avait besoin. Non, ce dont elle avait besoin, c'était de se lâcher. Alors elle se lâcha.

— Vous venez juste de rajouter la cerise sur le gâteau à la soirée la plus déprimante de ma vie. Non seulement je suis bien trop vieille pour être habillée en écolière, mais en plus, je suis accompagnée d'un groupe de Barbie bimbos de mes deux qui se partagent toutes le même neurone, qui ne connaissent même pas The Jam et pensent que cette chanson – oui, oui, je parle bien de *Going Underground* – c'est de la merde.

— Ma soirée à moi c'est encore pire, l'informa-t-il avec calme.

— Écoutez, on ne fait pas un concours. Je passe une soirée totalement merdique, et personne ne risque d'y changer quoi que ce soit.

— Oh, mais si, moi je peux, la défia-t-il.

— Ben voyons, rétorqua-t-elle. J'ai précisé qu'un monstre en sueur atroce m'a demandé comment je prenais mes œufs au petit déj ?

— Un cas désespéré, manifestement, acquiesça-t-il.

— Eh bien merci, je ne suis pas vieille à ce point, répliqua-t-elle, consternée.

— Non, je ne parlais pas de vous, se hâta-t-il de préciser. Je parlais du gars. Il fallait vraiment qu'il soit désespéré pour tenter une approche de ce genre.

— Ah oui ? demanda-t-elle sur un ton sarcastique.

— Non, mais honnêtement. Et puis bref, moi j'aime les femmes plus âgées. C'est plus agréable pour faire la conversation.

— Je ne parlerais pas de conversation, en l'occurrence, argua-t-elle avec colère. Si je résume, vous m'aspergez de bière, et en plus vous m'insultez sur mon âge.

Et elle fit volte-face.

— Non, s'il vous plaît, ne partez pas, implora-t-il en la retenant par le bras. Vous avez raison, je vous prie de m'excuser. Je m'exprime mal. Vous voyez, je suis vraiment en train de passer une mauvaise soirée. Je suis enseignant, du coup le thème de l'école, pour une sortie en discothèque, c'est plutôt l'enfer, dans mon cas. Mes potes qui m'ont entraîné ici trouvent ça sexy à mort, alors que moi, tout ce qui me vient à l'esprit, c'est : « Oh non, non, c'est pas bien. » Je ne peux pas mater une fille en uniforme scolaire et trouver ça sexy.

Katy se retourna vers lui et se surprit à se demander comment il jugeait sa tenue, dans son état actuel.

— En plus, poursuivit-il, je ne comprends pas. Dites-moi un peu qui a envie qu'on lui rappelle ses années boum à l'école ? La musique était merdique, on dansait comme des nazes, sans pouvoir boire d'alcool et encore moins faire un câlin à celle qui nous plaisait parce que de toute façon, elle avait plus de succès que nous.

— Eh bien, je reconnais que vous marquez un point, finit-elle par admettre. Mais vous au moins, vous êtes accompagné de copains, et pas de bâtons de rouge à lèvres sur pattes.

— J'imagine que c'est mieux, oui. Mais enfin, leur amitié n'a rien à voir avec le fait que ma soirée est pire que la vôtre.

— Allez-y, révélez-moi ce secret que je meurs d'envie de découvrir, alors.

Et en prononçant ces paroles, elle remarqua dans les yeux de son interlocuteur une lueur canaille qu'elle tâcha coûte que coûte de ne pas trouver craquante.

— OK. (Il se tut, prit une inspiration.) Je suis allé aux toilettes pour hommes et le type à côté de moi a maté mon vous-savez-quoi, et puis il a dit : « Dommage, les poils roux. »

Katy ne put réprimer un gloussement. L'écolière de base, quoi.

— J'imagine cependant que vous n'ignoriez pas avant ce soir que vos poils pubiens étaient roux, si ?

Et à sa grande honte, elle se sentit rougir.

— En effet, mais de là à ce qu'un parfait inconnu y fasse allusion pendant un moment qui devrait être sacré, ça fait mal à bien des niveaux.

Et son air réellement vexé provoqua un nouvel éclat de rire chez Katy. À quoi il répondit par un éclat de rire aussi, de toute évidence ravi de l'avoir gagnée à sa cause.

— Au fait, je m'appelle Ben, reprit-il en lui tendant une main encore poisseuse de bière. Et maintenant que nous voilà unis dans le malheur, je propose soit de vous offrir un verre, soit qu'on s'enfuie en courant et qu'on rehausse le niveau de cette soirée en allant s'acheter un kebab.

En moins de temps qu'il n'en faut pour le dire, elle se retrouva assise sur la pierre froide de l'escalier devant chez *Gonad's*, vendeur de kebabs, à renverser de la sauce chili sur ses escarpins noirs, consciente néanmoins qu'elle vivait sans doute le meilleur moment de sa soirée.

La discussion s'avéra étonnamment aisée. Elle était soulagée que Ben n'ait pas tenté quelque flirt embarrassant ou autre fausse flatterie. Il ne donna pas non plus dans l'histoire éplorée d'une épouse qui ne le comprenait pas, ni dans celle du divorce compliqué, lamentations qui semblaient aller de pair avec les hommes plus âgés qu'elle avait attirés ces derniers temps. Il ne lui demanda même pas ce qu'elle faisait dans la vie. Non, il se contenta de raconter des bêtises sur tout et n'importe quoi, ce qui constitua un changement rafraîchissant par rapport aux habituels « J'ai mieux réussi que toi » que lui servaient les hommes obsédés par leur image qui hantaient son univers professionnel. En fait, pour la première fois depuis longtemps, elle n'avait pas à se soucier de ce qu'elle disait ni de son apparence physique, alors même qu'elle se trouvait en compagnie d'un homme.

Il finit bientôt son kebab, se lécha les doigts un à un et puis, ayant froissé l'emballage graisseux, il annonça qu'il allait devoir rentrer.

— J'ai football demain, expliqua-t-il. Ça ne te dérange pas de te trouver un taxi ?

— Non, pas de problème.

Il s'apprêtait à partir, et au dernier moment il se retourna.

— Ça te dirait de prendre un verre un de ces soirs ?

Elle hésita. OK, elle avait apprécié leurs échanges de plaisanteries, mais elle ne voulait pas donner de faux espoirs à ce pauvre garçon.

— D'accord, mais seulement un verre. Rien de plus.

— Dans ce cas, on ferait mieux de choisir un mardi, répondit-il avec le plus grand sérieux.

— Pourquoi ?

— Parce que personne ne couche le mardi.

Ils s'étaient donc retrouvés un mardi pour prendre un verre, puis le jeudi suivant, et le lundi d'après, et ils avaient couché ensemble le samedi.

— Tu vois, le mardi, c'est un jour de rien. Le dimanche, on fait l'amour de la fin du week-end. Le lundi, on le fait parce qu'on se dit : « Putain, j'ai besoin de quelque chose pour me remonter le moral, y a encore toute la semaine à se farcir. » Le mercredi, tu fêtes peut-être les neuf buts marqués pendant le match, ou alors tu le fais parce que tu t'ennuies ou bien c'est la partie de jambes en l'air devant la télé. Le jeudi, c'est le nouveau vendredi, donc tu vas au pub et puis tu t'envoies en l'air façon : « Oh bon sang, ce que je suis dingue, j'ai vraiment trop bu pour un soir de semaine. » Le vendredi, c'est plutôt le genre : « Enfin le week-end, j'ai survécu à une autre semaine de travail. » Et puis le samedi, eh bien… C'est samedi, merde, il faut bien baiser, point barre. Mais le mardi, vois-tu, c'est compliqué. Quelle raison est-ce qu'on peut bien invoquer pour coucher un mardi ? Pose la question autour de toi, je te parie que personne ne se rappelle la dernière fois où il a couché un mardi.

Aujourd'hui, alors qu'elle se trimballait péniblement à travers d'interminables couloirs d'hôpital, suivant des indications manuscrites tout juste lisibles, elle avait du mal à trouver une raison valable pour copuler, quel que soit le jour de la semaine. En fait, son opinion sur le sexe avait complètement changé depuis cette atroce matinée, six mois plus tôt, où elle s'était réveillée nauséeuse pour le cinquième jour d'affilée. Au départ, elle avait pensé qu'il s'agissait simplement d'une réaction – certes un peu longue à passer – à un dîner d'affaires très mauvais et bien trop agité. Cependant, elle avait dû finir par admettre que ça ne ressemblait pas à ses gueules de bois habituelles. Alors elle s'était posée et creusé la cervelle : à quand remontaient ses dernières règles ? Elle se rappelait vaguement la fête de Noël du boulot, où elle avait dû entasser des tampons dans le ravissant sac à main doré qu'elle s'était acheté spécialement pour l'apparier avec sa petite robe noire exagérément chère. Alors elle s'était précipitée à la cuisine pour vérifier le calendrier, le cœur battant si fort qu'elle craignit de réveiller Ben – qui était resté à dormir à la maison – et avait tourné les pages pour remonter jusqu'à décembre. En retenant son souffle, elle s'était mise à compter les semaines écoulées depuis. Sa première tentative donna le chiffre sept. Non, ça ne pouvait pas être bon. Mais elle eut beau vérifier encore, la réponse restait la même : sept semaines. Merde, merde, merde. Non, ça n'était pas possible. Elle prenait la pilule. On ne tombait pas enceinte sous pilule. C'était justement le but de la pilule, non ? Elle ne pouvait pas avoir de bébé. Elle sortait avec Ben. Il n'était pas prêt à devenir père. Il avait huit ans de moins qu'elle. Merde, il était né dans les années 1980, c'était quasiment un enfant lui-même !

Elle s'était écroulée au sol – sur les magnifiques carreaux de ciment marocains de son magnifique appartement d'architecte – et enfoui le visage entre les mains. Incontrôlables, les implications de ce coup de tonnerre résonnaient dans sa tête. Et sa carrière ? Et sa vie ? Que diraient les gens ? Que dirait sa mère ? Elle serait horrifiée, aucun doute là-dessus, car depuis qu'elle était adulte, Katy l'entendait lui recommander en boucle de ne pas se laisser piéger comme elle. Sa mère était convaincue que sans mariage et sans enfants, elle serait devenue chanteuse à Las Vegas – et ce en dépit de sa voix de crécelle. Aujourd'hui, elle rattrapait le temps perdu dans leur villa en Espagne, passant la plupart de ses soirées à écumer les bars à karaoké avec ses copines.

— Bon Dieu, mais il est de qui ?

Telle serait la première question de sa mère.

Depuis longtemps, elles avaient cessé d'aborder le sujet des relations de Katy, qui changeaient si fréquemment que sa mère n'arrivait plus à s'y intéresser. Au moins, elle était sûre que le bébé était bien de Ben, étant donné qu'ils « se voyaient », comme ils aimaient qualifier ça, depuis plusieurs mois à présent. D'ailleurs, elle avait été sidérée que ça se passe aussi bien entre eux. Jamais ils ne se promettaient de se voir, ils se voyaient, voilà tout. Ils s'étaient présentés mutuellement à leurs amis, tout en niant avec la dernière énergie toute forme de relation romantique, et pas question qu'ils songent à rencontrer leurs parents respectifs. Il se moquait du monde prétentieux de la pub dans lequel elle évoluait, et elle raillait ses millions de semaines de vacances scolaires par an et sa capacité à être rentré assez tôt pour regarder la série de 17 heures à la télé.

« Sans exigences, sans complication et sans les années qui vont avec », voilà comment elle avait décrit Ben à un Daniel perplexe.

— Je me demande bien pourquoi je n'ai pas songé plus tôt à sortir avec un homme plus jeune, avait-elle ajouté en éclatant de rire. Il est trop jeune pour prendre la vie au sérieux, donc on rigole beaucoup, et pas assez vieux pour vouloir se caser, du coup je ne passe pas mon temps à réfléchir à la façon de m'extirper de cette relation. C'est parfait.

C'était aussi avec un grand soulagement qu'elle avait abandonné ses soirées avec les filles de la salle de sport. Elles l'avaient appelée, suppliée, mais elle avait su trouver les bons arguments. Et il n'y avait plus eu de sorties trop arrosées sans Ben depuis longtemps, plus de câlins bizarres en fin de soirée ni de nuits entières encore plus bizarres.

— Putain ! s'était-elle soudain écriée en se redressant, laissant tomber le calendrier au sol. Non, non, non, non, non, non, non, avait-elle répété après l'avoir ramassé. S'il vous plaît, non, s'il y a un dieu, ne me faites pas ça.

Elle était retournée à la page de décembre et là, griffonnés au stylo bleu, deux semaines après la fête de Noël du boulot, elle avait découvert les derniers mots sur Terre qu'elle aurait voulu lire : « Fête des anciens du lycée de Dove Valley. 20 heures ».

Katy frissonna en se remémorant les événements liés à la découverte de sa grossesse et tâcha au mieux d'empêcher son esprit de s'emballer encore une fois alors qu'ils atteignaient enfin la porte de la salle où se donnait le cours de préparation à l'accouchement. Ben lui prit la main.

— Bonne chance, partenaire, lança-t-il avec un clin d'œil.

Elle lui répondit par un sourire reconnaissant. Peut-être que les choses se passeraient bien, après tout. Elle prit une profonde inspiration et pénétra dans la pièce.

Au moment où ils entrèrent, sept visages curieux se braquèrent sur eux, les derniers arrivants.

— Putain, je le crois pas ! s'exclama Ben en fixant un jeune type affalé sur une chaise. Pas étonnant qu'il se soit pas pointé à l'entraînement !

Mais Katy ne l'entendit pas, trop distraite qu'elle était par une autre personne dans la pièce, dont la vue lui fit perdre le souffle et sa capacité à bouger les jambes. Comment pouvait-il se trouver ici ? Il ne vivait même pas à Leeds. Merde, mais qu'est-ce qui se passait ? Elle s'agrippa au dossier d'une chaise pour éviter de chanceler. Elle avait soudain l'impression de se retrouver dans un téléfilm du dimanche soir où personne n'est satisfait tant que la vie de tous les protagonistes n'a pas été complètement détruite.

— Alors comme ça, poursuivait Ben, loin de se douter de sa détresse, l'équipe des moins de dix-neuf ans s'enfonce parce que mon meilleur frappeur a engrossé une fille. Quel idiot ! Regarde-le, il devrait être sur le terrain, à s'entraîner à frapper des pénalités, et pas coincé ici avec un troupeau de vieilles bonnes femmes enceintes.

Katy était trop sidérée pour enregistrer quoi que ce soit de son discours. Elle parvenait tout juste à se rendre compte qu'ils s'avançaient en direction du groupe, vers le point de non-retour. Et tout ce dont elle avait envie, c'était de faire demi-tour et de fuir le plus loin possible. Sauf qu'en réalité, rien ne pourrait empêcher ce qui était sur le point de se produire. À cet instant, le dernier homme sur Terre qu'elle voulait voir leva les yeux sur elle. Un sourire étira les lèvres de Matthew dès qu'il la reconnut, pour disparaître aussi vite quand il comprit qu'elle était enceinte.

Chapitre 3

À peu près huit mois plus tôt

Matthew avait passé une mauvaise journée. Déjà ce matin, il lui avait fallu deux pénibles heures pour sortir de Londres, puis trois heures éprouvantes pour parvenir à Leeds. Son portable n'avait cessé de sonner – des clients qui réclamaient du sang, de la sueur et des larmes ainsi que quelques petits miracles. « Être conseiller fiscal, ça ne signifie pas qu'on dispose d'une baguette magique capable de faire disparaître tous les impôts », avait-il envie de leur hurler. Ses clients avaient tous quelqu'un pour les presser jusqu'au trognon afin qu'ils réalisent plus de bénéfices, ça, il pouvait le comprendre. Mais alors, qu'est-ce qu'ils attendaient pour lui lâcher la grappe et aller gagner de l'argent ? Ça n'était pas bien compliqué, après tout.

Au bout d'un moment, il avait fini par mettre son téléphone sur silencieux, décidant que le mauvais réseau sur la M1 constituerait une excuse plausible pour ne pas répondre à tout le monde, le doigt sur la couture du pantalon. Et en plus, le luxe d'écouter Radio 5 un jour de semaine, et ainsi celui de se vider la tête de ses soucis personnels au profit des opportunités de transferts pour le mercato d'hiver du football, ça ne se refusait pas.

Il réfléchissait justement aux possibilités d'acquisitions pour Leeds United quand le nom d'Alison se mit à clignoter avec insistance sur l'écran de son portable. Et à son grand désarroi, il se surprit à hésiter avant de répondre, redoutant de dire ce qu'il ne fallait pas une fois encore. Ce matin, elle était en larmes quand il était parti – l'angoisse causée par le début d'un énième cycle de traitement contre l'infertilité la mettait à cran, et ses réactions au moindre commentaire prenaient des proportions démesurées. Elle concentrait chaque once de son énergie sur le désir absolu que cette fois soit la bonne, il s'en rendait bien compte. Et toute diversion ou distraction qu'il tentait dans le but de l'apaiser ne rencontrait que du mépris et un regard empli de dégoût. Elle n'arrivait déjà pas à comprendre qu'il puisse parler de quoi que ce soit d'autre que d'une grossesse, alors qu'il ose suggérer quelque chose d'aussi inintéressant que l'accompagner à Leeds pour aller voir le match en sa compagnie samedi…

Comme un flash, il se remémora le temps où son cœur aurait bondi à la seule vue du nom d'Alison sur l'écran de son téléphone. Mais c'était une autre

Alison. Une Alison qui l'avait hypnotisé : calme, cool et sophistiquée à la fois, et pourtant intéressée par lui. Une Alison qui lui avait donné l'impression d'être le roi du monde, rien qu'en lui posant une main parfaitement manucurée sur le bras. Une Alison dont la détermination à réussir sa vie lui avait lentement réappris à gérer le chaos qu'était la sienne. Une Alison qui, avec une extrême délicatesse, l'avait encouragé à s'engager dans une carrière au lieu de passer d'une entreprise à l'autre, à investir dans son propre appartement au lieu de rester en colocation avec ses potes, à sortir dîner au restaurant plutôt qu'au pub, à acheter du vin de qualité plutôt que du vin de table, à lire la presse sérieuse au lieu des tabloïdes. Bref, toutes ces choses que faisaient les adultes.

L'Alison d'aujourd'hui, en revanche… Elle avait perdu sa sophistication tranquille, remplacée de façon impitoyable par la peur, les doutes et un sentiment paralysant d'échec qui l'emplissaient dorénavant. L'Alison d'avant ne tolérait pas l'échec. Celle d'aujourd'hui avait absorbé telle une éponge son incapacité à concevoir un enfant de façon naturelle, s'imprégnant de toutes les émotions négatives susceptibles de la renvoyer à cette déficience de son corps. Elle était devenue nerveuse, anxieuse et obsessionnelle.

La décision d'entamer un processus d'aide à la procréation avait un temps réveillé l'ancienne Alison en lui insufflant l'idée qu'elle maîtrisait à nouveau son corps. Elle avait attaqué le traitement comme elle l'aurait fait d'un travail à plein-temps, et sur son visage se lisait le soulagement de pouvoir enfin agir de façon concrète. Pour se rassurer, elle s'était informée sur le sujet comme personne, avait préparé son corps comme aucune autre, et à chacune de leurs tentatives, elle prenait toutes les précautions et même plus. Lentement mais sûrement, néanmoins, le soulagement s'était éteint sur son visage, pour être remplacé d'abord par la nuance reconnaissable entre mille de l'incrédulité, bientôt suivie par un nuage noir immuable, mélange de douleur et de crainte, chaque fois que son corps refusait de se plier à ce qu'elle désirait si ardemment.

Matthew se motiva avant d'effleurer l'icône verte pour décrocher, prêt pour une énième discussion sur fond de champ de mines.

— Salut toi, dit-il, sur un ton qu'il voulait le plus enjoué et léger possible, dans l'espoir d'insuffler un semblant de bonne humeur au début de la conversation.

— Salut. J'appelle pour te dire que je ne suis pas allée au travail aujourd'hui, l'informa-t-elle.

— Ah bon, répondit-il. Tu te sens bien ? ajouta-t-il, hésitant.

— À ton avis ? Je suis au bord de la crise de nerfs, Matthew. Je suis assise là, encore une fois, occupée par une seule et unique obsession : est-ce que je vais bientôt me retrouver en train de réfléchir à la manière de décorer la chambre du bébé, ou bien complètement dévastée parce que, encore une fois, j'aurai échoué. Il n'y a aucun moyen que tu rentres à la maison ce soir ?

— Je suis vraiment désolé, Alison. Je le ferais si je pouvais, tu le sais, mais je suis le seul consultant à aller au match, et quelqu'un doit être sur place pour s'occuper des clients. Ian a dû déclarer forfait parce que sa fille a le premier rôle dans la comédie musicale de l'école. À la base, elle n'était que la doublure, mais l'autre fille a couché avec l'un de ses profs, ou un scandale dans le même genre, du coup elle a été exclue du spectacle. Maintenant, le pauvre Ian doit se taper deux heures assis à côté de son ex-femme à écouter des gamins qui chantent *Le Magicien d'Oz* comme des casseroles, au lieu de profiter des joies de l'hospitalité d'entreprise au match de Leeds. Je peux te dire qu'il n'est pas ravi du tout.

Un long silence lui répondit à l'autre bout du fil.

— Alison, tu es toujours là ?

Le silence s'étira, jusqu'à ce qu'il perçoive un reniflement : elle pleurait.

— Au moins Ian a une fille qu'il peut aller voir dans un spectacle scolaire. J'échangerais ce bonheur contre un million d'après-midi d'hospitalité d'entreprise de merde. Il a une idée de la chance qu'il a ? finit-elle par cracher.

— Oh, Alison, je suis sûr qu'il en est très conscient. C'est juste pas de veine que ça tombe le même jour, voilà.

— Pas de veine qu'il ait une fille qu'il se moque bien d'aller voir jouer dans une pièce à l'école, alors que nous, on n'a rien.

— Allez, arrête. Ça va peut-être marcher cette fois.

— Et si ça ne marche pas ? Je n'ose même pas imaginer la façon dont je vais gérer ça. Je ne pense vraiment pas que j'arriverais à m'en remettre et à reprendre une vie normale.

— Alison, ça ne t'apporte rien, de raisonner comme ça. On va s'en remettre parce qu'on n'aura pas d'autre choix que de continuer à vivre. Pourquoi n'essaies-tu pas d'appeler Karen pour lui proposer de sortir déjeuner avec toi ? Ça te changerait les idées un moment.

Il espérait que sa suggestion encouragerait Alison à raccrocher. Il se sentait coupable, mais il avait cessé de compter le nombre de fois où ils avaient eu des conversations semblables, et ça l'oppressait. Certes, il voulait un enfant lui aussi, mais il détestait l'effet que cela produisait sur leur couple. Avant tout ça, c'était Alison qui gardait leur vie sur les rails, elle qui trouvait toujours la bonne solution à tout. Mais cette Alison-là avait disparu depuis longtemps et désormais, la tâche désespérée de les tenir tous les deux à bout de bras lui incombait entièrement, à lui. Sauf que le résultat, il le craignait, était loin d'être convaincant.

— Mais merde, Matthew, tu ne veux jamais qu'on en parle ! Tu ne peux pas grandir un peu et accepter de me dire ce que tu ressens, non ? sanglota-t-elle.

Il ferma brièvement les yeux. Ça le tuait quand elle prétendait des choses pareilles, car cela ravivait son manque de confiance en lui. Sa crainte de n'être pas assez bien pour elle. De ne pas l'impressionner avec ses tentatives minables pour devenir le genre de type qu'elle voulait qu'il soit selon lui, à savoir le mec qui faisait carrière dans le conseil financier, avec voiture de fonction et tous frais payés. Bref, il redoutait d'être resté l'opportuniste qu'il était quand ils s'étaient rencontrés.

— J'essaie, Alison, crois-moi j'essaie. Mais tu dois parvenir à prendre du recul. C'est vrai, personne n'est mort, d'accord ?

À l'instant où les mots sortirent de sa bouche, il sut que c'étaient probablement les plus stupides qu'il ait jamais prononcés.

— Eh bien, voilà qui dit tout. Tu n'as vraiment rien compris.

Et « appel terminé » s'alluma à l'écran.

Pourtant, tout ce qu'il ressentit, ce fut du soulagement. Il aurait dû la rappeler, il le savait bien, mais il risquait encore de tout gâcher. Il était où, le manuel du « comment gérer une femme qui avait changé du tout au tout à la minute où elle avait commencé à peiner à tomber enceinte » ?

Les sons de la radio remplirent à nouveau l'habitacle, et il écouta les auditeurs qui appelaient le standard pour donner leur avis sur quel joueur devrait être transféré dans quelle équipe. Il aurait tellement aimé être aussi insouciant qu'eux, qui avaient du temps pour déblatérer sur une radio nationale, en se prenant pour les seuls experts habilités à commenter les tribulations et l'état du football britannique. Comme si chacun d'eux pensait honnêtement qu'il aurait pu être le meilleur entraîneur que le pays ait jamais connu, s'il n'avait pas eu un autre travail à assumer.

Ce fut en retard qu'il arriva enfin à sa réunion au bureau de Leeds. Ses collègues basés sur place ne purent résister à l'envie de lui envoyer les railleries qu'ils réservaient systématiquement aux Londoniens.

— Alors, tu t'es perdu ? Tu avais oublié qu'il existe une Angleterre au-delà de la M25 ? lança Ian.

— Très drôle, répliqua Matthew. Néanmoins, tu sembles avoir oublié que je suis né et que j'ai grandi dans le Yorkshire, alors que tu n'es qu'une lopette du Sud qui essaie de se déguiser en solide gars du Nord.

— Une lopette du Sud ? s'exclama Ian en se levant pour aller chercher sa cravate abandonnée sur le portemanteau. Et moi qui ai passé mon temps à raconter au client que tu es la star de la boîte, qui a fait tout le voyage depuis le grand smog pour leur offrir un spectacle éblouissant tout en PowerPoint.

— Tu ne m'as pas survendu, j'espère ? demanda Matthew, soudain stressé.

— Pas du tout. Je leur ai juste dit que tes graphiques inspiraient la même admiration aux directeurs financiers que leur premier Van Gogh aux amoureux de l'art. Et que tes petites blagues visant l'impôt sur les fonds spéculatifs allaient les faire se tordre de rire.

— Merci, j'apprécie beaucoup, grommela Matthew.

— Mais je t'en prie, mon pote. À ton service. Toujours partant pour quelques bières après ? J'ai besoin de noyer mon chagrin, vu qu'on m'a privé du bonheur d'assister au match avec toi demain.

— Absolument. Moi aussi, j'en ai bien besoin, tu n'as pas idée d'à quel point.

Ian discutait non-stop, mais Matthew avait momentanément décroché. La bière avait fait son œuvre et repeint le monde d'une couleur plus gaie.

Un petit sourire étirait ses lèvres et maintenant il se sentait détendu, presque insouciant, une sensation qui lui était devenue étrangère, ces derniers temps. Il avait rappelé Alison en arrivant à sa chambre d'hôtel. Une conversation brève et laconique. Et il lui avait promis de rentrer sitôt le match du lendemain fini, ce qui l'empêcherait de profiter des bières gratuites qu'il aurait pu s'envoyer.

— Hé, tu m'écoutes, mon pote ? Bon Dieu, tu étais à des kilomètres d'ici. Je te disais que Chris s'en va et que tu devrais postuler pour son poste. Ça te permettrait de revenir par ici.

— Désolé, je ne t'écoutais pas. Oui, peut-être. Je ne suis pas sûr qu'Alison supporterait un déménagement en ce moment, cela dit. Et puis, ça risquerait de faire bizarre de revenir à l'endroit où j'ai grandi. Tiens, d'ailleurs j'étais invité à une fête d'anciens élèves, ce soir, mais tu vois, je me suis dit que ça serait étrange. Revoir tous ces nazes à qui je ne parlais même pas à l'époque, demander à chacun ce qu'il fait dans la vie.

— Une fête d'anciens élèves ? Tu as bien dit d'anciens élèves ? Tu es en train de m'expliquer qu'on est là, depuis tout ce temps, et que j'essaie péniblement de te tirer un sourire pour éclairer ce pauvre visage pathétique et malheureux, alors que je pourrais être en train de bondir sur des proies faciles, des femmes dans la trentaine qui sont mariées depuis juste assez longtemps pour se rendre compte que ça n'est pas tout à fait conforme aux promesses qu'on leur avait faites ?

Ian se cala contre le dossier de sa chaise et ferma les yeux, les mains croisées derrière la tête.

— Je vois ça de là. Y en aura des centaines, toutes hystériques. Toutes en quête d'un câlin de leur amour d'adolescence pour les transporter de leur enfer domestique jusqu'au conte de fées que leur promettait Enid Blyton dans la bibliothèque verte. Bien sûr, elles seront dégoûtées parce que les gars de leurs rêves auront pris un énorme bide, ce qui laissera toutes ses chances à un pauvre jeune homme tel que moi, charmant et divorcé de frais, et tout disposé à consoler les jeunes femmes en détresse.

Il rouvrit les yeux et les posa sur Matthew, soudain très sérieux.

— Bien sûr, je mise aussi pas mal sur le fait qu'elles auront pris un peu de poids de leur côté, et seront d'autant plus déprimées et donc reconnaissantes qu'un mâle leur accorde son attention.

Il sauta de sa chaise.

— Alors, qu'est-ce que tu attends ? s'exclama-t-il. Déjà, il enfilait son manteau.

— Tu n'étais même pas élève dans ce lycée, protesta Matthew.

— Mais on s'en fout, de ça. Je ferai semblant d'y être entré en dernière année. Personne ne se rappelle jamais les derniers arrivés. Allez, viens, on y va.

— Non, non, vraiment, je n'ai pas envie d'y aller.

— Pourquoi ? On va bien se marrer, et tu vas pouvoir danser sur Spandau Ballet avec une ancienne amoureuse. À moins que ce soit ça, qui te pose un problème ? Tu es sorti avec des laiderons et ça te fiche la honte que je les voie ? Je parie que c'est ça, pas vrai ?

— En fait, je ne suis sorti qu'avec une seule fille au lycée. Et c'est justement le problème : on ne s'est pas tout à fait quittés en bons termes, expliqua Matthew.

À sa grande surprise, il sentit ses joues s'échauffer.

— Oh, allez, ça fait combien de temps ? Presque vingt ans ? Elle doit être mariée, grosse, couverte de vergetures des pieds jusqu'aux oreilles, et elle va passer sa soirée à exhiber à la ronde des photos de ses adorables petits. Elle n'aura plus rien à faire d'une amourette oubliée depuis longtemps.

Ian tomba à genoux et agrippa le bras de Matthew.

— Ne me refuse pas cette occasion de baiser, mon pote, supplia-t-il. Je pourrais bien ne jamais te le pardonner.

Matthew ne put s'empêcher de rire de l'optimisme à toute épreuve de son collègue. S'il n'était pas exactement un don du ciel, on pouvait néanmoins lui accorder le don de la tchatche. *Et puis merde*, songea-t-il. Qui savait quand se représenterait la chance de passer une soirée dehors ? En plus, Ian avait raison : si Katy était présente, leur histoire remontait à bien trop longtemps pour qu'elle s'en souvienne, ou du moins elle lui aurait pardonné son issue. Non qu'il se la soit vraiment pardonnée lui-même. Son ventre se serrait encore quand il y repensait, et ça arrivait étonnamment souvent. Oui, la vie se chargeait régulièrement de lui rappeler Katy, d'une façon ou d'une autre. Des détails ridicules, comme apercevoir Mickey Mouse à la télé, par exemple. Katy éprouvait une haine légèrement irrationnelle pour la célèbre souris – « Ce salaud prétentieux qui ferait mieux d'apprendre à parler correctement », lançait-elle volontiers à qui voulait bien entendre – ou pas – son opinion sur la minisuperstar.

— OK, allons-y. mais si c'est nul, on s'en va. Et tu ne me fais pas honte, ajouta-t-il en se levant à son tour.

— Génial. « *Move closer, move your body real close until iiiiiiiit feels like we're really making love, oh, oh, oh…* »

Et tout en chantonnant le tube sexy des années 1980, il mima une danse torride avec une pauvre cavalière imaginaire qu'il caressait.

— Je pense vraiment que je vais le regretter, marmonna Matthew à mi-voix.

Chapitre 4

L'école était à moins de vingt minutes en taxi. La conduite erratique du chauffeur avait rendu Matthew un peu vaseux. Il n'avait pas autant bu depuis un moment, Alison ayant insisté pour qu'ils réduisent leur consommation quasiment à néant afin d'augmenter leurs chances de procréer.

Ian avait passé le trajet à chanter le répertoire entier de ses titres préférés des années 1980, accompagnant chaque extrait des réminiscences qu'il suscitait en lui. Un thème récurrent semblait se détacher de cette bande originale : la fille avec laquelle il couchait à l'époque et quelles pratiques sexuelles il lui attribuait.

— Alors, Caroline, c'était ma « *Wake Me Up Before You Go-Go* ». Autant dire la fille la plus nulle au lit que tu puisses imaginer. Passons à l'incroyable Stephanie. Si je te dis que sa chanson, c'était *Summer of 69* de Bryan Adams, je parie que tu ne devineras jamais quelle était sa spécialité ?

— Je pense qu'on peut tous deviner et c'est une image que je préfère ne pas visualiser, merci beaucoup, répondit Matthew.

— Oh, les jours heureux, mon pote, les jours heureux, commenta Ian, un sourire béat sur le visage.

Fort heureusement, ils arrivèrent sur ces entrefaites devant le portail de l'école, mettant un terme à la balade musicale empreinte de magie qu'était la vie sexuelle d'Ian.

Matthew distinguait tout juste le nom du lycée, affiché exactement comme vingt ans plus tôt sur les grilles d'acier. Maintenant qu'il était là, il se sentait tout bizarre. Il se revoyait tel qu'il était à l'époque, franchissant le portail d'un pas nonchalant, un sac Adidas sur l'épaule, la pointe étroite de sa cravate ressortant du haut de sa chemise et la pointe large bien cachée, un pan de sa chemise pendant déjà sur le haut de son pantalon et les cheveux longs, à la mode de l'époque. Et son bras, bien entendu, était passé autour des épaules de Katy. Il était plutôt cool, songea-t-il avec un pincement au cœur. En tout cas, rien ne laissait présager que l'adolescent à la démarche arrogante deviendrait l'homme d'aujourd'hui, un type en tenue banale – uniforme d'une autre sorte – consistant en une chemise à carreaux bleue et une paire de chinos retroussés en bas.

— Allez, les loups sont lâchés dans la bergerie, lança Ian en projetant contre la porte d'entrée son corps rendu maladroit par l'alcool.

Et sur son passage, la bannière annonçant « Bienvenue au lycée de Dove Valley » s'agita violemment.

Matthew ne put s'empêcher de sourire à la vue qui s'offrait à eux : il avait vraiment l'impression d'être remonté dans le temps. Tout au fond de la salle, les platines envoyaient à pleine puissance un tube du groupe A-Ha, et des lumières multicolores tourbillonnaient follement, comme incontrôlables. La piste de danse, bien sûr, était le domaine des filles à ce stade de la soirée, les gars étant attroupés autour du bar pour jeter des coups d'œil nerveux en direction de ces dames, de peur que l'une d'elles ne conçoive la terrible idée d'entraîner le plus proche sur la piste – ce qui semblait susceptible de se produire à tout instant. Les seules différences visibles, par rapport aux années lycée, c'étaient les vêtements. La scène était parsemée de petites robes noires, de bas fins, d'ongles parfaitement manucurés et de coiffures adroitement réalisées par des professionnels. Plus d'épaulettes, de fluo, de filets, de chaînes, de dentelle, de cravates en cuir ou de chemisiers en soie. Néanmoins, à en juger par l'expression de la plupart des participants, le vernis sophistiqué ne parvenait pas à camoufler la multitude de complexes adolescents revenus les hanter sur leur ancien terrain de jeu.

— Oh là là, c'est vraiment toi ? Tu es superbe ! s'exclama soudain Ian. Encore plus jolie qu'à l'école. Moi c'est Ian, au fait, au cas où tu serais trop timide pour avouer que tu ne te rappelles pas mon nom. Ian Robinson. Je n'ai intégré le lycée qu'en terminale. On était en maths ensemble, tu te souviens ? Et tu sais, je craquais pas mal sur toi, depuis le fond de la classe. On avait ce prof super rasoir, comment il s'appelait déjà ?

— M. Hopkins, répondit la femme d'un air étonné.

Ian était entré illico dans son rôle du parfait baratineur.

Plutôt rondelette, la femme portait une robe au décolleté vertigineux.

— C'est ça ! Ce qu'il pouvait m'ennuyer. Enfin, j'ai pourtant dû retenir quelque chose, sinon je ne serais pas devenu le conseiller financier de premier ordre que je suis aujourd'hui. Alors tu m'accordes le plaisir de t'offrir un verre, en remerciement pour ton sourire qui illuminait mes cours de maths ? D'accord ? Attends, ne dis rien : Bacardi-Coca, c'est ça ? Avec ces traits exotiques d'Hispanique, tu bois forcément du rhum. Suivez-moi, jeune dame.

Et avec un clin d'œil en direction de Matthew, Ian disparut au milieu de la foule massée devant le bar, suivi par la femme rondelette, surprise mais apparemment plutôt contente.

Resté seul, Matthew se mit à observer les visages autour de lui. Il en reconnut certains sur-le-champ, tandis que d'autres ne lui rappelaient rien du tout. Il se rendit compte qu'il n'était resté en contact avec personne du lycée, sans doute parce que Katy et lui étaient littéralement collés l'un à l'autre pendant leurs deux dernières années. Du coup, il n'avait pas passé beaucoup de temps avec les autres.

— Ça alors ! lança une voix quelque part sur sa gauche. Je n'en reviens pas que tu aies le culot de te montrer ici.

Matthew se retourna sur la grimace vaguement familière de Julia Kettering. C'était la meilleure amie de Katy, à l'époque, et son mépris s'expliquait aisément : elle considérait qu'il lui avait volé sa meilleure amie. Il l'avait d'ailleurs toujours soupçonnée d'être lesbienne et d'avoir eu des vues sur Katy.

— Julia ! Comment ça va ? Toujours souriante, à ce que je vois.

— Te voir suffirait à refroidir n'importe qui.

— Oh, comme les années s'envolent, quand on rencontre de vieux amis, dit-il avec un sourire charmeur.

— Toi et moi, on n'a jamais été amis, et surtout pas après ce que tu as fait à Katy, le défia-t-elle.

— Oh, ça va, c'était il y a des années, répliqua-t-il, consterné.

— N'empêche, c'était nul. Je suis étonnée qu'elle ait accepté de venir ce soir, sachant qu'elle risquait de te revoir.

— Tu veux dire qu'elle est là ?

Et il sentit son cœur exécuter un drôle de mouvement, une sorte de petite contraction, avant de tenter de s'enfuir par sa gorge.

— Bien entendu. Elle ne va pas laisser un porc tel que toi lui gâcher ses souvenirs du lycée, cracha Julia.

— Charmant. Et elle est où alors ? s'enquit-il en regardant partout autour de lui.

Il n'en revenait pas d'être sur le point de la revoir. Après toutes ces années. Ils ne s'étaient plus reparlés depuis la nuit où elle l'avait surpris, un souvenir qui lui donnait encore le frisson. Il l'avait appelée, bien sûr, pendant plus de deux semaines, mais elle refusait de lui répondre. Puis il avait reçu par la poste toutes les cassettes de compilations qu'il lui avait enregistrées, écrasées, déchiquetées et lacérées. Pourtant Katy les adorait, ces cassettes. Ils les avaient écoutées en boucle dans sa chambre et sur divers parkings à l'arrière de la voiture de son père tandis qu'ils se faisaient des câlins. Parmi les morceaux de plastique et les rubans marron brillant entortillés au sol, il avait aperçu une étiquette légèrement effacée, qui portait encore la trace de sa propre écriture brouillonne au stylo bleu : « Voilà ce que j'appelle la musique de Katy et Matthew. » Alors il avait su que tout était fichu. Il lui avait offert cette cassette la veille de leur départ pour l'université. Lui à Londres et elle à Manchester. Ils s'étaient assis dans la chambre de Katy, et l'avaient écoutée. Et tandis qu'elle avait laissé couler ses larmes quasiment tout du long, il avait été obligé de combattre les siennes. Et puis The Jam était arrivé et ils s'étaient mis à sauter partout sur *Going Underground*, en riant comme des dingues. À la fin, ils avaient partagé un moment « qui n'arrive que dans les films », s'affalant lourdement sur le lit pour se fixer de longues minutes. Il se rappelait lui avoir dit qu'il l'aimait et que trois ans, ça allait passer vite, et aussi que le monde était à leurs pieds. Ils avaient continué à discuter jusque tard dans la nuit, à projeter et à planifier leur avenir. Tout ce dont il se rappelait aujourd'hui, c'était qu'elle lui avait avoué, un peu essoufflée, qu'elle visualisait déjà la maison de rêve qu'ils achèteraient une fois qu'ils auraient tous les deux décroché leur diplôme et trouvé un boulot à Leeds. Elle avait en tête une grange rénovée avec d'épaisses poutres en chêne qui couronneraient un immense salon avec une belle hauteur sous plafond, une cuisine équipée d'une cuisinière Aga devant laquelle s'endormirait une tribu de chiens, et assez de chambres pour garder leurs amis à dormir, même quand ils auraient des enfants. Il se souvenait qu'à l'époque, il avait été surpris que l'évocation de leurs futurs enfants ne l'ait pas fait flipper, surtout quand Katy l'avait informé qu'ils en auraient deux, un garçon prénommé Jacob et une fille prénommée Eloise. Mais tout semblait si merveilleusement inévitable qu'il n'y avait aucune raison de paniquer.

Ils avaient réussi à se voir un week-end sur deux, chacun faisant le voyage tour à tour. Puis la tête de Matthew avait commencé à tourner. Ses nouveaux camarades organisaient des trucs durant les week-ends qu'il passait avec Katy, et il avait la sensation de rater la fête. Sans compter que la semaine d'intégration avait commencé en fanfare pour beaucoup des gars de son étage à la résidence universitaire. Libérés des exigences parentales, ils découvraient le sexe quasi à volonté, que ce soit avec les étudiantes ou les filles du coin en mini-minijupe qui trouvaient encore cool de se taper un étudiant. Bien sûr, quand ils entraient dans la cuisine commune, le lendemain, ils débordaient d'histoires élaborées concernant leurs conquêtes, chacun cherchant à surpasser son voisin pour ce qui était de savoir qui était allé le plus loin.

Étant le seul doté d'une petite amie régulière, Matthew était obligé de rester tranquillement à l'écart des plaisanteries qui tourbillonnaient tout autour de lui. Abstinence qui n'était pas facilitée par le fait que Katy et lui n'avaient pas souvent fait l'amour, peut-être trois ou quatre fois, et que ça n'avait pas été l'expérience bouleversante à laquelle tous les deux s'attendaient. Pour tout dire, ça avait même été carrément maladroit et gênant. Il ignorait ce qu'il faisait de travers, mais ça n'allait pas, et Katy avait sans doute gémi plus de douleur que de plaisir. Ils n'en avaient pas reparlé, ils évitaient même le sujet, embarrassés par leur manque d'expérience. Au fond de lui, il savait que ce dont ils avaient besoin, c'était tout simplement d'un peu d'entraînement. Pourtant, il était de plus en plus frustré, surtout quand ses nouveaux amis semblaient s'amuser comme des petits fous.

La fin du premier semestre arrivée, Matthew devait rentrer à Leeds le lendemain pour les vacances de Noël. Il y avait un bal déguisé à la cafétéria de la fac, et il avait décidé avec un camarade qu'ils s'y rendraient habillés en renne. Au bout du compte, vu qu'il ne restait qu'un costume de cheval à la boutique de farces et attrapes, ils avaient ajouté des cornes et un nez rouge pour compléter leur tenue. Ayant tiré la paille la plus courte, Matthew avait fini dans l'arrière du renne, ce qui ne le dérangeait pas le moins du monde tant qu'on l'approvisionnait régulièrement en alcool.

Après une quantité considérable de vodka, l'arrière du faux renne s'était écroulé. Tout à coup, les pattes qui semblaient incapables de tenir droites s'étaient affalées en entraînant l'avant de l'animal dans leur chute. La seule chose dont il se souvenait ensuite, c'était que la Vierge Marie – aussi connue sous le nom d'Emma, qui vivait à l'étage en dessous du sien – l'avait relevé. Son costume avait suscité une belle hilarité, attendu qu'elle était loin d'être vierge et profitait au maximum de sa liberté nouvelle, après une scolarité en école catholique pour filles. Bref, elle appréciait sans retenue la compagnie des garçons.

— Matty, allez, debout, l'avait-il entendue lui dire, à travers ce qui ressemblait à un épais brouillard.

Ensuite il se rappelait Emma et un autre gars qui le posaient sur son lit.

— Je vais le surveiller pour m'assurer qu'il ne vomisse pas avant de s'endormir, avait proposé Emma.

Elle avait commencé par lui caresser la tête, pour finir par le positionner, toujours dans son costume de renne, la tête contre sa poitrine. Et tout à coup, voilà qu'elle l'avait embrassé, les mains enfoncées dans l'avant de ses jambes de cheval.

La boisson avait levé toutes les inhibitions de Matthew, et Katy s'était totalement évanouie de son esprit. Il avait fait rouler Emma sur le dos, s'était débarrassé de ses jambes en fourrure, qu'il avait baissées juste assez pour sortir un pénis à peine dur. Et il avait visé les profondeurs cachées du drap bleu dans lequel Emma avait taillé son costume, dont les côtés étaient fendus haut sur la cuisse.

Et c'est ainsi que, ce Noël-là, la vision qui accueillit Katy alors qu'elle ouvrait la porte de la chambre de Matthew, à qui elle venait rendre une visite surprise, fut l'arrière d'un cheval en fourrure baisant désespérément la Vierge Marie.

L'expression qui s'était alors peinte sur le visage de Katy restait gravée dans la mémoire de Matthew depuis ce fichu jour, à tel point que ce soir encore, il s'attendait presque à ce qu'elle arbore la même. Planté à côté de Julia, il attendait qu'elle apparaisse. Et soudain, elle franchit les portes près de l'estrade, totalement différente de l'adolescente brisée qu'il avait vue fuir sa chambre toutes ces années auparavant. Sa démarche assurée était celle que seuls la maturité et le succès confèrent à une femme. Son chemisier de créateur tenait plus des quartiers chic que des séries pour adolescents, et le jean délavé avait été remplacé par un pantalon à rayures hyper fines complété par des talons hauts rouge vif du tonnerre. Elle semblait tout à fait sûre d'elle, une assurance quelque peu décalée avec la chanson que hurlaient les haut-parleurs, *Like a Virgin*.

Elle négocia aisément sa traversée de la piste, tête haute, souriante et agitant la main au passage à ses anciens camarades de classe. Elle ne le vit qu'en atteignant l'endroit où elle avait laissé Julia.

— Regarde un peu qui nous honore de sa présence, lança cette dernière.

Katy leva les yeux. Leurs regards se croisèrent, ne se quittèrent pas.

Comment quelqu'un qu'on n'avait pas vu depuis si longtemps pouvait-il vous paraître aussi familier ? Il scruta chaque millimètre carré de son visage, essayant d'y détecter un détail qui la lui rendrait étrangère, sans succès. C'était toujours Katy, sa Katy, debout dans le hall de l'école comme si le temps s'était figé.

— Salut, je suis super content de te voir, parvint-il à lâcher.

— Ah, je parie que tu n'as pas dit ça, la dernière fois que tu l'as vue, pas vrai ? Trop occupé à soulager Marie de sa virginité, intervint Julia.

— Merci, Julia, mais ça suffit, la rabroua Katy, s'exprimant pour la première fois.

Matthew lui offrit un sourire reconnaissant, mais remarqua son air maussade.

— Tu ne m'as jamais laissé l'occasion de m'expliquer, tu refusais de me parler. J'ai essayé de te joindre pendant des semaines, s'entendit-il déblatérer.

Il n'en revenait pas d'être en train de lui tenir ce genre de propos. On aurait cru un adolescent pathétique. Qu'est-ce qu'il fabriquait, là ? Il n'avait pas besoin de s'excuser pour un truc qui s'était produit il y avait si longtemps, quand même !

— Eh bien vas-y, si tu sens que ça doit te faire du bien. Si ça te pèse depuis tout ce temps. Je t'écoute, explique, répondit Katy, très calme.

Il prit une profonde inspiration.

— J'étais soûl.

— Excellent, bien joué Matthew. Tu as depuis 1989 pour réfléchir à une excuse plausible qui expliquerait ton attitude envers moi et tu me sors ça ? Tu étais soûl. Bon, ben du coup, ça change tout, pas vrai ? s'indigna Katy, un peu moins calme.

— Mais qui je vois là, ça ne serait pas le couple de rêve de terminale ? Ce bon vieux Matthew et sa Katy. J'en déduis que vous êtes restés ensemble, vu la façon dont ta douce et tendre te parle.

Robert Etchings, aussi diplomate qu'à l'époque, toujours à fourrer son sale nez dans les affaires qui ne le concernaient pas.

— Eh bien, Matthew, je dois dire que les années ont été clémentes avec elle, renchérit-il. Je la trouvais un peu vulgaire, à l'école. Un peu coquine, si tu vois ce que je veux dire. Enfin, c'est sûr qu'à dix-sept ans, on s'en fiche, pas vrai ? Plus elles sont cochonnes, mieux c'est, tu crois pas, Matthew ?

Robert ne semblait pas conscient des trois visages sidérés qui lui faisaient face.

Et Matthew ne savait absolument pas quoi faire. Ses émotions jouaient les montagnes russes au sujet d'une fille, il s'excusait d'un faux pas tout à fait idiot qu'il avait commis sans réfléchir, et il éprouvait un désir irrépressible de mettre son poing dans la figure d'un imbécile fini qu'il détestait déjà au lycée. Il avait l'impression d'avoir dix-sept ans à nouveau. Il n'avait donc pas grandi du tout ? Un pas dans le hall de l'école et il redevenait une loque.

Il regarda Katy, dont la colère semblait encore dirigée contre lui malgré la distraction qu'avaient dû susciter les commentaires de Robert. Que faire ? Il finit par se rendre compte qu'il n'avait pas le choix et réagit de la seule manière que son esprit embué trouva appropriée. Il frappa l'imbécile fini qu'il détestait déjà au lycée.

— Arrête, Matthew, arrête maintenant.

Ce furent les premières paroles qu'il entendit alors qu'il reprenait péniblement son souffle. Robert était cloué au sol sous lui, après l'impressionnant crochet du droit qu'il lui avait décoché au menton.

— Mais qu'est-ce que tu fous, bon sang ? cria Katy à quelques centimètres de son visage.

Et au moment où deux paires de bras l'écartaient sans ménagement d'un Robert désormais grimaçant, tout ce qu'il réussit à penser, c'était qu'il mourait d'envie d'embrasser ces lèvres rouge vif.

— Ça suffit maintenant, les garçons, intervint M. Gelding, qui avait été le professeur principal de Matthew pendant une année.

Il paraissait avoir cinquante ans à l'époque, et en faisait toujours cinquante aujourd'hui.

— Vous n'êtes plus des lycéens, vous savez, ajouta le professeur avec une lueur dans le regard et un sourire aux coins des lèvres.

Apparemment, lui non plus n'aimait pas trop Robert.

— Je pense que vous feriez mieux de le ramener chez vous, mon petit, reprit-il à l'intention de Katy. Avant que Robert ne fasse un esclandre pour qu'il soit jeté dehors.

Et avec un sourire à son intention, il s'éloigna d'un pas tranquille.

Ce fut alors que Matthew se rendit compte que sa main lui faisait un mal de chien : comme si un éléphant venait de marcher dessus.

— Putain ! s'exclama-t-il en se recroquevillant, la main serrée contre sa poitrine. Pour un gras du bide, ce Robert doit avoir la mâchoire en acier.

Katy le jaugea de la tête aux pieds, puis elle hocha la tête comme si elle venait de prendre une décision importante. De fait, elle se redressa et annonça :

— Bon, eh bien sortons d'ici et allons nous occuper de ce bobo.

Et elle le prit par sa main blessée, qu'elle serra de toutes ses forces en l'entraînant à travers la salle. Malgré les cris de douleur de Matthew, elle refusa catégoriquement de le lâcher, ou d'admettre qu'elle lui faisait mal. Pire, plus il criait et plus elle serrait.

Sitôt qu'ils atteignirent le calme relatif du couloir au-dehors, elle libéra sa main comme s'il s'agissait d'un vulgaire caillou et se tourna face à lui.

— Tu sais pourquoi j'ai fait ça ? demanda-t-elle.

Et le regard noir qu'elle lui jetait ne laissait guère de place au doute : une réponse hasardeuse ne serait pas la bienvenue. Il opta donc pour le silence, n'osant pas ouvrir la bouche.

— C'était pour te punir d'avoir été un sale connard, une merde, et je t'épargne tous les noms d'oiseaux que je pourrais imaginer, lui cria-t-elle en plein visage.

Puis elle l'agrippa par les épaules et lui balança un grand coup de genou dans les parties.

— Voilà, on n'en reparlera plus jamais. C'est clair ?

— OK, murmura-t-il.

La douleur lui faisait monter les larmes aux yeux.

— À présent, laisse-moi jeter un œil à cette main, ajouta-t-elle en tendant la sienne.

Avec un léger geignement, Matthew recula d'un pas.

— Tu plaisantes ? Après ce que tu viens de m'infliger ? haleta-t-il.

— C'était nécessaire, Matthew, c'était nécessaire, affirma-t-elle. Allez, donne ta main, je ne te causerai pas de dommages supplémentaires, promis. Et je suis la secouriste volontaire de mon étage, au boulot, j'ai obtenu le meilleur résultat au test théorique si tu veux tout savoir.

— Waouh, tu en as fait, du chemin, commenta-t-il, soulagé de la voir esquisser un sourire quand il lui tendit prudemment la main.

— Je pense que ça n'est rien. Un sachet de petits pois surgelés pour réduire le gonflement et tout ira bien.

— Merveilleux. Tu connais un magasin de petits pois ouvert à minuit ?

— Eh bien, si tu penses que ta femme ne s'en offusquera pas, je dois en avoir un sachet qui peut faire l'affaire chez moi. Et tu peux appeler un taxi d'ici.

— Comment tu as su que j'étais marié ?

— L'anneau en or à ta main gauche était un indice de taille, Matthew.

— Ah oui. Et toi, alors ? s'enquit-il en baissant les yeux vers la main gauche de Katy.

— Non, pas mariée. Vois-tu, j'ai connu une expérience très désagréable dans ma jeunesse et je suis devenue lesbienne. Je te présenterai Lisa et

Rachel quand on arrivera à l'appartement. On se fait un plan à trois, en ce moment.

— Merde, non, tu te moques de moi, c'est ça ? s'exclama Matthew, les yeux aussi écarquillés que des soucoupes.

— Oui, j'avoue. Le plan à trois, c'est dans mes rêves. Non, je n'ai que Lisa dans ma vie.

— Je vois, dit Matthew, incapable de trouver une réponse appropriée.

Katy renversa la tête en arrière et éclata de rire.

— Tu verrais ta tête, articula-t-elle enfin. Non, je ne suis pas lesbienne et je le sais, parce que j'ai un petit ami nommé Ben qui est prof d'éducation physique, aussi viril que le plus viril des mâles, doté de cuisses à se damner et de huit ans mon cadet.

Et la note de triomphe dans sa voix disait aussi : « Ça t'apprendra, espèce de queutard. »

— Bon, eh bien je ferais peut-être mieux de rentrer à mon hôtel dans ce cas. Je n'ai pas envie de me prendre le coup de poing d'un malade de rugby.

— Non, ne t'inquiète pas, il est à un enterrement de vie de garçon. Et puis, ça ne le dérangerait pas, il est très cool.

— OK, dans ce cas, mademoiselle Chapman, emmène-moi dans ton repaire à petits pois.

Chapitre 5

Deux heures plus tard, le sachet de petits pois avait décongelé, mais restait toujours enveloppé autour des phalanges de Matthew, bien que de façon assez lâche. Ils s'étaient plus ou moins raconté leurs vies respectives depuis leur dernière rencontre. De façon très elliptique au départ, et puis ils étaient devenus plus honnêtes au fur et à mesure que se vidait leur troisième bouteille de vin.

Bien entendu, Katy avait passé sous silence l'immense tristesse causée par la coucherie alcoolisée de Matthew, préférant lui jeter au visage le nombre de ses conquêtes depuis lors. Ce dernier, ravi de ne pas s'éterniser sur la période qui avait suivi sa faute, s'était plutôt épanché sur la façon dont il avait fini par décrocher un boulot stable après quelques années de postes à courte durée. Il mentionna Alison, dont il se rendit compte qu'il n'avait pas vraiment envie de parler, surtout vu leurs conversations de la journée écoulée.

Ce ne fut qu'après avoir tous les deux clairement étalé l'un devant l'autre leur stabilité et le contrôle parfait qu'ils exerçaient sur leur existence, et une fois qu'ils furent vraiment soûls, qu'ils s'autorisèrent les souvenirs.

Et ils se retrouvèrent à pleurer de rire en se remémorant certaines anecdotes de leur histoire. C'était une sorte de plaisir coupable, et tous les deux savaient qu'ils ne devraient pas être là, à parler de cette ancienne intimité partagée.

— Tu te rappelles la fois où tes parents étaient partis en week-end et qu'on croyait avoir la maison pour nous tout seuls ? commença Katy. On était à l'étage, dans ta chambre, la musique à fond, on se câlinait, et tout à coup on a entendu quelqu'un crier en bas ?

— C'était la voisine, c'est ça ? se souvint Matthew, qui se couvrit les yeux de honte. On était à moitié nus, non ? Alors on s'est cachés sous les couvertures et elle est entrée dans la chambre pour éteindre la musique ? Et puis cette fouineuse s'est mise à farfouiller dans mes tiroirs, tu te rappelles ? On était au bord de l'explosion de rire. Je me demande à quoi elle pensait, sans déconner. Elle était juste censée arroser les plantes, merde !

— Suite à cet épisode, tu avais l'impression qu'elle te regardait un peu bizarrement, comme si elle était troublée d'avoir examiné tes boxers de près, ajouta Katy en ricanant.

— Ouais, j'étais persuadé que c'était une vieille perverse. Du coup j'empêchais ma mère d'étendre mes caleçons sur le fil du linge.

— Tes sous-vêtements n'étaient pas à mettre devant tous les yeux, quoi qu'il en soit. Tu ne les faisais pas encore acheter à ta mère ? demanda-t-elle, une lueur malicieuse dans le regard.

— Mais non ! s'exclama-t-il, vexé, avant de remarquer son sourire narquois. Arrête de te moquer.

N'empêche, il était un peu gêné qu'elle ait réussi à le mettre sur la défensive aussi aisément.

— Tu me connais, je n'allais pas te laisser t'en tirer aussi facilement, lança-t-elle en détournant aussitôt les yeux.

Oui, il la connaissait. Du moins le pensait-il. Et c'était justement ça, le truc super bizarre. Il avait la sensation que ces dix-huit années ne s'étaient pas écoulées. Il parlait à Katy maintenant comme il lui parlait à l'époque. Et en y songeant, il éprouva une sensation assez douloureuse à la pensée qu'il n'avait échangé avec personne de cette manière depuis longtemps. Juste quelques paroles, des rires, le tout dans une ambiance complètement détendue, sans se soucier de rien. Du jour où il avait décidé de se concentrer sur sa carrière, une bonne partie de son temps libre avait été consacrée à étudier, et il avait perdu contact avec beaucoup de ses potes, qui avaient fini par se lasser de ses excuses pour ne pas sortir avec eux. Après quoi ils avaient déménagé au nord du fleuve, parce que Alison préférait ce quartier, du coup il se retrouvait bien loin de Southwark, son ancien lieu de prédilection. Ensuite ils avaient commencé leurs pénibles tentatives de conception, le chagrin d'Alison les avait engloutis tous les deux, pesant sur leurs épaules au point que leur capacité à prendre du bon temps était devenue un lointain souvenir.

Se retrouver là avec Katy, en le ramenant un peu à son insouciance perdue, réveillait une partie de lui qui sommeillait depuis pas mal de temps. Et bon Dieu que c'était agréable ! Un peu comme quand ils avaient reprogrammé *Doctor Who* et qu'il s'était demandé comment il avait pu survivre sans ce feuilleton pendant toutes ces années.

Quant à Katy, ça, elle avait toujours la langue bien pendue, mais c'était une bouffée d'air frais en comparaison avec ses conversations récentes avec Alison, toujours noyées de tristesse.

Bon, il allait faire un tour aux toilettes et puis il rentrerait à l'hôtel, songea-t-il soudain, culpabilisant au souvenir d'Alison. Elle n'apprécierait pas de le voir se tordre de rire avec un ancien amour.

— Je reviens dans une minute, annonça-t-il. Ensuite je vais y aller.

Pour la quatrième fois au moins depuis son arrivée, il gagna la salle de bains d'un pas chancelant. Il jeta un nouveau coup d'œil en direction de l'immense baignoire de Katy, qu'entourait une grande quantité de parfums, potions et autres bougies dans de jolis récipients de verre. Il ne put s'empêcher de visualiser Katy là-dedans, les yeux fermés et un sourire aux lèvres, détendue, heureuse, avec peut-être même un bout de sein qui émergerait de la mousse. Il essaya d'effacer cette image de son esprit en se lavant les mains. Il devait trouver la force de s'en tenir à sa résolution de rentrer se coucher.

Mais c'est alors que frappa le destin, en quelque sorte. L'iPod de Katy se mit à jouer *Going Underground*, leur morceau préféré sur la cassette « Voilà ce que j'appelle la musique de Katy et Matthew ». OK, le mode « lecture aléatoire » semblait décidément avoir une connaissance innée de la chanson à jouer pile au bon moment, Matthew en avait déjà fait l'expérience. Mais en l'occurrence, c'était un peu flippant. De là à croire que Katy l'avait programmée pendant son absence, il n'y avait qu'un pas. Sauf qu'elle était toujours assise exactement à l'endroit où il l'avait laissée.

Au son des premières mesures familières, elle bondit.

— Allez, on danse là-dessus et puis tu t'en vas, s'écria-t-elle, sautant déjà dangereusement près de son lustre imitation chandelier suspendu au plafond.

En riant, Matthew lâcha prise, décidant qu'il allait profiter de la sensation d'être juste un peu dingue. Riant comme une folle, Katy le prit par les mains et ils se mirent à bondir ensemble, s'engageant dans une compétition de « à qui sautera le plus haut ». Quand la chanson se termina, ils s'affalèrent sur le canapé, et pour la première fois, leurs visages se retrouvèrent à quelques centimètres l'un de l'autre. Elle arborait un immense sourire, un sourire qui donna envie à Matthew de les dévorer, elle et sa joie, dans l'espoir qu'elle déteindrait un peu sur lui.

Ce qu'il fit : il commença à dévorer cette joie inattendue. À l'aspirer. Ils s'embrassaient comme des adolescents, bouches grandes ouvertes, tournant le visage dans un sens et dans l'autre, telle une mécanique bien huilée, leurs langues glissant à l'intérieur et à l'extérieur des bouches, sur les dents, sur les lèvres. Et puis les mains, incapables de rester immobiles, se posèrent un peu partout. D'abord dans les cheveux, puis le long des bras, dans le dos, timidement le long des jambes, remontant un peu plus haut chaque fois, comme si chacun jouait à défier l'autre sans un mot.

Pendant un moment, ce fut suffisant, cette exploration sauvage de leurs corps respectifs. Jusqu'à ce que Matthew n'en puisse plus et entreprenne de déboutonner maladroitement les boutons du chemisier de Katy. Et qu'il puisse bientôt repousser le tissu derrière ses épaules, juste assez pour révéler un petit Cupidon tatoué. Sa découverte le fit sourire et quand il leva les yeux, Katy souriait aussi. Ils restèrent à se regarder fixement, légèrement pantelants, la magnitude de l'instant crépitant entre eux à l'instar d'un courant électrique. Alors, pour la deuxième fois ce soir-là, Katy prit la décision de faire dévier le cours de la soirée. Elle lui sauta dessus, sauf que cette fois, ses mains plongèrent directement au cœur du cyclone.

— Katy, haleta-t-il, un peu choqué par son geste.

Et puis il ferma les yeux, et toute pensée disparut de son esprit jusqu'à ce qu'elle s'interrompe pour l'attirer au sol à ses côtés, exprimant clairement son désir que le plaisir soit désormais mutuel.

Au début, quand il ouvrit les yeux le lendemain matin, Matthew ne trouva rien de surprenant à découvrir Katy endormie à côté de lui, ses cheveux éparpillés sur l'oreiller. Puis les dix-huit années écoulées lui revinrent tout d'un coup à l'esprit, et il se souvint qu'il n'avait pas convolé avec Katy vers un avenir heureux, mais qu'il avait vécu une tout autre vie. Une vie dans laquelle il avait une femme bien différente de celle allongée là, dans le lit où ils avaient fait l'amour.

Il se leva d'un bond et entreprit une quête furieuse de ses vêtements, jurant à mi-voix. Putain, mais qu'est-ce qu'il avait fait ? C'était un désastre. Il était adulte, avait une carrière et une femme avec qui il essayait d'avoir un bébé. Qu'est-ce qui avait bien pu se passer ?

Une fois qu'il eut réussi à se redonner une apparence présentable, il envisagea de partir. Mais il en fut incapable. Il s'était comporté comme une vraie merde dix-huit ans plus tôt, alors le moins qu'il puisse faire c'était d'affronter la réalité, cette fois.

Délicatement, il secoua Katy par l'épaule en appelant son prénom.

Elle ouvrit aussitôt grand les yeux.

— Alors comme ça, tu as songé qu'il valait mieux avoir la décence de me dire au revoir, commenta-t-elle.

Manifestement, elle était déjà réveillée depuis un moment et avait deviné sa tentative de fuite.

— Écoute, Katy, je n'arrive pas à croire que j'ai fait ça. Je mérite de brûler en enfer, après la façon dont je me suis comporté par le passé. Mais il faut vraiment que j'y aille. J'ai une femme. Je suis désolé, je n'aurais pas dû venir ici avec toi. J'étais soûl, ça n'aurait pas dû arriver.

— Merde, ne me chante pas encore le couplet du « j'étais soûl ». Il va vraiment falloir que tu prépares un truc plus original, rétorqua-t-elle.

— Tu as raison. Mais je ne sais pas quoi dire, en fait. Je me sens super mal.

Il détourna les yeux, effaré à l'idée de voir à nouveau la même expression sur le visage de Katy, celle de la fille qu'il avait trahie il y avait si longtemps.

— Matthew, on n'est plus des adolescents, déclara-t-elle alors, comme si elle lisait dans ses pensées. Tu ne mérites pas que je te dise ça, mais je vais me montrer magnanime : ne t'en fais pas. Pour tout t'avouer, rien que de te voir aussi coupable, ça me donne l'impression que la boucle est bouclée. Alors rentre chez toi, retrouve ta femme et oublie tout ça.

Et le sourire qu'elle lui offrit semblait vraiment sincère.

Il eut envie de lui avouer qu'il regrettait toujours, pour cette fichue nuit, qu'il y pensait encore plus souvent qu'il ne le devrait, mais il comprit que son temps était écoulé.

— Bon, eh bien c'est l'heure des vrais adieux, alors, réussit-il enfin à répondre.

Et il baissa les yeux sur elle, allongée dans le lit, mémorisant tous les détails de son visage pour les ranger dans un tiroir de ses souvenirs. À son grand désarroi, il se rendit compte que l'idée de ne plus jamais la revoir le terrifiait. Elle semblait tellement à sa place, couchée là. C'était bon de la regarder dans un lit où ils avaient fait l'amour la veille, ça ne lui semblait pas mal, pas faux. Qu'avait-il fait ? Il devait vraiment ficher le camp en vitesse, avant qu'il la regarde une seconde de trop et décide qu'il ne pouvait pas repartir.

— Je te souhaite une belle vie, dit-elle avec un sourire.

— À toi aussi, croassa-t-il.

Puis il tourna les talons et sortit. Il attendit de refermer la porte derrière lui avant de s'autoriser à respirer. Et à laisser échapper une petite larme sur sa joue.

Chapitre 6

Depuis la fête des anciens élèves, Matthew pensait avoir bien réussi son processus d'oubli. La culpabilité avait failli le déchirer, les premiers temps. Pas vraiment l'aspect sexuel de la chose, qui par certains côtés apparaissait comme un détail anecdotique. Non, ce qui le tenait éveillé la nuit, c'était d'avoir pris un tel plaisir à la compagnie d'une autre femme. La trahison ultime. Il se surprenait constamment à revivre leurs retrouvailles, et cherchait par tous les moyens comment en détacher son esprit. Elle avait bien dû faire quelque chose de déplaisant, quelque chose qu'il ne pourrait pas aimer. Il lui fallait juste un petit truc qui aiderait à l'effacer de son souvenir. Au bout du compte, ce fut Alison qui parvint à kidnapper ses pensées, à les ramener vers elle en lui annonçant qu'elle était enfin enceinte. Par miracle, la joie s'insinua de nouveau dans leur vie maritale. Car à ce stade-là, il avait réussi à se convaincre que c'en était assez : il s'agissait d'une histoire d'une nuit qui n'aurait jamais dû se produire, et à présent, il devait s'investir totalement dans son couple et dans leur famille naissante.

Mais voilà qu'elle était là. Huit mois plus tard. Dans un hôpital. À un cours prénatal. Se dirigeant vers lui. Manifestement enceinte.

— Bienvenue, bienvenue, tonna la responsable du cours, interrompant les pensées extrêmement perturbées de Matthew.

Et la femme se leva de sa chaise, toute en chairs flasques et cheveux grisonnants – résultat de quatre grossesses ayant donné quatre garçons pleins d'énergie, âgés de six à vingt et un ans. Ses cuisses impressionnantes de matrone s'épanouissaient dans un legging noir trop souvent lavé, tandis que des pois rose vif parsemaient sa généreuse poitrine, ballottant de droite et de gauche tels des flotteurs sur une mer houleuse.

— Je m'appelle Joan, vous devez être Ben et Katy ? Ne vous tracassez pas, vous n'avez pas raté grand-chose, si ce n'est les consignes toilettes et sorties de secours habituelles. Asseyez-vous, et maintenant que tout le monde est arrivé, nous allons nous présenter.

Ben et Katy prirent les deux sièges restants, qui se trouvaient pile en face de Matthew. Et elle mettait manifestement un point d'honneur à éviter son regard sidéré, refusant de lever les yeux du sol.

— Très bien, on continue ? Alors, je sais que vous êtes tous un peu embarrassés, mais surtout rappelez-vous qu'on est ici pour se soutenir. Je conduis ces sessions depuis de nombreuses années et croyez-moi, d'ici à la fin des cours, vous serez tous très bons amis.

Katy osa un coup d'œil en direction de Matthew. Il soutint son regard. Elle détourna immédiatement les yeux.

— Commençons donc par un tour de table, où chacun donnera son nom, la date prévue pour la naissance du bébé, et nous racontera sa plus grande inquiétude concernant l'accouchement, reprit Joan.

Hypnotisé, Matthew vit l'homme avec lequel Katy était arrivée se pencher pour lui chuchoter quelque chose à l'oreille.

— Je crois que je vais me tailler les veines, dit-il, juste assez fort pour que Matthew puisse distinguer ses paroles. Réveille-moi quand on arrive au passage sur les minettes.

— Bonsoir, je suis Rachel, marmonna une fille à l'air très doux. Je dois accoucher le premier septembre et ce qui m'inquiète le plus, c'est de savoir quand et comment pousser.

Apparemment peu habituée à parler devant des inconnus, elle vira au rouge vif.

— Bonjour, je m'appelle Richard et moi je m'inquiète surtout de savoir comment aider ma femme au mieux, dit son compagnon en lui serrant la main avec un sourire rassurant.

— Qu'on m'apporte une corde, grommela Ben un peu trop fort.

— Et vous ? demanda gentiment Joan à une fille qui ne devait pas avoir vingt ans, agrippée à la main du garçon assis à ses côtés. Il n'y a aucune raison d'être intimidée, vous savez, on est tous pareils ici. Pourquoi ne pas commencer par nous donner votre nom ? Et si vous ne vous sentez pas capable d'aller plus loin, vous pouvez vous arrêter là.

— Eh bien, Joan, je m'appelle Charlene, commença la fille.

Et tout en parlant, elle s'assit au bord de sa chaise et rejeta prestement sa tignasse châtain clair derrière son épaule, faisant tinter les nombreux anneaux à ses poignets.

— Et voici mon Luke. C'est le père de mon enfant, ajouta-t-elle, toute fière, en levant la main du jeune homme dans un salut victorieux.

— Et quand..., poursuivit Joan.

— On est sortis ensemble à l'âge de quinze ans, c'était le jour où il me raccompagnait chez moi après que Jez Langton m'avait larguée parce que je refusais de lui donner le jouet dans mon Happy Meal. Je suis la seule fille qu'il ait connue, pas vrai Luke ?

Alors que Charlene lui donnait un petit coup de coude, Luke fixait le sol en silence.

— Voilà qui est merveilleux, commenta Joan. Et quand...

— Et on va se marier, pas vrai, Luke ? l'interrompit à nouveau Charlene. Dès que je lui ai annoncé que j'étais enceinte, il est direct parti m'acheter une bague. Je plaisante pas. Il est merveilleux. C'est le garçon le plus gentil et le plus merveilleux qu'on puisse rencontrer, mon Luke.

L'intéressé opina du chef à l'intention du sol.

— Bien, c'est magnifique, Charlene, conclut Joan. Je suis ravie que vous appréhendiez la grossesse de cette façon, tous les deux. Nous mettons un point d'honneur à procurer toute l'aide possible à nos jeunes mamans, et il se trouve que la semaine prochaine, nous sortons manger une pizza tous ensemble. Comme ça, nous pourrons vraiment discuter de tout ce qui peut vous traverser l'esprit, dans un environnement agréable et rassurant, voyez-vous.

— C'est quelle pizzeria ? s'enquit soudain Charlene.

— Eh bien, euh, je ne sais pas trop. Sans doute *Pizza Palace*, c'est là que nous allons d'habitude.

— Non, désolée, ça va pas le faire. Ils ne servent pas les pâtes épaisses, or Luke ne mange que les pâtes épaisses.

— Je vois, mais en fait c'est une soirée entre filles. Peut-être pourriez-vous nous accompagner et laisser Luke à la maison ?

Charlene tourna un regard interrogateur vers son chevalier servant, qui refusait toujours de lever les yeux.

— On va en discuter et je vous dirai si Luke est d'accord, finit-elle par répondre.

— Très bien. Et vous, Luke, y a-t-il quelque chose que vous souhaitiez ajouter ? demanda Joan.

L'interpellé s'enfonça un peu plus dans son siège à côté de Charlene et grogna un « non » quasi inaudible.

— Pas de problème. Vous aurez des tas d'occasions de vous exprimer par la suite, si vous le souhaitez, lança Joan, tout sourires, à sa tête baissée. Alors, qui avons-nous ensuite ?

Ben était prêt à intervenir. Il balaya la pièce du regard, comme pour s'assurer qu'il avait toute l'attention de son auditoire.

— Bonjour, moi c'est Ben et ce qui m'inquiète le plus, c'est que ce pauvre gamin soit roux, lança-t-il avec un sourire jusqu'aux oreilles.

Matthew en resta bouche bée. C'était qui, ce type ?

Mais le tour de Katy arrivait, et il se surprit à retenir son souffle.

— Euh… Je m'appelle Katy. Je… L'accouchement est prévu dans cinq semaines et je dirais que je suis terrifiée par tout ou presque.

Matthew commença à sentir la tête lui tourner alors que les paroles de Katy mettaient en branle toute une série de liens de cause à effet qu'il s'était interdit d'actionner à l'instant où il l'avait vue entrer dans la salle. S'il remontait neuf mois en arrière à partir de septembre, cela donnait décembre. Or c'était quand, exactement, cette fichue fête des anciens élèves ? Il ne parvint pas à en être certain jusqu'à ce que le souvenir de Katy en train de l'entraîner à travers la grande salle au son de *Last Christmas* du groupe Wham lui revienne en mémoire comme une gifle. Une vague de nausée lui remonta dans la gorge. Non, ça n'était pas possible. Si ? Ça ne pouvait pas être ce qu'il imaginait ! Il ne pouvait pas coucher une fois avec Katy et la mettre enceinte au moment précis où sa femme parvenait cnfin à tomber enceinte après cinq ans de tentatives infructueuses. Non, ça ne pouvait pas arriver. Katy avait dû s'assurer qu'ils étaient protégés. Elle devait prendre la pilule, à l'époque. Les femmes n'atteignent pas trente-six ans sans avoir d'enfants si elles ne maîtrisent pas parfaitement les moyens de contraception, si ? Et puis, c'était qui, cc clown assis à côté d'elle ? Il ne serait pas là s'il n'était pas le père.

Matthew respirait trop vite désormais, trop fort pour que cela passe inaperçu.

Il jeta un regard nerveux autour de lui et se rendit soudain compte que tout le monde le regardait.

Alison lui donna un coup de coude. Merde, c'était son tour. Son tour de dire à l'assistance quelle était sa plus grande peur concernant cette naissance. Que sa femme découvre qu'elle n'était peut-être pas la seule à porter son enfant, ça comptait ?

— Désolé, j'ai besoin de prendre l'air, parvint-il à articuler avant de se lever pour courir – littéralement – jusqu'à la sortie.

Le rire de Joan fut le dernier son qu'il entendit alors que la porte se rabattait derrière lui.

— Bon, il y en a toujours un qui est soudain frappé par la réalité lorsqu'on en arrive à ce stade, commenta Joan. Accordez-lui une minute, et vous verrez qu'il se portera comme un charme. Pourquoi ne pas nous parler de vous deux ? suggéra-t-elle à la femme assise à côté de la chaise vide de Matthew.

— Eh bien, c'était mon mari, Matthew, qui n'est pas comme ça d'habitude, je vous le promets. Je ne comprends pas ce qui lui a pris. Bref, je m'appelle Alison. On vient de quitter Londres pour emménager ici pour le travail de Matthew, et parce qu'on voulait une maison avec un jardin plutôt que l'appartement dans lequel on vivait. Et croyez-moi, on va en avoir besoin parce qu'on attend des jumeaux, expliqua-t-elle avec un sourire extrêmement fier.

Un « waouh » parcourut l'assistance, suivi par une salve d'applaudissements spontanés. Katy tapa dans ses mains un tout petit peu moins fort que les autres, les yeux rivés à la porte fermée derrière laquelle Matthew se cachait, elle en était certaine.

— Comment tu as pu me faire ça ? demanda Alison, haletant un peu tandis qu'elle s'effondrait sur le siège passager de la voiture de Matthew après la fin du cours. Comment tu as pu me planter comme ça et ne pas revenir ? J'étais mortifiée.

— Je suis vraiment désolé, mais je me suis senti super mal, tout à coup.

— Et bien sûr, maintenant ils pensent tous que tu n'es pas à la hauteur.

— À la hauteur de quoi ?

— D'avoir des jumeaux, siffla-t-elle. Ils pensent tous que tu n'en as pas les tripes, je le sais. Je parie qu'ils sont en train de parler de nous, en rentrant chez eux. Du couple qui va avoir des jumeaux avec un mari pas même capable d'assister à un cours prénatal pour se renseigner sur l'accouchement. C'est comme ça qu'ils doivent nous décrire. Dieu que je suis gênée !

Matthew fixait en silence le compteur de vitesse sur son tableau de bord.

— Tu m'écoutes, au moins ? insista-t-elle.

— Pardon, tu disais quoi ?

— Mais merde, Matthew, tu sais combien ces cours sont importants, et toi, tu me lâches comme ça, devant tout le monde.

— Je crois… Je crois juste que j'étais incapable de rester là-dedans plus longtemps.

— Oh, fantastique ! s'écria-t-elle en levant les mains au ciel. Qu'est-ce que ça va être quand je serai en train d'accoucher, si tu ne supportes même pas d'assister à un cours où on ne fait qu'en parler ? Mais bon sang, qu'est-ce qui te fait si peur ?

— Rien. Rien, je te promets. Honnêtement, ça n'a rien à voir avec la naissance des jumeaux. J'ai dû manger un truc pas net au déjeuner, voilà tout, mentit-il, avant de se tourner vers elle. Et puis de toute façon, c'est toi qui as besoin de connaître tous ces trucs, non ? Si je ne suis pas là, ça n'a pas grande importance, au bout du compte. Tu sais, je veux dire si un truc arrive – croisons les doigts que non – et que pour une raison ou pour une autre, je ne puisse pas y assister.

— Matthew, ça fait des mois que les dates sont enregistrées dans ton Blackberry. Je suis bien placée pour le savoir, c'est moi qui les y ai entrées. Il n'y a rien de plus important que ces cours. Que penseraient les autres si tu ne te pointais pas, surtout après ton comportement de ce soir ?

— Leur opinion est vraiment si importante pour toi ? On ne va pas devenir frères de lait, de toute façon, si ?

— Matthew, je vais passer toutes mes journées à la maison avec deux enfants. J'ai besoin de commencer à développer un réseau de soutien et j'espérais qu'il y aurait des femmes avec qui je pourrais sympathiser dans ce cours.

— Voyons, Alison, il n'y avait personne avec qui tu aies quoi que ce soit en commun, répliqua Matthew, qui recommençait à se sentir fébrile.

— Eh bien, je n'en sais rien. Pourquoi pas celle que tu dévisageais ? Je t'ai vu, tu ne la lâchais pas des yeux, rétorqua-t-elle d'un ton accusateur.

— Quoi ? (Il allait vomir.) La brune ? Non, c'est juste que j'avais l'impression de la reconnaître, mais je n'arrivais pas à la situer. Tu vois ce que je veux dire ?

— Je vois. C'est sûr que tu vas forcément tomber sur des tas de gens que tu fréquentais. Elle travaille pour une boîte de marketing, si ça peut t'aider. Et je dois bien avouer que c'était la seule avec qui je me voyais devenir copine, vu que c'était la seule qui possédait un semblant de cerveau.

— Mais… Mais…, bredouilla désespérément Matthew, en quête des mots susceptibles de faire dévier cette conversation dans une direction moins épineuse. Mais ce n'était pas elle qui était accompagnée d'une espèce de loser en guise de petit ami ?

— Oh, il n'est pas méchant. Tu as raison, cela dit, ils forment un drôle de couple. Il semble beaucoup plus jeune qu'elle.

— Moi en tout cas, il m'a fait l'effet d'un gros naze. Je me tiendrais à l'écart, si j'étais toi. Il n'y a rien de pire que de devoir supporter les partenaires atroces.

— Je te signale qu'ils pensent probablement la même chose de nous, vu ton comportement de ce soir. Son partenaire était un saint, comparé à toi. Il m'a même tenu les mains pour m'aider à effectuer l'exercice prénatal avec le ballon, comme tu n'étais pas là. Alors n'oublie pas de le remercier d'avoir joué les pères de substitution, quand tu le verras la semaine prochaine.

— Belle performance de ma part, tu ne trouves pas ? demanda Ben à Katy alors qu'ils étaient arrêtés à un feu rouge sur le chemin du retour. J'ai brisé la glace à coups de blagues légères. Les blagues sur les roux, ça ne rate jamais, comme je le dis toujours. En plus, je n'ai pas prononcé un seul gros mot par respect pour ta mémé. Paix à son âme. Et j'ai avalé tous les détails gore que Joan nous a jetés à la figure comme un grand garçon, on ne peut pas en dire autant de l'autre mec, Matthew. Quelle mauviette, celui-là. Je te parie que sa femme est en train de lui faire la scène du siècle.

— Je le connais, en fait, avoua Katy.

— Qui ? Le mec de la grande ?

— Ouais. On était à l'école ensemble. Le monde est petit.

Elle avait passé le cours entier à combattre son envie de se lever pour aller rejoindre Matthew. Cependant, elle avait compris qu'il valait mieux avouer à Ben qui il était au cas où ils se recroiseraient.

— Et il était déjà aussi pathétique à l'école ? s'enquit Ben.

— Je ne m'en souviens pas vraiment, mentit-elle, espérant qu'il ne détecterait pas le léger tremblement dans sa voix. Mais bref, j'ai réfléchi, Ben. Je ne suis pas sûre qu'on doive continuer à assister aux cours. J'ai appris les trucs qui m'intéressaient le plus ce soir. Contentons-nous de lire les bouquins, ça suffira, conclut-elle sur un ton qu'elle tâchait de garder désinvolte.

— Quoi ? Tu déconnes là ? s'indigna Ben. Toute la semaine, en salle des profs, j'ai enduré les vannes de Bob et Dennis, comme quoi je ne serais jamais capable de supporter tous les détails gore et sanguinolents. Si je me pointe au bahut en disant qu'on n'ira plus dès la fin du premier cours, ils vont me dézinguer.

— Tu n'auras qu'à leur dire que c'est moi qui refuse d'y retourner, suggéra-t-elle, dans une tentative désespérée.

— Ouais, tu parles qu'ils vont croire ça. De toute façon, je dois aller au prochain cours. Je ne pensais jamais en arriver à te dire ça, Katy, mais je te remercie de m'avoir obligé à le faire, ajouta-t-il avec le plus grand sérieux. L'avenir de l'équipe de foot des moins de dix-neuf ans de Leeds Nord dépend désormais de ma participation à ces réunions, car je dois convaincre Luke de revenir à son poste d'attaquant.

Chapitre 7

Sur le moment, Katy s'était imaginé que coucher avec Matthew avait constitué un tournant positif dans sa vie. Savoir qu'il la désirait et qu'elle avait pu lui tourner le dos avait beaucoup aidé à lui faire oublier les années de souffrance, ainsi que le sentiment grandissant de rejet qu'elle réprimait.

Cela dit, ça n'avait pas été facile. Elle avait adoré baigner dans la chaleur des souvenirs partagés. Elle aurait aisément pu se laisser aller à ce regard teinté de rose sur le passé, s'il n'y avait eu cette ombre qui lui tombait dessus chaque fois qu'elle se rappelait l'écart de Matthew et l'avenir qu'il avait cruellement brisé, alors qu'ils en avaient discuté pendant des heures la nuit précédant leur départ pour l'université. Cet avenir où ils vivaient dans une grange retapée avec pleins d'enfants et de chiens. Elle n'avait pas oublié le moindre détail de leurs projets, pas plus qu'elle n'avait oublié un instant des semaines et des mois qu'elle avait passés à les pleurer. Et puis, quand les larmes s'étaient enfin taries, elle avait décidé que plus jamais elle ne traverserait ça à nouveau, jurant qu'elle ne compterait plus que sur elle-même pour trouver le bonheur. Pas sur un homme.

Quand elle avait fait ses adieux à Matthew le lendemain matin, après leurs retrouvailles, en lui souhaitant une belle vie, l'expression qu'elle avait vue sur son visage lui avait suffi pour savoir qu'enfin, après tout ce temps, elle était totalement remise. Au vu de son air déçu et perplexe, il n'avait manifestement pas imaginé que ce serait elle qui mettrait un terme à ce brève interlude.

Ce jour-là, Ben était rentré de son enterrement de vie de garçon surpris de découvrir le nouvel élan qui l'animait et son désir de l'entraîner immédiatement dans leur lit. Il avait protesté pour la forme, arguant qu'il empestait la bière, mais elle s'était fait une mission de bannir son expédition sexuelle avec Matthew dans un recoin de sa mémoire et de la remplacer par une bonne partie de jambes en l'air avec Ben.

Puis tout était rentré dans l'ordre, jusqu'au jour où elle avait découvert qu'elle était enceinte.

— Putain, mais comment c'est arrivé ?

Telles avaient été les premières paroles de Ben quand enfin elle le lui avait avoué, ayant décidé d'oblitérer la faible possibilité que l'enfant soit de Matthew.

— Je suppose que ça vient des deux ou trois grosses gueules de bois après avoir sorti des clients pendant les fêtes de Noël. J'ai vomi et il faut croire que ça a empêché la pilule de fonctionner.

Et elle l'avait regardé, en guettant nerveusement sa réaction. Au bout du compte, elle avait dû attendre que la situation évolue avec le temps. Il était passé par tous les stades : sidération, accablement, malaise, et puis il avait téléphoné à sa mère et, suite à un bon sermon de sa part, il s'était décidé pour une sorte d'attitude balançant entre résignation et détachement, avec une pointe de secrète excitation de temps en temps. Quant à Katy, une fois surmonté le traumatisme d'avoir annoncé ça à Ben et après avoir remisé la possible implication de Matthew dans un coin de sa tête, elle avait choisi de traiter sa grossesse comme un non-événement. Pas question qu'elle se change en androïde obsédée par le bébé à l'instar de toutes les autres femmes de sa connaissance qui attendaient un enfant. Au contraire, sa personnalité – comme celle de Ben – allait rester intacte, et rien de tout ça n'aurait la moindre influence sur leur relation. La vie devait suivre son cours normal.

Cependant, « normal » n'était pas le premier mot qui lui venait à l'esprit quand elle arriva au travail le lendemain du cours de préparation à l'accouchement. L'arrivée d'un second père potentiel à la trente-cinquième semaine, voilà qui n'était analysé nulle part dans le guide de grossesse que lui avait remis la sage-femme. Pas plus qu'il ne contenait de conseils sur la manière d'éviter sa propre fête prénatale, prévue à son grand dam justement ce jour-là. Hélas, elle n'avait pas la moindre chance d'y échapper, elle le savait, surtout quand tout le monde au bureau semblait surexcité à la perspective de célébrer la naissance à venir.

— Une fête prénatale, c'est le nouveau mariage, de nos jours, ma chère, avait déclaré David en observant sa stupéfaction devant les cartons d'invitation élaborés qu'il avait dessinés.

— Mais ça n'est qu'un groupe de collègues de travail qui sortent prendre un verre et grignoter un bout, non ? avait-elle demandé.

— Katy, Katy, Katy. Tu serais bien naïve de penser que moi, extraordinaire directeur artistique de ce bel établissement, je raterais la chance de pouvoir donner libre cours à mes talents sur quelque chose d'aussi ringard et d'aussi éloigné de la vie d'un homo qu'une fête prénatale.

— Ah, voilà, je comprends mieux. Tu te sens un peu mis à l'écart de tout ce tralala autour de la procréation et, du coup, tu vas faire ton possible pour marquer ma grossesse du sceau de l'homosexualité. Au fait, j'adore l'idée de donner naissance à Judy Garland sur l'invitation.

— Ne me remercie pas. Évidemment, j'avais d'abord envisagé Kylie, mais il n'était pas crédible qu'une femme aussi minuscule puisse résulter de tes gènes.

— Tu as parfaitement raison, le choix de Kylie aurait été grotesque, avait-elle répondu à l'époque.

Elle ignorait alors que donner naissance à Kylie Minogue aurait été infiniment préférable à sa présente situation.

Lâchant un profond soupir, elle ramassa son sac et se dirigea vers la porte de l'agence, affichant une expression faussement assurée pour créer l'illusion d'une femme en pleine possession de ses moyens.

Mais son sourire lui fut arraché à l'instant où elle entra dans la salle de restaurant au quatrième étage de *Harvey Nichols* et s'aperçut, suspendue au plafond, dans un portrait d'au moins un mètre quatre-vingts tout en splendeur. La photo d'elle était plutôt belle, en effet, si l'on oubliait le fait que son visage avait été accolé au corps de Demi Moore dans le fameux cliché de l'actrice enceinte et complètement nue qui avait fait la couverture de *Vanity Fair* dans les années 1990. Daniel se tenait près du portrait, arborant un sourire d'extrême autosatisfaction. Il se précipita sitôt qu'il la vit arriver.

— Tu l'adores, pas vrai Katy ? Tu n'as jamais été plus belle.

— Fantastique. Tu es donc en train de m'expliquer que je suis à mon top avec ma tête attachée au corps d'une autre femme enceinte ? répliqua-t-elle, stupéfaite.

— Mais regarde un peu ton visage. Colin, de la repro, a travaillé dessus pendant des heures. Ça lui a pris toute la soirée de mardi, rien que pour t'unifier le teint. Mais le résultat est spectaculaire. Je voulais juste te montrer à quoi tu pourrais ressembler si tu prenais les soins du visage au sérieux et dépensais suffisamment d'argent sur tes produits de beauté.

— Daniel, tu es un véritable ami. Rappelle-moi de te prévenir, chaque fois que j'ai besoin d'être convaincue que le suicide est ma seule option, dit-elle en se détournant.

En temps normal, ses conversations légères avec Daniel lui procuraient beaucoup de plaisir, mais pas aujourd'hui. Elle lissa sa robe de grossesse de créateur, achetée pour montrer à ses jeunes collègues que le fait qu'elle soit enceinte ne signifiait pas qu'elle avait perdu son style. À sa grande horreur, néanmoins, elle sentit des larmes lui gonfler les paupières tandis qu'elle se dirigeait vers la table ornée avec goût de plumes de marabout blanc entourant une mer oscillante de minuscules cigognes, blanches elles aussi, plantées au bout de piques en acier.

— Très joli, parvint-elle à marmonner en approchant des visages impatients de voir sa réaction autour de la table.

— C'est Lenny et moi qui avons décoré la table, annonça Kim, l'un des directeurs artistiques juniors. Même si on a dû batailler avec Daniel, qui tenait absolument à nous embarquer sur un thème hospitalo-stupéfiant. Il voulait qu'on accroche au plafond des seringues à épidurale remplies de liquides bleus et roses, et ensuite, pour l'amusement général, qu'on fasse main basse sur une bombe à hélium, histoire qu'on puisse tous essayer. Heureusement, le directeur du restaurant a mis son veto en expliquant qu'il n'était pas assuré pour les cas où les clients apportaient leur gaz sur place.

— Waouh, on l'a échappé belle, commenta-t-elle en s'asseyant, douloureusement consciente d'être au centre de l'attention alors même qu'elle n'avait qu'une envie : se glisser dans un trou et disparaître.

S'ensuivit un silence gêné au cours duquel personne ne semblait savoir que faire, jusqu'à ce que son patron, toujours très pro, brise la glace pour relancer la fête.

— Alors, Katy, parle-nous de la chambre du bébé. Quel thème as-tu choisi ? s'enquit-il.

— Oh, les murs étaient blancs, alors on les a laissés comme ça, répondit-elle.

— Super, pas besoin d'en faire des tonnes, pas vrai ? commenta-t-il avec empathie. Je ne supporte pas ces chambres d'enfants surdécorées, où il faut absolument que tout s'inscrive dans le thème Winnie l'ourson. Quelle créature voudrait d'un gros ourson niaiseux qui l'observe depuis tous les recoins de la pièce alors qu'elle vient tout juste de débarquer en ce bas monde ?

— Mon petit Alfie adore Winnie, intervint Jane, la réceptionniste. C'est vrai, Katy, il l'adore. Je peux t'accompagner chez *Mothercare*, si tu veux. On y trouve tout assorti, c'est fantastique.

— Euh... si j'ai le temps, répondit Katy avec un coup d'œil désespéré en direction de son patron.

— Bien, finissons-en avec les formalités, et puis on pourra se détendre et boire un verre, reprit-il.

Sur quoi il se leva et tapota son verre à l'aide d'un couvert pour obtenir l'attention générale. Bon Dieu, songea Katy, ça allait vraiment virer au repas de mariage.

— Mesdames, messieurs, je dois avouer ma surprise de me trouver devant vous ce soir pour porter un toast à Katy et à sa plongée imminente dans la maternité. Je la connais depuis quelque temps à présent, et j'éprouve pas mal de difficultés à oublier les images d'elle en des occasions où elle s'est comportée, disons, de façon peu maternelle.

Un petit rire entendu flotta autour de la table.

— Malheureusement, je crains que nous n'ayons plus jamais l'occasion de profiter du spectacle de Katy faisant la leçon à une stripteaseuse qui essayait d'arnaquer l'un de nos clients, lors d'une soirée organisée pour célébrer le succès de leur campagne publicitaire. Je crois me rappeler tes paroles exactes : « Si tu crois que tu peux faire payer cent balles pour secouer ton cul sous le nez de ce type, eh bien moi, je vais te prendre le double pour te carrer mon doigt dans le blaire. » Voilà ce que j'adore chez Katy, elle garde toujours un œil sur ses notes de frais.

Tout le monde éclata de rire, Katy sourit, les dents serrées.

— J'ai aussi le souvenir d'elle en train d'ajuster la position du pénis d'un mannequin qui posait pour une campagne de sous-vêtements masculins, sous prétexte qu'elle savait précisément comment le client voulait qu'il soit placé. Toutes ces belles images vont devoir être reléguées dans le passé, désormais, de peur d'embarrasser sa descendance.

— Elle m'avait empêché d'approcher du matos du mannequin, cette sale égoïste, marmonna Daniel. Pourtant, s'il y a quelqu'un qui sache comment mettre en valeur un pénis, c'est bien moi, non ?

— Toutes ces anecdotes nous montrent la capacité d'adaptation de Katy, et ce, à tout type de situation. Et je sais, bien qu'elle ait résisté si fort et ostensiblement à toute possibilité de bonheur domestique par le passé, qu'elle s'adaptera encore une fois, comme toujours, et deviendra une mère parfaite.

Puis il se tourna pour s'adresser directement à elle :

— Je le pense sincèrement, Katy. Vraiment, insista-t-il en lui posant une main sur l'épaule.

Katy restait assise là, paralysée. Une mère parfaite ? Il ne dirait pas ça, s'il connaissait sa situation.

— Maintenant, Daniel a organisé un cadeau très, très spécial qu'il a gardé jalousement secret, c'est donc avec beaucoup de curiosité que je te remets entre ses mains, conclut son patron.

Ce fut seulement à ce moment-là qu'elle remarqua quelque chose sur la table près d'eux : un linge blanc recouvrait une sorte de bosse d'à peu près soixante centimètres de hauteur. Daniel se pencha au-dessus, l'air étonnamment mal à l'aise.

Qu'avait-il bien pu inventer cette fois ? se demanda-t-elle. Il fallait vraiment qu'elle pense à lui signifier qu'elle ne souhaitait plus jamais le revoir.

— Alors, Katy, sache avant toute chose que ceci a demandé beaucoup de travail, et que donc tu as tout intérêt à aimer, annonça-t-il.

Sur quoi il retira le linge blanc d'un geste théâtral pour révéler un buste de femme enceinte arborant une paire de seins impressionnante, le tout sculpté dans une sorte de plâtre et monté sur un socle de bois sombre.

— Je reconnais ces nichons, ricana Martin, l'un des directeurs des comptes.

— Pourquoi ? haleta Katy, bouche bée.

Et sous l'effet de l'incrédulité, elle secoua lentement la tête à l'intention de Daniel.

— Rappelle-toi quand je t'ai demandé de faire quelques clichés de ton ventre pour aider à la direction artistique du catalogue des vêtements de grossesse.

— Ouais.

— Eh bien, je t'ai menti, poursuivit-il en pouffant comme un hystérique. Je voulais juste une bonne photo de toi afin de préparer ça. Avoue, Katy : tu ne t'attendais quand même pas à ce que je t'offre un truc utile pour le bébé, si ? Cette manie de tout faire en rose et bleu, ça me donne des boutons.

— N'empêche, devoir assister à l'exposition de mon corps nu en public, et pas seulement une fois mais deux, c'est cruel, Daniel. Très cruel.

— Une seule fois, corrigea Daniel. L'autre, c'est Demi Moore qui, manifestement, n'a pas les mêmes réticences ridicules que toi et n'hésite pas à célébrer la magnificence du corps féminin pendant la grossesse.

— Daniel, je pèse tellement plus que mon poids normal que c'en est obscène, j'ai des vergetures d'un kilomètre de long et je n'ai pas vu mes poils pubiens depuis des mois. Pourtant je m'efforce de me montrer reconnaissante que mes seins grossissent à la même cadence que mon ventre, histoire qu'ils puissent vérifier pour moi s'il est bien toujours là. Tu veux bien m'expliquer ce qu'il y a de magnifique là-dedans ?

— OK, OK. Ne te tracasse pas, Louise arrive avec le cadeau banal. Et ne viens pas te plaindre quand tu devras faire semblant de t'enthousiasmer devant un seau à caca ou un truc du genre.

Sur ces entrefaites, Louise fit justement son entrée, les bras chargés de cadeaux. C'était l'assistante de Katy, et la mère poule du service. Son bureau était couvert de photos de ses gamins, dont elle ne se lassait jamais de raconter les dernières escapades. Louise avait montré un enthousiasme débordant quand Katy lui avait annoncé être enceinte, et ne tarissait pas de conseils utiles sur tous les aspects de la grossesse et de la maternité, allant jusqu'à frapper souvent à la porte de son bureau pour partager tel ou tel détail qui venait de lui traverser l'esprit. Katy avait supplié qu'elle soit transférée dans un autre service, requête qu'avait refusée son patron au motif que lui-même se délectait de voir Katy grimacer devant les histoires quotidiennes dont Louise l'abreuvait concernant ses trois accouchements.

— Désolée pour mon retard, ton téléphone n'a pas arrêté de sonner, expliqua Louise en jetant à Katy un regard noir, comme si c'était par sa faute qu'elle avait dû subir l'inconvénient d'accomplir le travail pour lequel elle était payée.

— Des urgences ? s'informa Katy.

— Je ne pense pas. Des clients, pour la plupart, à qui j'ai répondu que je les rappellerais après ta fête prénatale, et ça leur a bien rabattu le caquet. Oh, et puis un type, un certain Matthew, je crois. Il s'est présenté comme un vieil ami qui essayait de te recontacter. J'ai transféré son numéro sur ton Blackberry.

En entendant le nom de Matthew, Katy sursauta et lâcha sa fourchette, qui atterrit au sol avec fracas. Et elle mit à profit le moment où elle se penchait sous la table, au prix d'une bataille contre son corps, pour tâcher de se remettre de ses émotions.

— OK, euh... Je pense savoir de qui il s'agit, répondit-elle en se redressant pour afficher une expression neutre, malgré la chaleur qui lui montait aux joues.

Daniel posa sur elle un regard choqué. Il était le seul à qui elle avait raconté son aventure avec Matthew, vu que ses amies, qu'elle ne voyait que rarement, auraient sans aucun doute répondu à la manière horrifiée d'une « Femme de Stepford » si elle leur avait avoué son échec dans la tâche somme toute assez élémentaire de connaître l'identité du père de son enfant. Daniel, au contraire, avait applaudi au récit de ses mœurs légères, la proclamant prête à devenir homo. Cependant, la confusion concernant la paternité de son futur enfant l'avait laissé sans voix. En fait, il l'avait plantée là, sans lui parler pendant plusieurs heures au cours desquelles il avait manifestement bien réfléchi à la question. Puis il était revenu la trouver dans son bureau pour déclarer que, selon lui, sa seule option était d'oublier Matthew. De l'enfouir profondément dans un recoin de sa tête qu'elle visitait rarement et de se concentrer sur la manière de devenir la meilleure mère possible et d'aider Ben à être le « papa du siècle ». Sur quoi il s'était levé et avait quitté la pièce sans qu'elle ait eu le temps de répondre quoi que ce soit. C'était la première fois qu'elle le voyait cent pour cent sérieux, et ça lui avait fiché la frousse. Si Daniel prenait la chose tellement au sérieux, alors pas de doute, la situation était réellement sérieuse.

— Qu'est-ce que je peux aller te chercher à boire, Louise ? demanda Daniel, sans lâcher Katy des yeux.

— Un verre de vin blanc limonade.

Daniel frémit à la perspective de devoir commander pareille décoction au joli barman.

— Accompagne-moi au bar, ordonna-t-il en prenant déjà Katy par le bras pour éviter tout refus.

— Qu'est-ce que c'est que ce bordel ? cracha-t-il sitôt qu'ils furent assez loin pour ne plus être entendus. C'est le Matthew auquel je pense ? Je croyais qu'il avait été remisé dans les limbes de ta vie ?

— Je n'ai pas eu l'occasion de te raconter. Il était présent à mon cours prénatal d'hier soir. Il est revenu vivre ici, siffla-t-elle.

— Et qu'est-ce qu'il fichait à ton cours prénatal ?

— Sa femme est enceinte, gros bêta. Pourquoi veux-tu qu'il y soit ? répliqua-t-elle, au bord de l'hystérie.

— Tu déconnes ! Tu veux dire qu'il va avoir un bébé avec sa femme et qu'il va aussi peut-être avoir un bébé de toi ? s'écria Daniel, sidéré.

— On ne sait pas si le bébé est de lui. Je n'ai couché avec lui qu'une fois, on en a déjà parlé, répondit-elle fermement.

— Je sais, je sais. Mais à présent qu'il a réapparu dans ta vie, c'est différent, non ? Qu'est-ce que tu vas faire ?

— Rien, répondit-elle en essayant de se calmer. Ça ne change rien, pas vrai ? C'est toi qui avais raison depuis le début : je dois continuer à faire comme si rien ne s'était passé. D'autant plus maintenant que sa femme est enceinte. Je dois partir du principe que mon enfant n'est pas de lui.

— Mais il vient de t'appeler, si ça se trouve c'est pour te demander de lui recommander une bonne baby-sitter, bien sûr, mais quelque part, j'en doute. Tu penses qu'il soupçonne quelque chose ?

— Eh bien, au cours prénatal, on a dû annoncer devant le groupe pour quand était prévue la naissance…

— Waouh, c'est carrément zarbi, l'interrompit Daniel. Se retrouver dans une pièce et savoir quand les autres ont fait crac-crac pour la dernière fois.

— Pourquoi ça devrait être la dernière fois ? contra Katy.

— Oh, c'est bon, vous les hétéros de plus de trente ans, vous n'avez de relations sexuelles que dans le but de procréer. La raison pour laquelle les femmes enceintes ont l'air si serein, c'est qu'elles ont assouvi leurs pulsions charnelles. Et qu'est-ce qu'il a fait, ton Matthew, quand tu as annoncé ta date ?

— Il a blêmi et il est sorti de la salle, où il n'est jamais revenu.

— Alors il soupçonne forcément que le gosse est de lui ? insista Daniel.

— Je pense, oui.

— Et ?

— Et quoi ?

— Qu'est-ce que tu vas faire, bordel ?

— Je n'en ai aucune idée, répondit-elle, sentant la panique l'envahir de nouveau.

Désespérée, elle balaya la salle, comme si la réponse pouvait lui sauter aux yeux. Mais tout ce qu'elle vit, ce furent ses deux corps nus exposés en public.

— Ça n'était pas censé se passer comme ça, marmonna-t-elle enfin, reportant sa colère sur Daniel.

— Hé, ma fille, pas besoin de t'en prendre à moi. On se calme, d'accord ? Tu as tout à fait raison. Ça ne change rien. Le plan tient toujours, surtout maintenant que tu sais que sa femme est enceinte. Matthew, c'est de l'histoire ancienne. Ben est le père, enfonce-toi ça dans le crâne. Et dis-le à Matthew. Ensuite tout ira bien. Tu verras.

— Comment [illegible] s'est passé [illegible] [illegible]

[illegible]

[illegible]

Chapitre 8

Katy jeta une pièce d'une livre dans le chapeau d'un clochard qui faisait la manche devant le pub. En l'absence d'une fontaine à souhaits, ça lui porterait chance, songea-t-elle. Elle poussa la porte et comprit aussitôt qu'elle ne risquait pas d'être vue ici par les gens qu'elle connaissait. Avec soulagement, elle remarqua le papier peint criard et à moitié déchiré qui s'accordait parfaitement aux meubles dépareillés de la pièce. Une mousse couleur moutarde sale suintait de tous les fauteuils rembourrés et tombait sur la moquette grise poisseuse, usée par des années d'abus. Quelques machines à sous tintaient joyeusement dans un coin, unique source de gaieté dans tout cet endroit déprimant à mourir. Et vide à l'exception de trois clients assis au bar, qui semblaient accoudés là depuis l'heure du déjeuner, peut-être même celui de la veille, d'ailleurs. Affalés sur le bar, ils communiquaient par une suite de bruits graves ou haut perchés en guise de mots, ce qui apparemment ne les empêchait pas de se comprendre.

La seule autre habitante des lieux était une vieille dame très grosse vêtue d'un long imperméable bleu couvert de crasse et d'un foulard en plastique transparent. Elle était assise dans un coin à siroter une pinte de bière.

— Tu le trouveras par là, poupée, lança-t-elle à Katy dès qu'elle eut effectué quelques pas prudents à l'intérieur de l'établissement. Et il s'est déjà fait un ami.

Katy regarda dans la direction indiquée par la dame et découvrit Matthew, aussi déplacé dans cet endroit qu'elle devait l'être elle-même. Il portait un costume bleu marine très élégant, une cravate, et un énorme berger allemand était couché en travers de ses pieds.

— C'est le dernier accessoire à la mode à Londres pour garder les pieds bien au chaud ? ne put-elle s'empêcher de commenter en s'asseyant.

— Cette sale bestiole refuse de bouger et je n'ose pas la pousser de peur qu'elle me morde le pied. Voire pire, que sa propriétaire me morde, répondit Matthew avec un coup d'œil inquiet en direction de la vieille.

Cette dernière lui offrit un grand sourire édenté.

— Eh bien, on dirait en l'occurrence que son chien aboie sans doute plus fort qu'elle ne mord, plaisanta-t-elle.

Oh non, mais ça vient d'où, ça ? Voilà qu'elle se changeait en comique, alors même qu'elle était sur le point d'entamer une conversation d'enfer…

— Très drôle, confirma Matthew. J'ai supposé que tu ne boirais pas d'alcool, du coup je t'ai commandé une eau minérale au lieu d'un rhum Coca. Mais je peux aller te chercher autre chose, si tu préfères.

Katy fut immédiatement perturbée. Elle n'avait pas bu de rhum Coca depuis des années. En fait, elle avait même oublié qu'elle avait jadis consommé un mélange aussi atroce. Pas Matthew, apparemment.

— Non, de l'eau ça ira, répondit-elle en avalant une gorgée. Alors, comment tu vas ? s'enquit-elle, pas encore prête à s'engager en territoire plus dangereux.

— Oh, plutôt bien, au vu des circonstances. Et toi ?

— Ouais, ça va, je crois. Au vu des circonstances. Et toi ?

— Tu viens de me le demander, répliqua-t-il.

Et il posa sur elle des yeux emplis de milliers de questions. Puis il les ferma brusquement, avant de les rouvrir et de secouer la tête, comme s'il n'en revenait pas lui-même de ce qu'il s'apprêtait à dire.

— C'est possible qu'il soit de moi ?

Katy était sous le choc. Jamais elle n'aurait cru qu'il poserait la question de façon aussi directe et aussi rapide. Elle avait imaginé des dizaines de préambules, supposé qu'ils tourneraient autour du pot un moment, ce qui lui laisserait du temps pour réfléchir à la manière de conclure le rendez-vous. Mais faute de ce temps pour choisir ses mots, elle lui donna une réponse abrupte.

— Oui.

Matthew s'affala sur son siège. Voilà, c'était sorti. Impossible de revenir en arrière. Il avait suffi d'un instant pour que la terre ferme se dérobe sous leurs pieds et soit remplacée par une substance tremblante, inconnue et inexplorée sur laquelle on ne savait pas du tout comment se déplacer.

Ils restèrent assis un long moment sans plus parler, tous deux perdus dans leur propre bataille interne – que dire, que faire à présent. Finalement, le berger allemand bougea, leva les yeux vers eux et, comprenant sans doute qu'ils avaient besoin d'intimité, l'animal se mit debout et se dirigea lentement vers sa propriétaire.

Ce fut Matthew qui fut en mesure le premier de se mouvoir dans leur nouveau monde.

— Quand tu dis « oui », tu veux dire que tu en es certaine ? Et le type qui t'accompagnait au cours ?

— C'est Ben, celui dont je t'ai parlé à la soirée. Il pourrait aussi être de lui. Je ne sais pas, en fait, Matthew.

— Qu'est-ce que tu lui as dit ?

— Rien. Pour ce qui le concerne, ce bébé est de lui. Écoute, Matthew, j'ai découvert que j'étais enceinte, j'ai calculé qu'il y avait une possibilité qu'il soit de toi, mais au fond, il y a plus de chances encore qu'il soit de Ben, débita-t-elle. Toi et moi, on n'a passé qu'une nuit ensemble, nom de Dieu. J'essayais d'oublier ce qui était arrivé entre nous. Pourquoi se tracasser à propos d'un truc qui n'est peut-être pas réel ? Je me suis convaincue que Ben était à cent pour cent le père et puis point barre.

— Et maintenant, qu'est-ce que tu penses ? demanda-t-il.

— Il est plus facile d'oublier quelque chose quand on ne te le rappelle pas sans cesse. À cause de ta venue ici, les minuscules doutes que je nourrissais refuseront de se taire.

Matthew se pencha par-dessus la table et enfouit le visage entre ses mains, se couvrant les yeux. Au bout de quelques secondes, il se mit à trembler. Et à sa grande horreur, Katy pensa qu'il pleurait. Jusqu'à ce qu'il finisse par relever la tête : en fait, il riait.

— Je n'ai pas la moindre idée de ce que tu trouves drôle dans cette histoire, commenta-t-elle.

— Cette putain d'ironie, Katy, répondit-il, avec un air à mi-chemin entre la colère et la folie, cette fois. La putain d'ironie d'avoir vécu l'enfer, au cours des cinq années passées, alors que ma femme et moi, on essayait d'avoir un bébé. Ses problèmes de fertilité l'ont transformée en une personne triste, je dois bien l'admettre, et c'est sans doute ce qui m'a jeté dans tes bras. Et puis, ô, joie des joies, ça a fini par marcher. Elle est enceinte et presque redevenue la femme que j'ai épousée. Ma vie est de nouveau sur la bonne voie, et voilà que tu arrives en lâchant ta bombe : après une nuit, une seule nuit de sexe, j'ai peut-être touché le putain de jackpot et conçu un autre petit. Faut croire que tous mes Noël sont tombés en même temps.

Et il se radossa à sa chaise, l'air complètement défait.

— Ça n'est pas un cadeau pour moi non plus, tu sais. Je n'avais pas prévu de tomber enceinte sans connaître le père.

— Et qu'est-ce que tu faisais alors ? Comment se peut-il que tu sois enceinte ? Je veux bien admettre ma très grande faute, pour avoir eu la bêtise de faire ça sans contraceptif, mais je pensais qu'une femme de ton âge et avec ton expérience aurait déjà tout arrangé ou aurait eu la maturité de me demander d'utiliser un préservatif.

— C'est censé vouloir dire quoi, ces conneries ? s'emporta-t-elle.

— Que tu ne peux pas ignorer les risques, et vu qu'il n'y a pas de petites Katy qui courent autour de toi, j'en conclus que tu as su par le passé éviter les grossesses involontaires.

— À t'écouter, je serais une sorte de marie-couche-toi-là, rétorqua Katy, haussant le ton.

Elle n'était pas venue pour se faire insulter.

— Je ne couche pas avec n'importe qui, pour ta gouverne. Je n'ai couché avec toi que par esprit de revanche pour ce que tu m'avais fait subir toutes ces années auparavant. Tu crois vraiment que je t'aurais seulement adressé un regard, sans cela ? Tu n'es plus aussi séduisant qu'avant, monsieur le financier ennuyeux. Et puis bien sûr que si, je me protégeais. Je prenais la pilule, mais j'ai été malade, ce qui a dû annuler son effet. Ces choses-là arrivent, Matthew.

— Je ne suis pas ennuyeux, répliqua-t-il, presque en criant. On ne peut pas tous passer notre temps à faire semblant d'avoir encore dix-sept ans, vois-tu, quand on ne travaille pas dans ce grand bac à sable qu'on appelle la publicité. Il y en a parmi nous qui décident de se marier, de s'installer et de faire quelque chose de leur vie, de se trouver un travail sérieux qui a de l'avenir.

— C'est ça que tu penses ? Que je n'ai jamais grandi ? Pourtant, il me semble que c'est carrément plus mature de faire un travail qu'on adore plutôt que de s'infliger les merdes monotones que tu dois gérer tous les jours.

— Tu dis n'importe quoi, Katy, cracha-t-il en abattant son poing sur la table.

Soudain, le fait qu'ils n'étaient pas seuls leur revint en pleine figure. Le barman était planté juste devant eux et la dame à l'imper les observait, tapie derrière lui.

— S'il vous plaît, vous pouvez parler moins fort ? Vous dérangez mes habitués. Ils sont venus prendre un petit verre tranquillos, eux.

— Il a raison. Vous énervez mon chien aussi, ajouta la vieille.

Ils se tournèrent vers le bar, où les trois clients étaient toujours affalés, quasi endormis.

— OK, chef, répondit Matthew avec le plus grand calme.

— Et ce p'tit bébé, là-dedans, il va pas être heureux, si sa maman et son papa se disputent comme chien et chat, ajouta la femme pour faire bonne mesure.

— Tout va bien, marmonna rapidement Matthew. Merci.

Le barman et la vieille s'éloignèrent, satisfaits d'avoir rabiboché le couple BCBG.

— Super ! Même une vieille peau complètement neuneu pense que le bébé est de moi, commenta Matthew.

— Écoute, ça ne mène à rien. Je te dégage de toute responsabilité, va-t'en, lança Katy, pressée de mettre un terme à cette rencontre déplaisante.

Sur quoi elle se leva de son siège et se surprit à se caresser le ventre dans un geste protecteur, alors qu'elle baissait les yeux vers Matthew.

— Il existe une possibilité, infime, très infime, que ce bébé soit de toi, mais tenter d'élucider la question ne pourra que rendre des gens malheureux. Tu as une femme qui attend des jumeaux. Ils ont besoin de toi. On doit faire un pacte, se jurer d'oublier l'idée de cette minuscule possibilité et en rester là. Il n'y a pas d'autre solution. Maintenant j'ai besoin de faire pipi, et quand je ressortirai des toilettes, je souhaite que tu sois parti.

Sur ces mots, elle fit volte-face et se dirigea vers les WC à grands pas, sans un regard en arrière. La conversation lui avait donné un mal de tête de tous les diables et elle n'avait qu'une envie : ne plus parler, ne plus penser.

— Assez, murmura-t-elle en poussant la porte des toilettes.

Matthew la regarda s'éloigner et se surprit à espérer qu'au moins elle se retournerait. Elle n'en fit rien.

— C'était bon de te revoir, s'entendit-il chuchoter.

Puis il ramassa son manteau et sortit du bar.

Chapitre 9

— L'école au bout de notre rue jouit d'un excellent rapport Ofsted, donc on espère que son directeur sera encore en exercice quand les jumeaux seront en âge d'y entrer. Malheureusement, notre collège de secteur est plutôt mal coté, du coup on devra sans doute déménager avant qu'ils atteignent leurs onze ans, mais ça nous laisse plein de temps pour vérifier quels sont les meilleurs collèges de la région et décider où l'on veut vraiment vivre.

Katy dévisageait Alison, bouche bée. Elle n'avait pas encore acheté un seul paquet de couches, alors pour ce qui était de réfléchir à la scolarisation de son enfant… En fait, elle était toujours sous le choc de se trouver assise là, à discuter normalement – enfin, presque normalement – avec Alison. Après son rendez-vous clandestin avec Matthew, elle avait appelé Daniel pour lui raconter la nouvelle. Voilà, c'était fait. Fini. Bien entendu, avec son flair habituel pour détecter la moindre faille dans tout ce qu'elle faisait, Daniel s'était aussitôt enquis de ce qu'ils avaient prévu concernant les cours prénataux auxquels ils assistaient tous les deux.

— Eh bien, je suis certaine que Matthew et Alison ne s'y repointeront pas. Il ne prendra pas ce risque. Il va trouver une excuse, c'est sûr, avait-elle répondu.

— Hum-hum, OK, si tu le dis…, avait répondu Daniel.

— Ne prends pas cet air-là. Regarde, il a trop à perdre. Tu penses vraiment qu'il va laisser sa femme m'approcher à moins de cent mètres ? Il s'en est tiré la dernière fois, mais retenter le diable, ce serait juste stupide.

— Vraiment stupide, marmonna Katy à mi-voix tout en posant un regard noir sur Matthew, à l'autre bout de la classe.

Il n'avait pas l'air très concentré sur la discussion de groupe à laquelle il était censé participer sur les façons de soutenir la femme pendant la phase de travail. Elle ne cessait de le surprendre à jeter des coups d'œil nerveux en direction d'Alison et d'elle-même. Les femmes étaient censées discuter de la gestion de la douleur, pourtant bizarrement la conversation avait dévié sur ce qu'Alison envisageait pour ses gamins dans onze ans de ça.

— Un autre petit truc auquel il est bon de penser, reprit Joan dans une tentative pour remettre la conversation sur les bons rails, c'est une Boîte à Bonheur. Il s'agit d'une série d'objets qui vous rendent heureuse, vous font sourire ou vous détendent. Comme une photographie que vous aimez, un ours en peluche, voire un poème. Mon mari m'a lu tout un recueil de poésies quand j'ai accouché de notre quatrième, et ça a été de loin mon meilleur accouchement. Certaines d'entre vous peuvent-elles réfléchir à quelque chose qui puisse les aider de la même façon ? Vous, Katy, par exemple, qu'est-ce qui vous détend ?

— Euh… En fait, je n'ai pas beaucoup le temps de me détendre, pour tout vous dire.

— Allons, il doit bien y avoir quelque chose. Imaginons que vous rentrez très stressée d'une rude journée au bureau. Quelle est la première chose que vous faites en rentrant à la maison pour vous délasser ? insista Joan.

Katy fut tentée de répliquer qu'elle se versait un énorme verre de vin, mais ça ne serait sans doute pas très bien perçu. Il y avait certes une chose à laquelle elle avait recours si elle avait passé une journée complètement horrible, mais y penser suffisait à lui faire monter le rouge aux joues.

— Allez-y, Katy, vous pouvez tout nous avouer, peu importe ce que c'est, reprit Joan avec douceur, tout en lui posant une main rassurante sur l'épaule.

Levant les yeux, Katy constata que tout le monde la fixait impatiemment.

— Je mets ma cassette de Hue & Cry, répondit-elle enfin dans un souffle, avant de balayer le groupe du regard dans l'espoir de le voir approuver ses flirts occasionnels avec la musique ringarde des années 1980. Je sais que ça paraît idiot, mais pour une raison que j'ignore, *Looking for Linda* me requinque.

Face aux regards vides qui l'entouraient, elle vira au cramoisi.

— De qui vous parlez ? demanda enfin Charlene. Jamais entendu parler.

— C'était un groupe des années 1980, expliqua-t-elle, malheureuse comme les pierres à la pensée de s'être tiré une balle dans le pied.

— Ah, OK. Je n'étais même pas née, commenta fièrement Charlene. Je ne vous imaginais pas aussi vieille. J'ai dit à Luke que je trouvais Ben beaucoup plus jeune que vous, mais lui il pense que Ben fait juste plus jeune que son âge, avec le sport qu'il fait et tout et tout.

Katy n'en revenait pas. Son cerveau embué par la grossesse ne parvenait pas à réfléchir assez vite pour assimiler le nombre d'insultes masquées contenues dans les propos de Charlene.

— Moi j'ai dit à Luke que vous aviez au moins dix ans d'écart. J'ai raison ? poursuivait la jeune femme, aussi innocemment que si elle se renseignait sur la direction de l'épicerie la plus proche.

Katy n'arrivait toujours pas à parler.

— Vous savez que ma cousine Amy est à l'école où travaille Ben ? enchaînait Charlene, sans soupçonner la détresse qu'elle provoquait chez Katy. D'après elle, toutes les filles le trouvent hyper canon. Je lui ai dit que j'avais rencontré sa petite amie, elle l'a raconté à ses copines et elles sont prêtes à venir vous arracher les yeux. Mais je ne me tracasserais pas trop, à votre place, elles passent leur temps à raconter n'importe quoi dans cette école, elles sont toutes bêtes.

— Dans quelle école avez-vous dit que Ben enseignait ? s'enquit Alison, se tournant vers Katy.

— Au collège de Castle Hill.

— Il faut que je le mémorise, commenta Alison.

— Bien, mesdames, intervint Joan avec son enthousiasme habituel. Tout ça me semble parfait. Je vous laisse réfléchir à d'autres objets à placer dans votre Boîte à Bonheur pendant que je vais voir les garçons.

— Alors, messieurs, comment on s'en sort, par ici ? demanda Joan.

— Eh bien moi, j'opterais pour une banane, suggéra Ben en agitant celle qu'il avait tirée du sac des choses que l'on pouvait proposer à sa compagne pendant les contractions. On ne peut jamais se tromper avec une banane.

— Possible, mais Katy risque de se lasser des bananes au bout de dix heures de travail, indiqua Joan. Vous aurez donc besoin d'autres cordes à votre arc au cas où. Alors, vous voulez bien m'expliquer pourquoi vous avez choisi de placer tel ou tel objet devant telle image correspondant aux étapes de l'accouchement ?

Matthew, Ben et Richard échangèrent un coup d'œil furtif. Luke avait le regard perdu dans le vide, comme depuis le début de la session.

— OK, je me lance, annonça enfin Matthew.

— Vas-y mollo, mec, dit Ben avec un clin d'œil. On n'a pas envie que tu deviennes super bizarre comme la semaine dernière. Il y a quelques photos carrément suggestives, dans le lot.

— Je vous ai expliqué que ça venait d'un truc que j'avais mangé. J'ai passé toute la nuit d'après à vomir, mentit Matthew.

Et sur sa lèvre supérieure, il sentit se former un voile de sueur.

— Ouais, si tu veux. Bon, vas-y alors, balance, j'ai une super pinte de bière qui m'attend quelque part, répondit Ben en regardant sa montre.

Après un regard noir dans sa direction, Matthew offrit à Joan son sourire le plus charmeur.

— Voilà, Joan, on s'est dit qu'au tout début du travail, alors qu'on sera encore à la maison, le meilleur truc serait…

— Une banane, l'interrompit Ben. L'en-cas idéal. Bourré d'énergie et d'éléments nutritifs. Les athlètes ne jurent que par ça, vous savez.

— En fait, Ben, on s'était mis d'accord sur un bain ou son DVD préféré pour la distraire. Ce serait ça, l'idéal, compléta Matthew, les dents serrées.

— Mais le DVD préféré de Katy, c'est *La Mélodie du bonheur*, merde. Vous pensez vraiment que j'ai envie que mon enfant vienne au monde au son d'un groupe de nonnes qui iodlent ?

— C'est une chevrière, corrigea Richard.

— Quoi donc ? s'étonna Ben.

— C'est la chevrière solitaire qui iodle dans *La Mélodie du bonheur*, pas les nonnes.

— Alléluia alors, tout va bien ! Du moment que les nonnes ne iodlent pas, je ne vois aucune objection à ce que mon fils vienne au monde pendant la comédie musicale la plus homo du monde, répliqua Ben.

— C'est un garçon ?

Les mots étaient sortis de la bouche de Matthew avant qu'il ait pu les en empêcher. Katy ne lui avait pas laissé entendre qu'elle était au courant du sexe du bébé.

— Aucune idée. Mais si c'est le cas, il doit recevoir les bonnes influences dès le premier jour. Comme les meilleurs moments de l'Euro 96. Shearer, Gascoigne, Seaman qui battent les Pays-Bas 4 à 1. Le moment où Pearce obtient le penalty, y a rien de mieux que ça.

— Mais Katy n'aime même pas le foot, commenta Matthew. Enfin, je veux dire, je suis bien certain qu'elle n'aime pas ça, en tant que femme, quoi. Je ne connais aucune femme qui aime le foot, ajouta-t-il aussitôt, croisant le regard quelque peu perplexe de Ben.

— Allons, messieurs, on perd du temps, intervint Joan. Un bain ou un DVD, peu importe le DVD, ce sont deux bonnes idées. Continuez, Matthew, je vous en prie.

— Eh bien, ensuite, on a pensé que ce serait une bonne idée d'appeler une amie ou sa mère. Quelqu'un qui a déjà vécu des contractions et saura la rassurer, lui expliquer que tout ce qu'elle ressent est normal.

— Écoute, je suis désolé de t'interrompre encore une fois, mais si tu connaissais la mère de Katy, tu ne songerais pas à l'appeler pour soulager quelque douleur que ce soit, crois-moi. Elle refuse d'accepter la grossesse de Katy et pense que j'ai détruit sa vie. J'entends presque ses narines se dilater chaque fois que je lui parle au téléphone.

— Elle a toujours été charmante avec moi, objecta Matthew.

— Tu connais la mère de Katy ? demanda Ben, surpris.

— Eh bien, euh… Katy et moi, on était dans la même classe au lycée, tu sais. Donc j'ai dû rencontrer sa mère un jour de compétition sportive, ou bien à la réunion de début d'année, un truc du genre. À Dove Valley, ils étaient à fond pour l'implication des parents, bafouilla péniblement Matthew.

— C'est nul. Aujourd'hui, moins on les voit et mieux on se porte, commenta Ben. L'autre jour, Dennis, le conseiller d'orientation de mon école, a reçu un coup de tête de la part du père d'un élève. Le gamin avait raconté qu'après l'école, il comptait monter un business d'importation de Thaïlandaises pour leur faire épouser des Britanniques. Ne sachant pas trop quoi répondre, Dennis lui a demandé s'il trouvait ça très éthique de traiter les femmes comme ça et de les soumettre à une vie atroce, à la merci de vieux bonshommes tristes. Il se trouve que le père du gamin était un vieux bonhomme triste marié à une jeune Thaïlandaise depuis dix-huit mois. Quelques heures plus tard, le type s'est pointé et lui a mis un coup de boule. Les profs devraient toucher une prime de risque, de nos jours, c'est moi qui vous le dis.

— Dans quelle école tu travailles, au fait ? s'enquit Matthew.

— Au collège de Castle Hill.

— Il faut que je le mémorise.

À la fin du cours, Joan leur tint son discours de ralliement.

— Bien, normalement vous avez tous eu du temps pour réfléchir à ce qui va se passer pendant le travail et à la façon dont vous allez profiter de cette magnifique expérience durant laquelle vous vous préparerez à accueillir votre nouveau bébé dans ce monde. Rappelez-vous que des millions de personnes sont passées par là avant vous, mais que la naissance de votre enfant à vous sera un instant unique et doit rester dans vos mémoires comme l'un des souvenirs les plus beaux et les plus précieux de toute votre vie. Envisagez la chose sous cet angle et non comme un moment qui doit être dénaturé à tout prix par des moyens artificiels. Vous, mesdames, vous avez la chance, oui, la chance immense, que votre corps ait été béni du miracle de la conception d'un enfant, alors ne doutez pas de ce corps maintenant. Ne doutez pas de sa capacité à accomplir cet exploit. Vous pouvez y arriver seules si vous le voulez vraiment. J'ai une foi absolue en chacune de vous. Quelques dernières questions avant de nous quitter ?

— Si la première épidurale ne stoppe pas complètement la douleur, est-ce qu'ils vont m'en faire une autre ? s'enquit Charlene.

Joan la dévisagea quelques secondes, avant de répondre dans un soupir :

— Ils vous donneront tout ce que le médecin et vous jugerez nécessaire et bon pour une naissance heureuse. Bon, messieurs-dames, c'est terminé pour aujourd'hui. Je vais vous demander de ranger les chaises avant de partir, et je vous dis à la semaine prochaine.

— J'ai vraiment envie d'accoucher de façon naturelle, mais je suis terrifiée à l'idée de ne pas en être capable, confia une Alison presque en larmes à Katy, tandis qu'elles se dirigeaient vers la porte.

Pour la première fois, Katy la regarda comme une femme. Juste une femme comme une autre, pétrifiée à l'idée de donner la vie, et pas comme la femme de Matthew qu'il lui fallait éviter à tout prix.

— Tout se passera bien. Après tout, vous attendez des jumeaux, vous serez une héroïne quelle que soit la manière dont ils sortiront, s'entendit-elle lui répondre.

— Vous pensez ? Je crois entendre mon amie Karen. Elle passe son temps à me traiter d'idiote tout en se montrant hyper gentille à la fois.

— Vos amies doivent terriblement vous manquer, en ce moment, répondit Katy, avant de se rendre compte qu'elle engageait la conversation avec la seule personne à qui elle ne devait pas parler.

— Oh oui, terriblement, acquiesça Alison, tandis qu'une larme lui coulait sur la joue gauche. Je pensais que ce déménagement ici serait parfait. J'ai tout organisé au cordeau, parce qu'il le faut bien, pas vrai, quand on doit penser à sa famille. Mais c'est dur sans amis ni famille autour de soi. Et puis, Matthew travaille vraiment beaucoup, à présent qu'il est associé, donc je passe pas mal de temps seule.

Une nouvelle larme s'échappa de son œil gauche.

— S'il vous plaît, ne pleurez pas, la supplia Katy, en panique pour la deuxième fois de la soirée. Vous venez juste d'emménager. Vous allez vous faire de nouveaux amis, une fois que les bébés seront nés, tout le monde le dit.

Elle aurait raconté n'importe quoi, à ce stade, pour stopper la fuite désormais substantielle, sur les joues d'Alison.

— Vous avez raison. Bien sûr, vous avez raison. Désolée de jouer les pleureuses. Je sais qu'on ne se connaît pas, mais Matthew m'a expliqué qu'il se rappelait être allé à l'école avec vous, du coup vous vous connaissez, enfin pas beaucoup, il m'a dit. Pourquoi ne viendriez-vous pas dîner à la maison, Ben et vous, ce week-end ? Je crois que je vais hurler si je ne discute pas avec d'autres adultes que Matthew et la sage-femme.

L'invitation resta en suspens tandis que Katy dévisageait Alison avec horreur. Comment était-ce arrivé ? Comment se retrouvait-elle invitée à dîner par la femme de l'homme qui l'avait mise enceinte ?

À cet instant, elle aperçut un mouvement très rapide dans un coin de son champ de vision : quelqu'un ou quelque chose se précipitait vers elles. Se tournant, elle découvrit Matthew, apparemment lancé pour battre le record de vitesse de la traversée d'une salle d'hôpital.

Il arriva à l'endroit où elles se tenaient, évitant de justesse l'embarras d'une glissade pour s'immobiliser.

— Qu'est-ce qui ne va pas ? Pourquoi tu pleures ? demanda-t-il à Alison, légèrement essoufflé.

— Oh rien, tu me connais, chéri, je suis un peu bête, répondit celle-ci. Je racontais juste à Katy qu'elle me rappelle Karen, du coup je me suis rendu compte qu'elle me manquait, et je n'ai pas pu m'empêcher de pleurer. Je sais bien que c'est stupide. Mais bref, dis à Katy qu'elle et Ben doivent venir dîner samedi pour m'empêcher de devenir folle d'ennui. Vous pourrez vous raconter vos souvenirs d'école et Katy me dévoilera comment tu étais à l'époque. Je parie qu'il était déjà beau, non ?

— Mais ils doivent avoir des projets, objecta Matthew, une expression de panique clairement affichée sur le visage. Tu ne peux pas attendre d'eux qu'ils laissent tout tomber pour nous divertir.

— Non… Non, on n'a pas de projets, lança une voix derrière eux. On serait ravis de venir, comme ça tu pourras me montrer cette coupe couverte d'autographes dont tu te vantais tout à l'heure, lança Ben.

— Parfait, dans ce cas c'est noté, conclut Alison en sortant de son sac une carte de visite préimprimée, qu'elle tendit à Katy. On vous attend à 19 h 30.

Sur quoi elle s'engagea dans le couloir, entraînant Matthew à sa suite. Comme par miracle, la fuite était colmatée et un sourire satisfait éclairait son visage.

Chapitre 10

— Il va falloir y aller, Rick et Braindead doivent nous attendre, annonça Ben sitôt qu'ils furent dehors.

— Quoi ?

Après la tournure qu'avaient prise les événements au cours des cinq dernières minutes, Katy l'écoutait à peine.

— Tu te rappelles ? On sort prendre une bière avec eux, histoire d'organiser l'enterrement de vie de garçon de Rick.

— Oh, merde, j'avais complètement oublié. Tu ne veux pas y aller seul ? Vous n'avez pas besoin de moi, si ?

— Bien sûr que si, on a besoin de toi. Si tu n'es pas là, on n'y arrivera jamais. La dernière fois, on s'est soûlés et on était incapables de se souvenir des trucs qu'on avait décidés, argua Ben. En plus, on a dit qu'on les rejoindrait au *Red Lion*, à Otley. Les gars sont super motivés.

— J'imagine, conclut-elle avec un soupir.

Sa détermination à ne pas laisser la grossesse influer sur leur vie sociale avait été accueillie de façon très positive par Ben et ses potes, qui s'étaient soudain retrouvés pourvus d'un taxi gratuit. Cependant, et à son grand désarroi, ces derniers temps elle n'aspirait qu'à une chose : se coucher à 21 heures plutôt que de sortir avec les garçons, si réjouissantes que soient ces soirées en général.

— Bon, ben allons-y, finit-elle par capituler en fouillant son sac en quête de ses clés.

— Tu es une star, dit Ben. Après la naissance du bébé, je te promets que je te conduirai partout où tu voudras. Braindead a même proposé ses services de baby-sitting. Il prétend qu'il adore les gosses.

— Ben, j'aime beaucoup Braindead, tu le sais, mais je doute qu'il sache seulement d'où viennent les bébés, alors pour ce qui est d'en surveiller un…

— Tu sous-entends que mon très bon ami Braindead serait puceau ? 3 avril 2001, Nicola Sherwin, à exactement 11 h 56 sous un abribus à Headingly.

— Comment il sait qu'il était 11 h 56 ? osa à peine demander Katy.

— Parce que l'arrêt de bus était équipé d'un de leurs trucs électroniques avec l'heure, expliqua Ben. Il a dit qu'il était en pleine affaire quand il a vu s'afficher que son bus arriverait à 11 h 57. Et comme il ne voulait pas le rater, il a appuyé sur le champignon et fini juste une minute en avance. Nicola n'était pas ravie pour autant. Il est monté dans le bus et l'a plantée là, ce crétin de Braindead.

Quand ils atteignirent la voiture, Ben se pencha et enlaça brièvement les épaules de Katy.

— Allez, chérie, une petite dose de folie te fera du bien. Tu as besoin de te détendre. Ces conneries de grossesse, ça te rend toute stressée, je le vois bien, fit-il remarquer en lui offrant un sourire compatissant.

Tu n'as pas idée d'à quel point, songea-t-elle en montant dans la voiture. N'empêche qu'il avait peut-être raison. Peut-être qu'une soirée au pub avec ses potes et lui la détournerait d'Alison et de ce qu'elle allait bien pouvoir faire avec cette invitation à dîner.

Ils passèrent prendre les gars devant le *Whitelock*, un pub du centre-ville.

— Salut.

— Salut.

— Salut.

— Katy, quand Dieu t'a créée, il a décroché une étoile du ciel pour lui donner un cœur, déclara Rick.

— Et puis il a coupé la lune en deux et lui a dessiné deux sublimes lolos, marmonna Braindead.

— Je t'ai entendu, lança-t-elle. Vous êtes déjà soûls ?

— Désolé, Katy, dit Braindead d'une voix légèrement pâteuse. Mais c'est vrai, t'as des lolos sublimes, maintenant que t'es enceinte. Je ne faisais qu'énoncer un fait établi.

— Et avant que je tombe enceinte, ils étaient comment mes lolos ? s'indigna-t-elle.

— Eh bien, je n'aurais pas pu prétendre qu'ils faisaient partie de mon top cinq, ils étaient plutôt du genre lolos de base. Mais hier, je t'ai mise dans mon top cinq.

— Hier ? Tu veux dire que tu pensais à mes seins hier ?

— Euh… ouais.

— Mais on ne s'est pas vus, hier, commenta-t-elle, perplexe.

— Et alors ?

— Tu veux dire que tu penses à mes seins quand je ne suis pas là ?

— Ben j'aurais du mal à y penser quand t'es là, quand même. Ce serait un peu… un peu zarbi, non ?

Et il avait l'air réellement surpris par sa question.

— Non. Ce qui est zarbi, c'est que tu penses à mes seins tout court !

— Ah oui, non mais c'était juste en passant, si ça peut te rassurer. J'étais au magasin du bout de ma rue et Mme Rashid me servait, comme d'habitude. Elle, elle a toujours été dans mon top cinq, genre invitée mystère. Parce qu'elle porte une de ces tenues indiennes qui empêchent d'évaluer la chose correctement, mais j'aimais bien l'idée d'avoir dans mon top cinq quelqu'un qui puisse me surprendre. Bref, hier elle m'a semblé manquer de potentiel, du coup j'ai décidé de me montrer impitoyable et j'ai viré l'invitée mystère pour te remonter à sa place, parce que toi, c'est du sûr et certain.

— Sûr et certain de quoi ? s'enquit-elle.

— Sûr et certain que t'as des lolos sublimes. Tu vois, le problème avec l'invitée mystère, c'est que t'es jamais sûr, expliqua-t-il.

En jetant un coup d'œil par-dessus son épaule, Katy découvrit l'expression satisfaite de Braindead, affalé à l'arrière de sa voiture dans des vêtements aussi froissés qu'à l'accoutumée – il paraissait toujours sortir du lit. En fait, elle aimait bien la façon qu'avaient les copains de Ben d'aborder tous les sujets comme s'ils comptaient vraiment, ce qui, bizarrement, en faisait des sujets qui comptaient vraiment, vraiment beaucoup, quel qu'ait été leur intérêt à la base.

— Eh bien, merci beaucoup, Braindead, pour cette petite leçon sur la manière de traiter ta conductrice désignée et enceinte de surcroît, intervint Ben. Excuse-toi auprès de Katy, promets-lui de la sortir de ton top cinq, de ne plus jamais repenser à ses sublimes lolos et de lui offrir des litres et des litres de J2O ce soir.

— OK, je vois ce que tu veux dire, admit Braindead à contrecœur. Ça n'est pas bon d'offenser le chauffeur. Désolé Katy. Tes sublimes lolos sont à jamais bannis de mon esprit. Mais je t'en supplie, ne m'oblige pas à commander cette boisson fluo à une fête de la bière.

— Fête de la bière ?! Quelle fête de la bière ? Je croyais qu'on allait dans un pub à Otley ? s'exclama-t-elle.

— On y va, en effet, se hâta de confirmer Ben. Quand Braindead parle de fête de la bière, il ne veut pas dire fête de la bière, il veut dire que le pub organise une semaine spéciale pour mettre quelques bières en avant, voilà tout. Rien d'énorme.

Une bannière annonçant « FÊTE DE LA BIÈRE D'OTLEY » barrait la rue principale quand ils entrèrent dans le petit bourg.

— Ils exagèrent, mentit Ben. Ils ajoutent quelques bières à leur carte et ils croient organiser la fête de la bière de Munich. Écoute, Katy, je suis vraiment désolé, honnêtement je ne pensais pas qu'ils en feraient des tonnes. On n'est pas obligés de rester longtemps. Voilà une anecdote qu'on pourra raconter au p'tit bout, pas vrai ? Sa première fête de la bière à l'âge de moins quatre semaines.

— Ouais, sans doute, n'empêche que tu me revaudras ça, menaça-t-elle en se garant sur le parking du pub.

— Accordé. Allez, gamin, on va goûter de la bière, ajouta-t-il à l'intention du ventre rebondi de Katy.

Quand elle franchit le seuil du pub, Katy sentit son cœur lui tomber dans les pieds. L'endroit grouillait de bonshommes, la cinquantaine, en sueur et en surpoids, qui marmonnaient, les mâchoires serrées, au-dessus de leur verre de bière tiède. Et voilà qu'elle arrivait, la femme singulière. Oui, singulière, c'était vraiment le mot, car toutes les femmes présentes portaient le cheveu long et mal coiffé, un tee-shirt d'homme et une expression farouchement déterminée qui indiquait une chose : pas question de laisser sortir leur mari seul avec les copains, quitte à passer une soirée pénible.

Mais le plus gênant, en ce qui concernait ce lieu, c'était qu'il n'y avait nulle part où s'asseoir et soulager ses chevilles enflées. Ben surprit son regard paniqué et saisit là sa chance de leur dégotter l'un des sièges convoités dans le pub bondé.

— Femme enceinte, femme enceinte s'il vous plaît, se mit-il à hurler, à la grande honte de Katy.

Elle sentit aussitôt la chaleur lui monter aux joues alors que les regards des masses buvantes se portaient soudain sur son ventre proéminent.

— Messieurs, verriez-vous un inconvénient à ce que nous occupions cette table ? demanda Ben à deux robustes spécimens du Yorkshire, installés à l'endroit parfait sous une fenêtre. Ma petite amie doit accoucher d'un jour à l'autre et son dos lui fait souffrir le martyre.

— Bien sûr, je vous en prie, asseyez-vous, répondirent-ils en se levant à la hâte.

Et ils s'éloignèrent à l'autre bout de la pièce, comme si elle risquait d'accoucher sur-le-champ et qu'ils craignaient d'être englués dans le placenta.

— Katy, vas-y assieds-toi, dit Ben, très fier de lui.

Elle obtempéra et se cala contre le dossier, se cognant la tête à quelque chose. Elle tourna vivement la tête pour se retrouver nez à nez avec un pingouin en peluche aux yeux perçants qui la dévisageait depuis le rebord de la fenêtre.

— Mais c'est quoi, cet endroit ?

Balayant les lieux du regard, elle remarqua alors une collection entière d'animaux et d'oiseaux en peluche accrochés aux murs.

— Il y a quelques années, quelqu'un a offert au patron un iguane en peluche de plus d'un mètre quatre-vingts, et il fait cette collection depuis. C'est cool, non ? commenta Rick.

— Hum, peut-être. Je suis plutôt du genre minimaliste, pour ma part, répondit Katy, songeant avec nostalgie aux bars à cocktails propres et aérés qu'elle fréquentait dans son ancienne vie.

— Beurk, tout ce blanc et ce chrome, on croirait qu'on boit dans des toilettes publiques. Déjà que la bière a un goût de pisse…, conclut Rick en ricanant.

Sans aucun doute le plus fashionista du trio, il arborait toujours des vêtements de marque populaires dans les gradins des stades de football. Cependant, il restait un gars du Nord.

— On est obligés de venir régulièrement ici pour rendre visite à la poule de Braindead, ajouta Ben.

— Il a une copine ? s'exclama Katy. Elle est où ?

Et elle passa le pub en revue, cherchant les candidates potentielles.

— Juste derrière toi, répondit Ben en riant. Je te présente Gloria la pingouine. Braindead a craqué sur elle voilà une éternité, quand elle est tombée du rebord de fenêtre pour atterrir pile sur ses genoux.

— Il est resté assis là, les yeux baissés, reprit Rick, peinant à parler tant il riait. Et il a dit, sans hésiter, je te jure Katy : « Voilà une poule comme je les aime. »

Ben et Rick s'écroulèrent de rire, alors même qu'ils devaient raconter leur anecdote pour la centième fois. Katy ne put s'empêcher de se joindre à leur hilarité communicative. C'était ce genre de moments avec Ben et ses potes de l'école qu'elle aimait. Quand les histoires sans importance se bousculaient d'une façon qui n'existe qu'entre les véritables amis. Ça compensait presque le fait que l'époque où elle-même pouvait échanger ce type de propos avec ses propres amis était révolue.

— J'ai acheté des chips pour Gloria, annonça Braindead quand il revint avec les boissons. Pour nous, j'ai pensé qu'on pourrait commencer par une Black Gold, en provenance directe d'Écosse. Et pour toi, ma très chère Katy, non pas un, mais deux J2O pour m'excuser encore de mon attitude inadmissible de tout à l'heure.

— Merci, Braindead, tu es pardonné. Tu as pris des chips à quoi ? ajouta-t-elle, se rendant soudain compte qu'elle était affamée.

— Crevettes cocktail, bien sûr. Gloria ne mange que du poisson, expliqua Braindead.

— Bien sûr, répondit Katy en s'emparant d'un sachet, avant que l'amoureux transi ne le réquisitionne pour son amie à plumes.

Ils sirotèrent et mâchonnèrent tous un moment en silence.

— Enfin, finit par dire Braindead, je pense que ça compense la perte de mon invitée mystère et son remplacement au sein de mon top cinq.

— Bon, passons au sujet qui nous occupe, enchaîna Ben, donnant un coup de pied sous la table à Braindead. Notre spectaculaire désorganisation ne nous laisse plus que deux semaines pour préparer la soirée de Rick. Alors, commençons par le commencement : Rick, combien d'invités tu attends ?

— Ben vous deux, plus quatre mecs du boulot, je pense ; Barry, Dave et Jacko du footing, plus Danny et Chris de la fac. Ça nous fait douze avec moi, énonça Rick, tout en comptant sur ses doigts.

— Bien. À la maison ou à l'extérieur ? demanda Ben.

— Eh bien, j'ai entendu parler d'un bateau de striptease, à Prague, que l'on peut louer pour l'après-midi. C'est super efficace, on peut se soûler dans son propre bar privé et regarder le spectacle, tout ça avant de sortir pour la soirée. Qu'est-ce que vous en pensez ? demanda-t-il à Ben et Braindead d'un air enthousiaste.

— Les bateaux, ça me donne un peu le mal de mer, marmonna Braindead en s'agrippant le ventre.

— Je pense vraiment que le mélange bar privé et stripteaseuse devrait t'aider à oublier cette souffrance passagère, s'impatienta Rick.

— Je sais, mais ce serait bête si la stripteaseuse se pointait et que moi je vomissais pile au moment où elle fait le truc du lait de toilette, là, qu'elle se passe sur les seins tout en se balançant sur mes genoux. Rien que d'y penser, j'en suis malade, conclut Braindead en secouant la tête.

— Merci, Braindead, maintenant je ne pourrai plus jamais imaginer une stripteaseuse sur un bateau sans la voir couverte de ton vomi, commenta Ben en se couvrant les yeux, les coudes appuyés sur la table.

— Euh… Je peux dire quelque chose ? intervint Katy. Je ne voudrais pas tout gâcher, mais tu n'oublierais pas un petit détail, Ben ?

L'interpellé se redressa et fronça les sourcils.

— Quoi ?

— Le bébé.

— Oui, et alors ?

— Il doit naître moins de deux semaines après l'enterrement de vie de garçon. Tu ne penses pas que tu devrais au moins rester dans le même pays ?

Elle détestait devoir jouer ainsi les rabat-joie.

Tout à coup, Ben parut son âge, voire beaucoup, beaucoup plus jeune. Il afficha une expression voisine de celle d'un garçonnet à qui l'on vient de retirer ses jouets pour une raison qu'il ne comprend pas.

— Elle a raison, tu sais, réagit Rick, voyant que Ben ne répondait pas. Tu as des responsabilités, maintenant, mec. Ça nous arrive à tous tôt ou tard. À l'instant où ce bébé sera né, ce sera fini. Plus de Ben, poursuivit-il, sans paraître noter la détresse pourtant de plus en plus manifeste de son ami. Le footing ? Tu peux oublier les premiers temps. Un verre au pub en rentrant du boulot ? Plus question, mon pote. Les nuits poker ? Annulées jusqu'à nouvel ordre.

Katy espérait de tout son cœur que Ben allait enfin parler, au lieu de quoi, devenu pâle comme un linge, il fixait Rick.

— Avoir un bébé n'aura pas cet effet-là sur nous, intervint-elle avec fermeté en prenant la main de Ben. Je ne veux pas qu'il rate la naissance, c'est tout. Je ne suis pas en train de dire qu'il n'aura plus jamais le droit de sortir.

— Ouais, ouais, marmonna Rick. Tu as déjà fréquenté des parents de jeunes gamins ? Trop crevés pour ne serait-ce que songer à s'amuser. Je te le dis, il n'est pas question que Mel et moi on en ait avant d'avoir au moins trente-cinq ans.

Rick se rendit compte qu'il était allé trop loin quand Ben échoua à produire une réplique spirituelle.

— Enfin bref, reprit-il alors, quoi qu'il arrive, on va passer une soirée géniale pour mon enterrement de vie de garçon. J'ai une idée : et si on allait dans la patrie de ce nectar délicieux ? dit-il en levant son verre. Hé, c'est pas bon, ça mes potos ? Les jolies p'tites écossaises vont en voir de toutes les couleurs, poursuivit-il en imitant l'accent écossais, avec un curieux mélange d'indien, voire de gallois.

Ben sembla enfin émerger de ses pensées troublées et offrit à Rick un sourire reconnaissant.

— Super idée, approuva-t-il en retrouvant son visage détendu et jovial – le visage du Ben habituel, quoi. Qui a envie de partir à l'étranger, de toute façon ? Leur bière est dégueu et on ne comprend rien quand ils chantent. Si c'est pour faire ça, je reste à la maison et je regarde l'Eurovision. Je vais chercher sur Internet dès demain pour nous réserver un Bed & Breakfast.

Il but une longue goulée de bière, évitant soigneusement de croiser le regard de Katy. Une fois sa pinte éclusée, il fit claquer le verre sur la table.

— Bon, ben c'est réglé. Je vais nous commander une nouvelle tournée ?

Sur quoi il se leva et se dirigea à grands pas en direction du bar, laissant Rick et Katy un peu embarrassés.

— Désolé, Katy, marmonna ce dernier sitôt que Ben fut hors de portée de voix. Je ne voulais pas vous déprimer. C'est juste qu'à la minute où les gens de ma connaissance ont un enfant, je ne les vois plus. Ils cessent de sortir. Vous allez me manquer, tous les deux, voilà.

Katy savait bien qu'il avait raison. C'étaient les enfants qui avaient quasi tué la plupart de ses relations amicales.

— Ça ne nous arrivera pas à nous, affirma-t-elle pourtant avec détermination. On continuera à sortir, je te le promets.

— Tu dis ça maintenant, fit Rick en secouant la tête.

Katy s'excusa pour aller aux toilettes, incapable de soutenir le regard légèrement accusateur de Rick. Elle se rendait compte par ailleurs que deux J2O d'affilée, ça n'était pas l'idée du siècle dans l'état actuel de sa vessie. Tout ça était sa faute, songea-t-elle en s'introduisant à grand-peine dans l'étroit cube où se trouvaient les toilettes. C'était elle qui était tombée enceinte et gâchait la vie de tout le monde. Elle était arrivée là comme un cheveu sur la soupe et avait sifflé la fin du match pour Ben et ses copains, tout comme ses amies à elle l'avaient fait en se mariant et en ayant des enfants. Elle se rappelait combien elle leur en avait voulu, et refusait catégoriquement d'agir de la même façon. Non, ce bébé ne leur gâcherait pas la fête. Pas question.

Péniblement, elle retourna dans la salle de bar, plus déterminée que jamais, et découvrit un Ben plus détendu, qui discutait avec Rick et Braindead.

— C'est pitoyable, commentait Braindead. On va faire bien mieux que ça pendant notre expédition collective.

— Rick nous racontait l'enterrement de vie de jeune fille de Mel, le week-end dernier, expliqua Ben. Apparemment, elle est revenue avec trois caleçons d'homme en tout et pour tout.

— Des caleçons ! s'exclama Katy. C'est naze. Du temps des enterrements de vie de jeune fille auxquels j'ai assisté, j'étais la reine pour chiper les meilleurs souvenirs. La performance dont je suis la plus fière incluait un palmier, un mannequin homme et l'ensemble des ingrédients nécessaires à la préparation d'un kebab volé en kit dans trois restaurants turcs différents, dont un flacon entier de sauce chili et un bol de coleslaw.

Rick et Braindead la dévisagèrent en silence.

— Tu as fait ça ? s'étonna enfin Rick.

— Je ne te crois pas, dit Braindead.

— Pourquoi ? s'insurgea-t-elle.

— Tu es tellement… enfin tellement…, commença Rick.

— Tellement quoi ?

— Je n'arrive pas à imaginer, en te regardant aujourd'hui, tu vois, avec ta carrière super intelligente et tout ça, que tu puisses faire un truc aussi…

Rick s'interrompit, à court de mots.

— Cool, compléta Braindead.

— Merci beaucoup, les gars. Donc je ne suis pas cool maintenant, c'est ça ?

— Non, ce n'est pas ce que je voulais dire. Je pensais plutôt tellement… immature. Tu es trop sensée pour faire un truc pareil.

Katy envisagea une seconde de le frapper.

— Sensée ! s'exclama-t-elle.

S'il y avait un mot qui résumait sa plus grande peur en atteignant le milieu de la trentaine et à l'idée de devenir mère, c'était bien « sensée ».

— Moi ? Sensée ? répéta-t-elle.

Rick commençait à se sentir mal à l'aise.

— Ben… Depuis que je te connais, je ne t'ai jamais rien vue faire d'aussi bête. En fait, tu étais peut-être comme ça plus jeune. Avant qu'on te rencontre.

Katy était si horrifiée par ces propos qu'elle ne pouvait plus parler. Ainsi, Rick pensait qu'elle était devenue ennuyeuse avec l'âge. Elle n'était pas ennuyeuse. Elle tenait toujours sa place parmi ceux qui avaient la vingtaine, libres et insouciants. Non, elle n'avait pas franchi le Rubicon. Même si elle était enceinte.

Elle tourna la tête vers Ben, espérant un soutien de sa part. Mais manifestement, il avait décidé de ne pas prendre part à la conversation. Il se leva en vitesse et, avec un baiser sur son front, annonça qu'il allait aux toilettes.

Sympa, songea-t-elle en le regardant s'éloigner. Quelques mots rassurants, ça faisait toujours plaisir. Ces mecs croyaient donc avoir le monopole de la folie et de la liberté, sous prétexte qu'ils étaient hommes et avaient moins de trente ans ? Elle allait leur montrer. Et pas plus tard que maintenant. Elle allait effacer de leur visage ce sourire satisfait et content de soi. En quête d'inspiration, elle jeta un coup d'œil autour d'elle et aperçut Gloria qui surveillait le petit tas de chips que l'hilarant Braindead avait déposé à ses pieds.

Parfait. Petit coup d'œil en direction de Rick et Braindead, en plein débat sur la bière qu'ils allaient commander ensuite.

— Prenez-en de la graine, marmonna-t-elle pour elle-même.

Et avec un profond soupir, elle se pencha en avant, agrippant très fort le bord de la table, si fort que ses phalanges blanchirent. Puis elle lâcha un gémissement rauque. Rick et Braindead la regardèrent. Elle répéta son râle, plus fort cette fois, si bien que les buveurs des tables voisines se tournèrent vers eux.

— Je t'avais dit que le J2O, c'était un truc bizarre, commenta Braindead. Tu as besoin d'aller au petit coin ? lui demanda-t-il, lentement et très fort, comme si elle était devenue sourde.

Katy poussa un nouveau râle, vraiment sonore cette fois, et se prit le ventre à deux mains.

— Putain, putain, putain, s'écria Rick en bondissant de sa chaise, qui se renversa au sol derrière lui. Putain, elle a des contractions !

— Aaaaaaaaaah, hurla Braindead, comme s'il venait de voir un fantôme sans tête. Putain, qu'est-ce qu'on fait ?

Et il saisit son verre, qu'il descendit d'une traite.

Dans un énième grognement, tâchant au mieux de ne pas éclater de rire, Katy prit le bras de Rick et l'attira vers elle.

— Pas moi, Katy, cria-t-il. Braindead est bien meilleur pour gérer les crises.

Elle parvint néanmoins à s'enrouler autour de son cou et à coller la bouche juste à côté de son oreille.

— Vole cette saleté de pingouin, siffla-t-elle. Pendant que je détourne l'attention des gens.

Et elle s'écarta, laissant Rick, manifestement secoué, poser tout autour de lui des regards nerveux. Puis tirant sur sa main avec violence, elle se remit à grogner.

Rick sembla enfin comprendre ce qui se passait et un sourire se dessina sur son visage. Il se tourna vers un Braindead pétrifié.

— Conduis Katy jusqu'à la voiture, on a des serviettes et de l'eau chaude, cria-t-il, assez fort pour que tout le pub puisse l'entendre. Quelqu'un peut les aider, s'il vous plaît ?

Profitant du moment où les clients des tables voisines s'agglutinaient autour de Braindead et Katy, Rick fourra Gloria sous son tee-shirt, avant d'aller chercher Ben.

— Oh bon Dieu, Katy. Oh, bon Dieu ! Putain de merde. Ça va ? Ça fait mal ? Qu'est-ce que je dois faire ? lança Ben, haletant, en se ruant dans la voiture où elle était tranquillement assise aux côtés de Braindead, désormais au courant de la blague.

Les clients du pub étaient retournés à l'intérieur.

— On t'a bien eu ! crièrent-ils en chœur.

— On a Gloria ? s'enquit Braindead.

Incrédule, Ben les regardait tour à tour.

— Bien sûr, répondit Rick, qui arrivait derrière lui, en sortant le pingouin de sous son tee-shirt.

— Katy, t'es trop top ! affirma Braindead en la prenant sur ses genoux. Et je te préviens, tu diras ce que tu veux, mais je te remonte dans mon top cinq.

— Quelqu'un peut me dire ce qui se passe, là ? intervint Ben. Pourquoi tu cries plus ?

— Tout va bien, tu n'as pas de raisons de t'inquiéter, le rassura-t-elle, à la fois ennuyée et ravie de le voir aussi concerné. Je simulais des contractions pour détourner l'attention de tout le monde pendant que Rick kidnappait Gloria. J'avais envie de te démontrer comment j'avais reçu mon surnom de Reine de la Rapine, poursuivit-elle à l'intention d'un Ben totalement perplexe. Alors, je suis toujours aussi « sensée » ? Hein ?

Il ne répondit rien, se contentant de s'asseoir à même le gravier pour se prendre la tête entre les mains.

— Ça va mon pote ? lui demanda Rick.

— Je pense que je viens de frôler l'attaque cardiaque, finit-il par répondre.

Et il releva les yeux sur ses deux copains, tout sourires, qui tapaient dans les mains de Katy.

— Mais bon, je vais vous pardonner, vu que je n'ai jamais vu Braindead aussi heureux, conclut-il.

Enfin convaincu par la blague, il s'écroula de rire.

Sur le chemin du retour, Rick et Braindead rejouèrent les fausses contractions de Katy une bonne dizaine de fois à l'intention de Ben, qui riait désormais comme un fou tout en lui caressant le genou dans un geste protecteur.

Cette nuit-là, une fois qu'ils furent couchés, Katy ressentit le besoin de s'excuser auprès de lui pour la frousse qu'elle lui avait flanquée, même si ça leur donnait maintenant une sacrée bonne histoire de grossesse à raconter.

— Non, répondit Ben, c'est moi qui m'excuse. J'aurais dû te soutenir quand Rick refusait de te croire. Je sais que tu es tout à fait capable de voler tout ce qui te passe par la tête.

— Tu dois être tellement fier de moi, dit-elle en riant.

— Je suis toujours fier de toi, corrigea-t-il, le plus sérieusement du monde. Plus que tu ne peux l'imaginer.

Et il se pencha pour lui donner un baiser alcoolisé, avant de se retourner sur le flanc et de s'endormir.

Katy resta allongée, les yeux rivés au plafond, à se remémorer sa performance d'actrice avec une immense satisfaction. Quel soulagement de savoir que sa grossesse n'avait pas complètement annihilé sa personnalité ! La vraie Katy Chapman pétait toujours le feu, elle était toujours capable de tout. Alors que le sommeil prenait lentement possession de son corps las, il ne restait plus que l'idée de l'invitation à dîner pour refroidir sa combativité. Demain, elle trouverait un moyen d'y échapper, résolut-elle en sombrant. Demain, elle mettrait définitivement Matthew derrière elle et entamerait les véritables préparatifs pour l'arrivée de leur bébé, à Ben et à elle.

Chapitre 11

Cela faisait deux heures que Matthew restait assis sur le cuir noir de son fauteuil de bureau à la maison, à fixer une feuille de calcul vierge sur l'écran de son ordinateur. De temps en temps, ses mains semblaient vouloir s'activer, planant au-dessus du clavier, avant de reprendre leur position sur les accoudoirs molletonnés du fauteuil. À intervalles réguliers, Alison passait la tête à la porte pour lui demander son avis sur leur dîner du samedi, tellement elle était enthousiaste à l'idée de recevoir les premiers invités qui lui permettraient d'exhiber la maison. En fait, sitôt qu'ils étaient rentrés du cours prénatal, elle avait disparu derrière une forteresse de livres de cuisine écrits par les plus grands chefs étoilés. Et la vue de ces cuisiniers trop nourris et trop payés, s'affichant en couverture de ces passeports trop chers pour une prétendue réussite sociale, avait forcé Matthew à battre en retraite dans son sanctuaire.

À chaque apparition d'Alison, il avait brutalement baissé la tête vers un exemplaire des régulations de l'impôt sur le revenu, volume six, en l'enjoignant de ne plus le déranger.

Enfin, à 23 h 04, il cliqua sur un fichier à l'écran, sauta une ligne, laissa un double espace, et tapa le mot « Katy », avant de l'effacer à la hâte.

Allez, s'encouragea-t-il, les mâchoires serrées. Il n'arrivait pas à comprendre. En temps normal, c'était justement ce qu'il lui fallait pour organiser le bazar de sa tête : une feuille de calcul parfaitement agencée avait le pouvoir de transformer la loque empotée qu'il était en un maître absolu de son esprit et de ses facultés.

C'était d'ailleurs Alison qui, la première, l'avait encouragé à s'adonner sans retenue à cette activité psychotrope. Aux débuts de leur relation, elle avait été horrifiée de constater qu'il ignorait où il voulait être dix ans plus tard. Son manque d'objectifs concernant tous les domaines de sa vie l'avait rendue dingue, avant qu'elle accepte son indécision et prenne sur elle de le changer en l'homme qu'elle le savait susceptible de devenir.

Alors, un soir où il pensait passer la prendre pour aller au cinéma, elle l'avait entraîné dans sa cuisine. Là, avec le secours de plusieurs feuilles de papier A3 et de divers marqueurs de couleur, elle l'avait encouragé pas à pas, cajolé, pour tirer de lui ce qu'il devrait faire de sa vie. Il avait fini la soirée épuisé, et assez ému de lui avoir révélé des choses qu'il ne s'était même jamais avouées à lui-même.

Deux jours plus tard, il reçut par mail un tableau très joliment présenté intitulé « LE PROJET DE VIE DE MATTHEW », ainsi qu'un planning en bonne et due forme et une « Liste de choses à faire ». Ça paraissait si simple, avec elle. Si simple qu'avant la fin de la matinée, il avait décroché son téléphone et demandé un prospectus à une université proposant des cours du soir en comptabilité. Il avait aussi appelé le copain qui dormait temporairement sur son canapé pour l'informer que s'il n'avait pas quitté les lieux d'ici au week-end, il lui ferait payer un loyer. La sensation suscitée par les progrès accomplis était si agréable qu'il s'était bientôt surpris à établir des tableaux pour tous types de situations grâce à la fonction tableur de son ordinateur. Quel poste accepter une fois qu'il aurait obtenu son diplôme de comptable ? Quels critères de choix pour sa première voiture de fonction ? Comment demander Alison en mariage ? Comment financer les interminables traitements de fertilité ? Il avait bien rangé tout ça dans des dossiers sur son disque dur, sous le titre « C'EST TA VIE MATTHEW CHESTERMAN ». Mot de passe protégé, bien entendu.

Sauf que ce soir, la magie de la feuille de calcul n'opérait pas. Ce soir, ses pouvoirs spéciaux ne parvenaient pas à l'aider à se concentrer sur les détails adéquats. Car au fond de lui, il savait qu'il n'avait rien à décider. Katy s'en était chargée pour lui. Elle avait tiré les cartes et décrété que leur nuit d'amour et toutes les conséquences afférentes devaient être oubliées. Il aurait dû s'en trouver soulagé, il n'aurait pas à créer le fichier : « ÉLEVER TROIS ENFANTS À LA FOIS ». Et pourtant, il ne le ressentait pas, ce soulagement, c'était bien là le problème, et cette fichue feuille de calcul ne l'aiderait pas à comprendre pourquoi. À moins qu'il soit tout simplement incapable de créer un fichier intitulé : « POURQUOI KATY ME DONNE L'IMPRESSION QUE LE PROJET DE VIE DE MATTHEW EST TOUT FAUX ».

En l'absence d'un tableau véritablement apaisant, Matthew se retrouva, le lendemain, à arpenter le trottoir devant le bureau de Katy. Au bout de vingt douloureuses minutes, il finit par entrer et se diriger d'un pas décidé vers la réceptionniste aux cheveux roses et à la lèvre percée, pour demander à voir Mlle Chapman. La fille appela le bureau de l'assistante de Katy via un casque et aida Matthew à négocier l'autorisation d'attendre Katy dans son bureau jusqu'à ce qu'elle sorte de réunion. Et cela tout en lui faisant couler un *latte* décaféiné à la machine à café tout équipée derrière elle.

Et voilà comment il se retrouvait dans le bureau très personnel de Katy, à fixer un poster dans un cadre doré : Patrick Swayze à son époque *Dirty Dancing*, qu'elle avait dû récupérer dans le magazine *Smash Hits*. Tant d'années après, il revoyait encore le même poster accroché au mur de sa chambre. Décidément, il passait beaucoup de temps à repenser à son adolescence, depuis qu'il avait revu Katy. Et à s'inquiéter de savoir si l'adolescent qu'il était alors apprécierait l'homme d'aujourd'hui.

Il sursauta quand son téléphone vibra à sa ceinture. Il le décrocha et découvrit le nom d'Ian qui clignotait à l'écran.

— Qu'est-ce que tu veux ? Je suis occupé, répondit-il à mi-voix, craignant que Louise, juste de l'autre côté de la porte, ne surprenne sa conversation.

— Tu es où ? Tu as une drôle de voix, constata Ian.

— Il vaut mieux que tu ne le saches pas, chuchota Matthew.

— Oh, allez. Tu sais bien qu'en disant ça, tu m'obliges à insister. Mais si tu m'apprends que tu es dans ce nouveau bar à striptease pour t'en payer une petite tranche à la pause-déjeuner, je vais devoir te tuer.

— Crois-moi, je ne suis pas dans un bar à striptease.

Louise leva les yeux bien trop vite, signalant qu'elle l'avait entendu. Il lui tourna le dos d'une manière qu'il espérait naturelle.

— OK, donc je raye le bar à striptease. Tu es avec des poulettes séduisantes, alors ? poursuivit Ian.

Matthew jeta un coup d'œil circonspect au pingouin en peluche perché sur le bureau de Katy. La bestiole le zieutait de façon très désapprobatrice depuis qu'il s'était assis.

— On peut dire qu'il y a des poules, oui, admit-il.

— Intéressant, commenta Ian. Des poules nues ?

Matthew posa les yeux sur le meuble de rangement dans un angle de la pièce, qui arborait un moulage en plâtre du ventre rebondi de Katy et de ses seins. Il la reconnaissait grâce à une plaque bien pratique sur le socle, indiquant son nom et, étonnamment, sa nouvelle taille de bonnet.

— Tu es toujours là ? reprit Ian. Allez, réponds à la question, ce petit jeu m'amuse beaucoup.

— Eh bien, je pense qu'on peut affirmer qu'en cet instant je suis en présence d'une forme de nudité, oui, marmonna Matthew, tout en jetant un coup d'œil nerveux par-dessus son épaule en direction de Louise.

— Waouh, et il n'est que 11 h 30 du matin ! Tu es balèze, Matthew Chesterman. Alors c'est qui ? Allez, dis-moi, tu es en train de mater Sue, des grands comptes, qui enlève sa petite brassière de cycliste par la vitre cassée des toilettes du deuxième étage ?

— Non.

— C'est qui alors ? Dis-le-moi, avant que ma tête explose, insistait Ian.

— Eh bien, en fait, je regarde les seins de Katy en…, commença Matthew.

— Katy ?! LA Katy ? Katy-bébé-bonus ? l'interrompit Ian.

— Tais-toi, Ian, c'est déplacé.

— Déplacé ? Tu peux parler, toi. Tu mates ses seins.

— Ce ne sont pas ses vrais seins. Écoute, je suis dans son bureau. Je te raconterai pourquoi plus tard, mais il y a une sorte de sculpture de son corps de femme enceinte.

— Waouh. Laisse-moi un moment, que je digère ce que tu viens de me dire.

Silence à l'autre bout du fil.

— OK, voilà, j'ai la scène devant les yeux, reprit Ian au bout de quelques secondes. À présent concentre-toi bien, la prochaine question est très importante. Est-ce que tu es seul dans le bureau ?

— Euh, oui. Katy ignorait que je venais, du coup j'attends qu'elle sorte de réunion.

— Bien. Alors dis-moi : tu l'as fait ?

— Si j'ai fait quoi ?

— Tu sais bien. Tâté ses seins rapidos.

— Mais non ! s'indigna Matthew.

— Oh, ça va ! Aucun homme laissé seul dans une pièce en présence d'un objet inanimé ayant la forme d'un corps de femme nue ne peut résister à un petit pelotage.

— Tous les hommes ne sont pas comme toi, Ian.

— Arrête ton char. Je ne fais que dire tout haut ce que les autres pensent tout bas. Allez, avoue, tu n'as pas envie de savoir s'ils sont différents maintenant qu'elle est enceinte ?

Par-dessus son épaule, Matthew vérifia si Louise était encore dans les parages à l'espionner. Sa chaise était vide.

— Vas-y, insista Ian, juste une touchette pour les gars, Matthew. Tu es un homme ou une machine ? Je ne te le pardonnerai jamais si tu ne le fais pas.

— Oh, mais bon Dieu ! lança Matthew en se levant pour se diriger vers le moulage. Je le fais, OK ? Tu es content ? aboya-t-il dans le combiné.

Et il saisit le sein gauche de sa main droite.

— Oh, absolument, absolument, ronronna une voix près de la porte.

— Merde ! s'exclama Matthew, jetant son téléphone au sol et retirant sa main à la vitesse de l'éclair.

— Vous ne trouvez pas ça merveilleux ? poursuivit le nouvel arrivant, parfaitement calme, une main sur la hanche et l'autre sur l'encadrement de la porte. Et l'idée qu'un aussi beau spécimen que vous sache apprécier mon œuvre est un immense compliment. Je me présente : Daniel, génie créatif auteur de l'objet de votre admiration.

— Salut. Matthew. Je suis vraiment désolé, je… euh…

— Matthew, vous dites ?

— Oui, Matthew. J'attends Katy, en fait.

— Je vois, répondit Daniel en le jaugeant sans aucune vergogne. Je suis impressionné, conclut-il enfin. Elle ne m'avait jamais dit que vous étiez aussi bel homme.

S'ensuivit un silence embarrassé, uniquement brisé par les hurlements d'Ian dans le combiné gisant quelque part sur le sol.

— La directrice marketing de *Crispy Bix* est une vraie salope, lança Katy en passant près de Daniel pour gagner son bureau.

Elle s'immobilisa à la vue de Matthew toujours penché au-dessus de son corps dénudé.

— Matthew ! Qu'est-ce que tu fabriques ici ? demanda-t-elle en jetant des coups d'œil nerveux sur lui, Daniel et le moulage.

— Il admirait ton cadeau de fête prénatale, répondit Daniel avec un sourire satisfait. Tu vois, Katy, certaines personnes apprécient l'art, le vrai.

— Non, non, en réalité je ne faisais rien, intervint Matthew. Je regardais juste en quelle matière c'était. La texture est intéressante. Oui, très intéressante.

Vous devez m'expliquer comment vous avez réalisé ça, Daniel.

— En fait, il touchait tes seins, expliqua l'intéressé à Katy. Comme si ça ne lui avait pas déjà causé assez de problèmes la dernière fois.

— Daniel ! s'exclama Katy.

— OK, je dois filer, annonça-t-il. J'ai une autre réunion où je dois m'incruster. Et toi, ajouta-t-il à l'intention de Katy, je te parle plus tard.

Elle referma la porte derrière lui.

— Putain, pourquoi il a fallu que tu lui racontes ça ? s'insurgea Matthew, qui s'éloigna du moulage pour aller récupérer son téléphone devenu silencieux.

— Eh bien, j'avais besoin d'en parler à quelqu'un et, malgré les apparences, Daniel est une personne de confiance.

— Ah oui ? Parce qu'à moi, il m'a plutôt fait l'impression d'être la caricature de l'homo bavard et langue de vipère, rétorqua Matthew en se perchant au bord du bureau.

Le pingouin se mit à vaciller dangereusement.

— Fais attention à Gloria, l'avertit Katy en bondissant pour rattraper l'oiseau.

— Gloria ? Ce truc a un nom ? Tu peux m'expliquer pourquoi tu as un pingouin en peluche dans ton bureau, Katy ?

— On l'a volé hier soir.

— Qui ça, « on » ?

— Ben, moi et deux copains à lui.

Matthew la dévisagea, sans voix.

— Quoi ? Qu'est-ce qu'il y a ?

Mais il se découvrit incapable de sortir le moindre mot.

— Matthew, qu'est-ce que tu fais dans mon bureau avec cet air désappointé ? finit-elle par demander, tout en louchant sur un livre de Gina Ford qui était tombé de son attaché-case.

Il remit à la hâte son exemplaire du *Livre du petit bébé heureux* dans son sac.

— Alison me l'a donné ce matin, en me demandant de mémoriser les gestes routiniers des zéro à six mois pendant l'heure du déjeuner, expliqua-t-il.

— Super ! Très sensé, évidemment. Mais s'il te plaît, tu veux bien effacer cette expression déçue de ton visage ?

— Je ne suis pas déçu par toi, répliqua-t-il en se détournant. En fait, je suis déçu de ne plus jamais risquer d'être pris en train de voler un pingouin en peluche, dans l'état actuel de mon existence.

Katy semblait perplexe.

Alors il fit volte-face pour la regarder droit dans les yeux.

— J'aurais été du genre à voler un pingouin en peluche, pas vrai ? Quand j'étais plus jeune, je veux dire ? J'étais drôle, à l'époque, non ? s'enquit-il, une note de désespoir dans la voix.

— Je ne suis pas sûre qu'il faille juger une vie à l'aune de sa capacité à voler un pingouin en peluche, répondit-elle, manifestement déroutée par son désarroi.

— C'est juste que je vais au travail, je ne parle que de ces putains d'impôts toute la journée, et puis je rentre à la maison et je parle de bébé, de comment s'en occuper, de s'il vaut mieux lui donner son bain à 17 h 45 ou à 18 heures et des conneries de ce genre.

Tout en parlant, il donna un coup de pied dans son attaché-case, d'où l'observait le manuel de survie, la bible du bébé.

Puis il se tut, perdu dans ses pensées. Quelques secondes pendant lesquelles Katy joua nerveusement avec son bloc de Post-it.

— Et je n'ai même pas une plante dans mon bureau, alors pour ce qui est d'un pingouin en peluche, d'un moulage de mon corps nu ou encore d'un poster de Patrick Swayze…, reprit-il enfin en désignant l'image délavée.

— J'aimerai toujours Patrick Swayze, affirma-t-elle doucement.

— Je le sais ! s'exclama-t-il soudain en frappant le bureau du plat de la main, geste qui fit sursauter Katy et Gloria. En t'attendant, je repensais à la fois où on avait fait la route jusque dans le Devon et où tu m'avais obligé à écouter cette fichue cassette de *Dirty Dancing* pendant tout le trajet.

— Je ne t'ai pas obligé ! Tu chantais à tue-tête, fit-elle remarquer.

— Je sais, et c'est bien ça le problème, Katy. Je ne chante plus. Qu'est-ce qui m'est arrivé ?

Il s'affala sur un fauteuil. Il commençait à songer que son « PROJET DE VIE DE MATTHEW » contenait un sacré paquet d'oublis.

— Eh bien, chante, suggéra-t-elle.

— Quoi ?

— Vas-y, chante.

— Ne sois pas ridicule.

— Oh, mais merde, Matthew, tu te plains de ne plus jamais chanter, et tu refuses de le faire. Allez, on chante ensemble.

Sur quoi elle se leva et s'éclaircit la voix. Cambrant fièrement le dos, elle entama une imitation atrocement mauvaise des premières notes de *I've Had the Time of My Life*.

Soudain il se retrouva dans la Rover de son père, toutes vitres baissées, cheveux au vent, musique à fond et une main sur le genou nu de Katy qui s'époumonait.

Et il se surprit à éclater de rire en la voyant prendre confiance tandis que les paroles de la chanson lui revenaient de mieux en mieux, et qu'elle commençait à onduler en approchant du refrain.

— Allez, chante avec moi. Ne sois pas timide, souffla-t-elle entre deux phrases.

Alors il se mit à marmonner des paroles qu'il n'en revenait pas de se rappeler encore. À la fin du refrain, elle se laissa retomber dans son fauteuil en riant.

— Tu chantes toujours aussi mal, constata-t-elle. Ça tombe bien que tu aies arrêté. Enfin bref, qu'est-ce qu'on fait pour ce dîner ? Je suppose que c'est la raison de ta présence ici ? demanda-t-elle en jetant un coup d'œil à sa montre.

— Quoi ? Ah oui, bien sûr. J'étais venu discuter de ça, répondit-il en tâchant de remettre sa tête à l'endroit. Alors je sais que ça va te paraître étrange, mais Alison est très enthousiaste à ce sujet. Hier soir, elle est rentrée à la maison et s'est directement plongée dans ses Gordon Ramsay. Elle a déjà prévu tout le menu. Je ne l'avais pas vue aussi réjouie depuis qu'on a emménagé ici. Je t'avertis, elle ne va pas te laisser t'échapper. Et crois-moi, quand Alison a une idée en tête, il est impossible de l'arrêter. Je sais bien que la situation est un désastre potentiel, mais est-ce que tu penses qu'on pourrait le faire ? La vie est tellement plus agréable quand elle est gaie.

— Bon Dieu, Matthew, tu te rends compte qu'on tente vraiment le diable, là.

— Je sais, mais ça risque de l'aider à s'habituer à la vie ici, du coup elle se détendrait et ce serait un sacré soulagement pour moi. La situation est complètement folle et je n'arrive même pas à croire que je te demande ça, mais s'il te plaît, venez. Je n'ose même pas imaginer comment elle réagirait si vous appeliez pour annuler.

— Tu es conscient qu'on ne peut pas devenir amies, dit-elle lentement.

— Tout à fait, mais ça va peut-être agir comme déclencheur, lui donner envie de se trouver de nouvelles amies, au lieu de se focaliser sur les bébés. Bien entendu, je n'envisage pas qu'elle soit amie avec toi. S'il te plaît, venez juste cette fois et ensuite je te promets que plus jamais on…

Laissant sa phrase en suspens, il se leva et contourna le bureau pour la rejoindre.

— Qu'est-ce que tu fais ? demanda-t-elle alors qu'il s'approchait.

— C'est le bébé ? s'enquit-il en allant se planter derrière elle.

Il observa l'échographie qu'elle avait punaisée au tableau.

Il ne put s'empêcher de porter les doigts sur l'image. De la toucher. Il dessina la silhouette du bébé, tout comme il l'avait fait sur le cliché des jumeaux. Et il sentit le monde s'arrêter de tourner, ou du moins ralentir sa rotation.

Katy le regardait, horrifiée.

— Oui, répondit-elle enfin dans un souffle.

Il déglutit. Puis se retourna pour plonger au fond de ses yeux, avant de marmonner :

— Je vais y aller. À samedi.

Et il contourna le plan de travail à la hâte, ramassa son attaché-case et sortit du bureau sans un regard en arrière.

Chapitre 12

Alors que se levait la fatidique journée – celle du dîner – Katy décida qu'au lieu de la passer à s'agiter en vain, elle allait enfin commencer les emplettes pour le bébé. À sa grande surprise, Ben montra un certain enthousiasme, et ce fut donc armés d'une liste concoctée par Louise – qui n'en revenait pas du manque d'organisation de Katy – qu'ils se rendirent dans un magasin spécialisé en dehors de la ville.

— Chouctte, il y a un *Currys*, constata Ben sitôt qu'il mit le pied hors de la voiture. J'ai besoin de piles pour mon appareil photo, histoire de pouvoir prendre plein de clichés gênants, le soir de l'enterrement de vie de garçon. Je file y faire un tour tout de suite, chérie. Je n'en ai pas pour longtemps, vas-y, je te rejoins.

Et il disparut avant qu'elle ait eu le temps de protester, marchant bien trop vite pour qu'elle puisse espérer le rattraper avec son corps encombré. Avec un soupir, elle se tourna vers l'immense magasin en se remémorant de précédentes visites – qui l'avaient irritée au plus haut point – pour acheter des cadeaux destinés aux bébés des autres. La vision de toutes ces femmes enceintes regroupées en un même lieu l'avait toujours perturbée. Elle avait l'impression d'avoir atterri sur une autre planète, où chaque femme se devait d'être enceinte en permanence. Réprimant un frisson à cette idée, elle prit néanmoins sur elle et entra. Plus vite elle irait, plus vite elle en aurait fini.

Elle allait commencer par l'achat des vêtements, un domaine dans lequel elle se débrouillait bien. Elle avait quasiment fait ça toute sa vie, au fond. Cependant, sa belle confiance s'évanouit dès qu'elle fut confrontée à sa première décision : quelle taille ? Nouveau-né ou 0-3 mois ? Qu'est-ce que ça signifiait, ce bazar ? C'était la même chose, non ? Quelle différence ? Et pourquoi est-ce qu'elle ne savait pas déjà tout ça ? S'agissait-il d'une conspiration visant à la déstabiliser encore plus ? Prise de panique, elle leva les yeux pour découvrir les autres futures mamans, qui évoluaient tranquillement autour d'elle, l'air tout à fait dans leur élément. Elle fourra en vitesse une demi-douzaine de chaque modèle dans son caddie avant de passer à quelque chose de moins stressant.

Elle consulta sa liste. Les babyphones. Voilà qui devait être facile. Avec une profonde inspiration, elle tenta d'approcher tranquillement le rayon sécurité.

Quelqu'un était en train de lui faire une blague ou quoi ? Comme dans une sorte de brouillard, elle posa les yeux sur des rayonnages entiers chargés d'appareils destinés à écouter les bébés, qui clignotaient dans sa direction tels de petits diables de l'espace. Le niveau d'équipement requis donnait à penser que l'enfant devait au minimum s'envoyer toute une compilation des Beatles avant de s'endormir. Elle tendit une main désormais légèrement tremblante vers l'une des étagères du milieu et entreprit de lire les phrases d'accroche de l'un des babyphones. Qui auraient tout aussi bien pu être rédigées en allemand, vu ce qu'elle en comprenait. Elle jeta l'objet dans le chariot, avant de retourner à grands pas vers le relatif sanctuaire du rayon vêtements.

Au bout d'une heure, elle était totalement perdue, perturbée, en colère et un peu en nage. Elle leva les yeux de la poussette Templeton Deluxe Travel System avec laquelle elle avait engagé un combat à la vie à la mort vingt minutes plus tôt, espérant que personne ne l'avait vue administrer un coup de pied libérateur au maudit engin. La vendeuse avait pourtant donné l'impression que tout était simple quand elle lui avait montré comment, d'un coup de poignet, transformer ce qui ressemblait à la base à un enchevêtrement de barres chromées et de toile noire en une poussette robuste, quoique très complexe.

— Et celle-ci ? proposa la vendeuse, qui venait de réapparaître et désignait une autre poussette, semblable cette fois à une boîte Tupperware sur roues. Elle est vraiment simple d'utilisation, surtout si vous n'avez pas d'homme pour la ranger dans la voiture ou l'en sortir.

Katy en resta bouche bée. Comment cette peste pouvait-elle supposer qu'elle était mère célibataire ? Ben allait arriver d'une minute à l'autre, se répéta-t-elle pour la énième fois en jetant des coups d'œil désespérés en direction de l'entrée.

Elle s'assit au bord du rayon pour essayer de se remettre de ses émotions et regarda autour d'elle, un peu perdue. Un couple élégamment vêtu s'approchait des poussettes.

— Je n'arrive pas à croire qu'il y a vingt minutes, on était au garage en train de vendre notre cabriolet, et que maintenant, on soit ici à acheter une poussette, dit la femme, enceinte jusqu'aux dents. La vie ne sera plus jamais la même, pas vrai ?

Elle semblait tout aussi secouée que Katy.

— Tu as raison, répondit l'homme en lui passant une main autour des épaules. Pourtant, je n'échangerais ma place pour rien au monde. Et tu sais quoi ? J'adorais cette voiture, vraiment, mais je te parie que je vais aimer notre nouvelle poussette mille fois plus, surtout quand notre petite princesse sera dedans.

Katy les observait, hypnotisée, qui se tournaient l'un vers l'autre, un sourire ébahi sur le visage. Puis ils s'embrassèrent, avec une passion remarquable pour un samedi après-midi dans un magasin de banlieue. Quand ils mirent un terme à leur baiser, l'homme glissa la main à l'intérieur de sa veste et en tira plusieurs feuilles de papier.

— Bon, dit-il, j'ai imprimé tout ça sur Internet la nuit dernière, après que tu es allée te coucher, pour nous aider à décider. La meilleure, selon ce site Web, c'est celle-là, là-bas…

Katy détourna les yeux, incapable de supporter ce couple parfait une seconde de plus. Et de nouveau, elle jeta un coup d'œil en direction de l'entrée. Toujours pas trace de Ben.

Elle se remit debout à grand-peine et avança péniblement jusqu'aux caisses en ravalant les larmes qui menaçaient de l'engloutir. S'interrompant pendant qu'elle scannait ses achats et les déposait consciencieusement dans un sac, la caissière lui tendit un mouchoir.

— Les hormones, déclara-t-elle d'une voix douce. Ça arrive tout le temps.

Complètement mortifiée, Katy reposa ses sacs dans le chariot aussi vite qu'elle put et sortit du magasin presque en courant, à croire que le bâtiment était en feu.

— Putain, il y a des tigres là-dedans ou quoi ? entendit-elle Ben demander alors qu'elle franchissait les portes automatiques.

— Tu étais où, bon Dieu ? parvint-elle à cracher, avant d'éclater en sanglots.

Et pendant que les flots de larmes se déversaient, elle faisait de son mieux pour ne pas hyperventiler en plus.

— Hé, ça va aller, calme-toi. Les autres dames enceintes ne t'ont pas prêté leurs jouets ? demanda-t-il, un large sourire aux lèvres.

— Arrête ! Arrête, OK ? répéta-t-elle, furieuse.

Et elle le regarda droit dans les yeux, rouge de rage. Il la dévisageait, sous le choc. Ils ne s'étaient jamais mis en colère l'un contre l'autre.

— Je n'ai pas besoin que tu fasses le clown, OK? Alors arrête les blagues.

— OK, répondit-il, toute trace de sourire disparue. Tu as besoin de quoi, alors ? s'enquit-il lentement.

— Je n'en sais rien. Mais pas de blagues, d'accord ? J'ai besoin… J'ai besoin… J'ai besoin que tu sois présent, de temps en temps, voilà. Tu sais, par exemple quand j'essaie désespérément d'ouvrir une putain de poussette, geignit-elle, les yeux rivés au sol.

— Je vois, répondit-il avec calme. Tu as besoin de moi. C'est nouveau, ça.

— Ouais, eh bien, parfois, oui.

Ils restèrent tous les deux à fixer leurs pieds un moment, chacun perdu dans ses pensées, jusqu'à ce que Ben lui prenne délicatement le chariot des mains et le guide vers la voiture pour le décharger.

Ce soir-là, l'atmosphère était si glaçante qu'elle aurait été parfaite pour un film d'horreur : une pluie battante, noire comme de l'encre, et de soudains coups de vent qui faisaient claquer et craquer tout alentour en hurlant. Bref, à vous donner la chair de poule.

Ce qui fut exactement le cas de Katy quand Ben sauta dans la voiture, une lampe torche braquée sur son visage tandis qu'ils s'apprêtaient à partir.

— Ne va pas dans la lande, ma belle, ne va pas dans la lande maintenant, vint-il gronder tout près d'elle.

— Ben, s'il te plaît, protesta-t-elle en le repoussant d'une tape.

Elle avait réussi à se calmer un peu depuis leur virée shopping de l'après-midi. Ben s'était abondamment excusé sur le trajet du retour, expliquant qu'il était tombé sur un vieux copain, désormais employé chez *Currys*, et qui avait proposé de lui accorder une ristourne. Elle faisait de gros efforts pour ne pas lui en vouloir, surtout en un moment où elle avait bien besoin de chaque goutte d'énergie positive en stock pour affronter le dîner avec Matthew et Alison.

Ben alluma la radio pour se plonger dans l'écoute attentive des résultats footballistiques de l'après-midi. Katy, le cœur battant toujours follement, s'occupait à effacer de son esprit l'image d'une Alison en train de la découper à la hache pendant que Matthew creusait sa tombe dans une forêt brumeuse au milieu de nulle part.

— On est nuls. Ils méritent tous de se faire virer, commenta Ben au bout d'un moment.

Puis il appuya sur le bouton à répétition pour essayer de trouver une chaîne musicale correcte.

— Laisse ça, s'il te plaît.

— Désolé, répondit-il, se calant contre le dossier de son siège pour bouder.

Un silence gêné s'ensuivit avant qu'il n'ose reprendre la parole.

— Je ne sais pas pour toi, mais je suis surexcité à l'idée de passer la soirée avec Monsieur et Madame Chiants-à-mourir. Je me demande combien de temps ils vont faire durer la visite de leur fameuse chambre d'enfants. Lady Alison nous l'a déjà décrite avec une telle précision que j'ai l'impression de l'avoir décorée moi-même.

— Ne m'en parle pas, répondit Katy, dont le cœur se serra à cette perspective. Je vais me sentir tellement naze, à côté.

— Alors là, pas question. Écoute-moi bien, Katy, dit Ben en se redressant sur son siège. Tu ne seras pas une de ces mères à chier qui transforment leurs enfants en tueurs en série. Tu vas être hyper cool et ce bébé t'adorera.

Elle s'autorisa un sourire.

— Tu sais quoi, Ben ? C'est peut-être la chose la plus gentille que tu m'aies jamais dite.

— J'essaie de bien faire, admit-il. Oui, j'essaie vraiment, ajouta-t-il quand elle lui jeta un regard en coin. Bon, mais c'est où, qu'on va, en fait ? demanda-t-il, changeant de sujet.

— Ça devrait être là-haut, sur la droite.

Ben lâcha un long sifflement tandis qu'une grande maison individuelle et manifestement neuve apparaissait sous leurs yeux.

— Waouh ! C'est un minimanoir. On ne va plus l'appeler lady Alison, mais lady Alison de la Tour d'ivoire, s'exclama-t-il.

Les pneus de la voiture de Katy crissèrent sur l'allée de gravier impeccable alors qu'ils s'arrêtaient devant la porte. Ils furent aussitôt baignés dans une nappe accueillante de lumière orangée alors qu'une série de lanternes en fer forgé ouvragées s'illuminaient en même temps que le porche. Deux arbustes miniatures taillés au cordeau et plantés chacun dans un pot en cuivre rutilant montaient la garde de part et d'autre d'une porte d'un noir luisant qui exhibait en son centre une énorme poignée de laiton. Le tout évoquait plus un restaurant chic qu'une maison de famille, selon Katy.

— C'est plus grand que l'école, commenta Ben alors qu'il l'aidait à extraire de la voiture son corps prêt à exploser. Ils doivent être blindés. Il faudrait peut-être envisager de devenir leurs amis, tout compte fait. Si ça se trouve on profiterait de certains avantages en nature.

— Laissez-moi vous aider, intervint Matthew, qui se matérialisa aux côtés de Ben et saisit la main de Katy.

Elle sursauta à son contact et retira brusquement la main. Ils ne s'étaient pas touchés depuis leurs retrouvailles.

— Je suis enceinte, pas handicapée, objecta-t-elle en se redressant avec peine, avant de claquer sa portière.

— Bien sûr, s'excusa Matthew. Désolé. Entrez vite, n'allez pas vous mouiller.

Et il se rua devant eux pour ouvrir la lourde porte noire, les invitant à pénétrer dans un hall imposant et très haut de plafond.

— Excusez-moi, mais si ça ne vous dérange pas, merci d'ôter vos chaussures. On vient de poser la nouvelle moquette, indiqua-t-il quand Katy franchit le seuil.

Elle l'observa, pensant qu'il plaisantait, mais il était plus que sérieux. Il y avait quelque chose chez les gens qui exigeaient que leurs invités se déchaussent qui lui donnait la sensation d'arriver comme un cheveu sur la soupe. Elle ôta cependant ses chaussures, oubliant à dessein de les ranger proprement sur l'étagère prévue à cet effet pour les invités.

— Tu es certain qu'Al va apprécier mes chaussettes puantes et trouées ? ricana Ben en agitant son pied gauche, révélant une chaussette usée jusqu'à la corde et un gros orteil qui en pointait.

— Entrez, indiqua Matthew sans lui prêter attention. Alison est en train de terminer les préparatifs à la cuisine.

— Hé mon pote, tu ne voudrais pas me montrer ce fameux programme maintenant, au cas où on serait trop bourrés après pour que j'apprécie à sa juste valeur le morceau d'anthologie que j'aurais entre les mains ? suggéra Ben alors qu'ils se dirigeaient vers le salon.

— Oui, pourquoi pas ? répondit Matthew, comme s'il venait juste de remarquer la présence de Ben. Suis-moi dans mon bureau. On revient dans une minute, Katy.

Elle resta plantée au milieu du salon, qui devait mesurer au moins sept mètres de long, perdue et ne sachant trop que faire. Alors elle se mit à regarder lentement autour d'elle, admirant d'abord le magnifique canapé de créateur, bas et garni de moelleux coussins de daim beige placés de façon symétrique dans chaque angle. Puis elle remarqua la lampe sur pied ultra moderne, qu'elle avait vue dans une boutique de créateur très chère de Leeds, qui décrivait un arc gracieux jusqu'au centre de la pièce pour rester suspendue au-dessus d'une table basse parfaitement patinée. Un ensemble hi-fi Bose hyper design trônait sur une étagère de verre, émettant des sons merveilleusement apaisants. Katy s'avança à l'autre bout de la pièce, caressant du dos de la main les draperies de soie chocolat accrochées à d'épaisses tringles de bois. Délicatement, elle écarta les rideaux et scruta la pelouse illuminée et parfaitement tondue. Puis elle se détourna de la fenêtre et revint au centre de la pièce. Elle était en train de se demander ce qu'elle allait bien pouvoir reluquer quand son regard se posa sur deux chandeliers monumentaux qui gardaient l'incontournable alignement de photos sur le manteau de la cheminée.

Elle prit une brusque inspiration.

La vie de Matthew était là, sous ses yeux. La vie qu'il avait vécue sans elle mais avec Alison, résumée en une demi-douzaine d'images qui la dévisageaient, encadrées par un discret chrome argenté brossé.

Lentement, elle s'approcha de la cheminée, sans trop savoir si elle voulait vraiment voir ça, et encore moins pourquoi elle était aussi peu sûre de souhaiter le découvrir.

Les clichés n'étaient pas très originaux. Jeune couple un peu foufou à une fête. Premières vacances d'été ensemble. Premières vacances au ski ensemble. Première sortie en costume-cravate. Première photo de photographe, sans doute les fiançailles. Et bien sûr, magnifique photo de mariage. Katy se surprit à scruter le visage de Matthew sur chaque cliché. Elle observa ses yeux et sa bouche, puis son langage corporel. Et elle se rendit compte qu'elle essayait de détecter s'il était heureux ou pas. Heureux dans sa vie d'après Katy.

Elle sursauta quand Alison entra dans la pièce.

— Désolée, je terminais quelques amuse-bouches, annonça-t-elle en déposant deux plats sur la table basse.

— Jolies photos, parvint à lâcher Katy, faute de mieux.

— Merci. J'adore celle du mariage, c'est tellement nous.

Katy reposa les yeux sur le grand cadre, observant de plus près le cliché artistique en noir et blanc. Matthew et Alison debout sur les marches de ce qui ressemblait à un château, les yeux dans les yeux.

— Où est-ce que vous vous êtes mariés ? osa-t-elle demander, sans trop savoir si elle voulait vraiment se lancer dans ce sujet.

— On avait trouvé un superbe château dans le Hampshire, qui possédait sa propre chapelle. C'était juste parfait. Mais on a eu du mal à dénicher l'endroit idéal. J'ai l'impression qu'on en a visité pendant des semaines avant de tomber d'accord. J'ai encore un dossier épais comme ça de tous ces lieux. Si jamais vous envisagiez de faire le grand saut, avec Ben, vous savez à qui vous adresser. Vous n'êtes pas mariés, si ?

— Non, un jour peut-être, qui sait ? répondit Katy, incapable de soutenir le regard d'Alison.

— Je me demandais si vous attendiez la naissance du bébé pour franchir le pas.

— Non. On n'a pas encore évoqué le sujet, en fait.

— On ne sait jamais, Ben a peut-être tout prévu. Et à la minute où vous accoucherez, il va vous faire sa demande, insista Alison.

— Quelle demande ? s'enquit Ben en entrant dans la pièce.

— Je jouais les curieuses, se justifia Alison. Je demandais à Katy si vous aviez prévu de vous marier. Je suis douée pour organiser les mariages, vous savez.

— Je ne crois vraiment pas que ce soient nos affaires, Alison, intervint sèchement Matthew.

— Ce n'est pas grave. Katy et moi, on ne se tracasse pas avec ce genre de formalités, lança Ben en s'affalant sur le canapé. Si ça se trouve, un jour on va se réveiller et dire : « Tu sais quoi, marions-nous ! » On est plus dans l'instant, comme couple, on navigue à l'instinct. Pas vrai, chérie ?

— Absolument, renchérit-elle en évitant le regard de Matthew. Tout à fait.

— Dis-moi, Al, c'est ça le repas ? reprit Ben. Il va falloir qu'on s'arrête manger sur le chemin du retour, ajouta-t-il en feignant de chuchoter un secret à l'intention de Katy.

— Non, non, ce ne sont que quelques amuse-bouches avant de passer à table.

— Je plaisantais. Bon, quelqu'un a donné le top départ ? Je meurs de faim.

Sur quoi il s'appropria une assiette entière et se servit.

Après une heure de conversation maladroite et embarrassante, Alison annonça enfin que le dîner serait prêt dans dix minutes.

— Aimeriez-vous voir la chambre des bébés avant qu'on s'installe ? proposa-t-elle.

Katy et Ben échangèrent un regard. Elle savait, pour sa part, que c'était bien la dernière chose dont elle avait envie.

— Avec plaisir, mentit Ben en haussant les épaules. Ça se trouve dans quelle aile de la maison ?

— C'est vraiment trop grand, pas vrai ? commenta Alison en les conduisant à l'étage. Mais Matthew a été tellement augmenté en devenant associé qu'on s'est dit qu'on en avait les moyens.

— Dis donc, mon pote, t'es un sacré bon parti, on dirait, lança Ben.

— Maintenant, oui, concéda Alison en lui offrant un sourire empreint de fierté. Mais ça n'a pas toujours été le cas. Vous auriez dû voir dans quel état je l'ai trouvé.

Katy commençait à se sentir vraiment très bizarre. Moite et un peu nauséeuse. Quelque chose clochait.

— Et voilà, annonça Alison en ouvrant la porte en haut de l'escalier. Notre nid.

Katy entra dans la pièce et en resta bouche bée. Jamais elle n'avait vu de chambre aussi magnifique. C'était un endroit extraordinairement serein, dans un camaïeu de crèmes et de verts, qui donnait une telle impression de douceur qu'on avait aussitôt envie de se pelotonner sur le tapis en peau d'agneau pour s'y endormir. Elle resta un moment plantée dans l'embrasure de la porte, émerveillée, avant de se sentir attirée vers les deux berceaux placés côte à côte près du mur opposé, sous une immense fenêtre en forme d'arche. De délicats auvents de tulle retombaient en cascades protectrices de part et d'autre des deux parfaits petits havres de paix, et en s'approchant, Katy dut retenir ses larmes quand elle aperçut un petit ourson en peluche dans chacun, qui attendait l'arrivée de son petit propriétaire. Elle entendait parler Alison, sans être capable de se concentrer sur ses paroles. Lentement elle se tourna et remarqua une vieille chaise à bascule en chêne sombre, avec un adorable coussin de patchwork sur son assise. De nouveau, elle ne put résister et se dirigea dans cette direction pour caresser son long dossier arrondi, avant de le contourner et de s'y installer. Fermant les yeux, elle se balança doucement d'avant en arrière.

Elle laissa dériver son esprit, jusqu'à ce qu'une pensée vienne soudain briser cet instant de calme. Elle songea à la pièce vide aux murs blancs de son appartement, pour l'heure remplie de cartons empilés de façon plus ou moins solide dans un coin et des sacs plastique contenant les achats hasardeux qui lui avaient causé une telle panique plus tôt dans la journée, jetés contre l'autre mur.

Remplie d'angoisse, elle comprit enfin ce qui n'allait pas : elle était jalouse. Et à sa grande horreur, une image très nette apparut à son esprit, d'une grange transformée en une maison parfaite, avec des rosiers grimpants aux murs, et Matthew, elle et leurs deux enfants qui agitaient la main devant la porte d'entrée.

Quand elle tenta de s'extraire de la chaise, elle se rendit compte que son ventre était d'un autre avis, décidant qu'il avait trouvé là le nid parfait et rechignant à le quitter. Matthew vint à sa rescousse, en lui prenant délicatement la main pour lui passer un bras autour de l'épaule. C'était la deuxième fois qu'il la touchait de la soirée.

— Ça va ? s'enquit-il. Tu es un peu pâle. Je peux t'apporter quelque chose ?

— Non, non, c'est bon. Tout va bien, se hâta-t-elle de répondre en le dévisageant. Descendons manger, je meurs de faim, ajouta-t-elle avant de se ruer vers la porte.

Elle entendait Alison continuer à babiller tout en descendant les marches, mais tout ce qui occupait son esprit en cet instant, c'était le moyen d'échapper à ce cauchemar aussi vite que possible. Et de ne plus jamais avoir à subir la vie de Matthew.

Chapitre 13

— Voici une salade roquette, fenouil, cresson et poire. Bon appétit, annonça Alison en déposant les entrées.

Et vu la délicatesse des assiettes blanches, elles ne venaient certainement pas de chez *Ikea*.

Ben jeta sur la verdure un coup d'œil suspicieux, puis il saisit sa fourchette, prit une inspiration et piqua.

— J'ai beaucoup de mal avec les entrées, depuis ma grossesse, pas toi Katy ? On peut se tutoyer, non ? suggéra Alison. J'ai l'impression qu'ils mettent des fruits de mer, du fromage ou de la viande séchée partout.

— Oui, oui, pour le tutoiement, accepta Katy à contrecœur. Et pour ma part, je finis par prendre de la soupe, alors même que je déteste ça.

Un silence embarrassé s'ensuivit.

— La soupe, ça vous fiche en l'air une conversation, commenta enfin Ben. La soupe et la mort. On devrait bannir ces deux sujets de toute discussion pendant un dîner.

Alison le dévisagea d'un air perplexe, avant de se tourner vers Katy.

— Tu penses opter pour l'allaitement ou le biberon ?

— J'avais oublié d'ajouter l'allaitement, marmonna Ben à mi-voix.

— Eh bien, je ne sais pas encore. Ça dépendra du bébé, j'imagine, c'est lui qui choisira, répondit Katy.

Elle en profita pour donner à Ben un bon coup de pied sous la table.

— Nous, on en a discuté, n'est-ce pas Matthew ? Et j'ai vraiment envie d'allaiter, mais évidemment avec deux bébés, ça pourrait devenir épuisant. Alors j'ai acheté une pompe à lait. Comme ça, Matthew pourra les nourrir quand je serai trop fatiguée. J'ai pris la plus chère, l'électronique. Apparemment, c'est très dur de le faire à la main.

— Une pompe à lait ? répéta Ben, retrouvant son sourire. Tu veux dire qu'on peut acheter des trucs pour traire les seins d'une femme ?

— Oh oui, c'est très répandu aujourd'hui, avec toutes ces jeunes mamans qui travaillent, expliqua Alison.

— Mais comment ça marche ?

— Tu poses une sorte de bonnet aspirant sur le sein, relié à une pompe. La succion tire sur le téton, exactement comme un bébé qui tète. Et puis tu peux tout stériliser, c'est donc très hygiénique, ajouta-t-elle en remarquant l'air légèrement horrifié de Ben.

— Oh, ça je n'ai aucun doute sur la propreté du truc, c'est juste que l'idée de vous voir, les filles, attachées à une machine qui vous suce les tétons, c'est un peu bizarre... Non ?

Personne ne répondit.

— Oh, allez, ne me regardez pas comme ça. C'est dur, pour nous les hommes. On est programmés pour fantasmer sur le corps féminin, pas vrai Matthew ? Depuis la puberté, on ne rêve que d'une chose : voir des seins pour de vrai, et je ne parle même pas de les toucher. En grandissant, on est autorisés à se familiariser avec les courbes féminines et puis voilà que tout à coup, juste au moment où on parvient à poser les mains sur ces sacrés trucs, paf ! il faut oublier tous nos rêves. Car l'objet de notre affection a été transféré à un bébé qui n'a pas idée de la chance qu'il a, voire pire, à une putain de machine. Une machine est autorisée à vous malaxer les nénés, alors qu'on n'en a plus le droit.

Il se tut et Matthew, Katy et Alison le dévisagèrent.

— C'était délicieux, Alison, enchaîna Katy après une pause. Je pense qu'on est prêts à passer au plat de résistance, ajouta-t-elle, plus que pressée d'en finir avec cette soirée.

— Bien sûr, répondit l'interpellée en se levant sur-le-champ. Matthew, tu veux bien m'aider à débarrasser ?

— Ben, j'aimerais que tu te calmes un peu, le gronda Katy dès que leurs hôtes eurent quitté la pièce.

— Quoi ? Qu'est-ce que j'ai dit ?

— Je crois que ton histoire sur le fantasme échoué des nichons était un poil déplacée.

— J'essayais juste de faire la conversation et de briser un peu la glace. J'ai l'impression qu'elle a le cul dans un iceberg. Punaise, il faut vraiment qu'elle se détende, cette fille. Elle n'a rien d'autre comme sujet de discussion que les bébés, merde ! Il faut qu'on la détourne du sujet, autrement je vais devoir boire beaucoup, vraiment beaucoup.

— Chut, ils reviennent, siffla-t-elle. Vas-y mollo, s'il te plaît.

— Et voilà, annonça Alison. Jeune poulet au pot avec sa purée de panais au miel et à la moutarde. J'espère que vous allez aimer.

— Ça a l'air délicieux, commenta Ben, un immense sourire dirigé vers Alison, dont le rictus était quelque peu figé, à présent.

Mais elle se dérida légèrement en le voyant plonger son couteau avec appétit dans ses filets de poulet.

— Alors, Ben, tu as bien étudié ton trajet jusqu'à l'hôpital ? s'enquit-elle. Nous, on a essayé plusieurs itinéraires à différentes heures de la journée, histoire de vérifier lequel était le plus rapide.

Ben la fixa, sidéré, tout en mâchant sa viande.

— Ça dépend, finit-il par répondre.

— De quoi ?

— Si je fais le trajet depuis la maison ou depuis Edinburgh.

— Edinburgh ? s'étonna-t-elle. Pourquoi diable est-ce que tu ferais le trajet depuis là-haut ?

— J'y serai à un enterrement de vie de garçon dans deux semaines.

Alison faillit lâcher ses couverts sous l'effet du choc.

— Tu pars à une fête juste avant l'accouchement de Katy ?

— Oui, répondit Ben, comme s'il pensait ainsi signer la fin de la discussion.

Alison se tourna donc vers Katy, des questions plein les yeux.

— Tu n'es pas inquiète ? Je dois avouer que si Matthew me demandait l'autorisation de partir à un enterrement de vie de garçon juste avant la date prévue pour l'accouchement, je lui dirais de ne pas y aller.

— Ce n'est qu'à Edinburgh, ça n'est pas si loin, répondit Katy, sur la défensive. Et puis, je ne dis pas à Ben ce qu'il a le droit de faire ou pas, ajouta-t-elle avec un coup d'œil en direction de Matthew.

Alison resta à la fixer quelques secondes comme si elle arrivait d'une autre planète, puis elle se leva de sa chaise.

— Eh bien, tant mieux pour toi, lâcha-t-elle en ramassant les assiettes. J'espère juste que tu as quelqu'un sous la main, au cas où les contractions se déclencheraient. Personnellement, je ne voudrais pas me retrouver seule pendant ces moments-là.

Matthew, Katy et Ben restèrent silencieux pendant que la porte de la cuisine s'ouvrait et se refermait sans bruit sur Alison.

— Elle a raison, je dois dire, intervint Matthew. Tu ne devrais pas rester seule, il me semble.

— Écoute, changeons de sujet, OK ? Ça n'arrivera pas. La fête est presque deux semaines avant la date prévue pour l'accouchement, et puis si ça arrive, j'appellerai Daniel, répondit Katy, se rendant compte avec une pointe d'inquiétude qu'il était sa seule option.

— Il faut forcément que ce soit Daniel ? intervint Ben. Je l'aime bien, je te promets, mais si c'est un garçon, que tu as dans ton ventre, j'aimerais autant lui donner la chance de ne pas basculer du mauvais côté.

— Eh bien, disons que tu n'auras pas vraiment le choix, si tu n'es pas là, commenta Matthew, un peu trop vite et un peu trop sèchement.

— Hé, je croyais que tu serais de mon côté, mec, répliqua Ben, un tantinet surpris.

— Eh bien, je suis avec toi, commença Matthew.

Mais il observa une pause avant d'ajouter :

— Mais s'il s'agissait de mon enfant, je ne prendrais pas le risque d'être absent le jour J.

Sur quoi il baissa vivement les yeux, sachant qu'il avait franchi la ligne rouge.

— C'est mon meilleur copain, je ne peux pas rater sa fête. En train, je serai rentré en cinq heures, et en une heure si je prends l'avion. J'ai tous les détails sous la main, et Katy est d'accord. Pas vrai, chérie ?

— Mais oui, bien sûr, acquiesça Katy, toutefois sous le choc de l'annonce des cinq heures de trajet.

Elle était cependant encore plus perturbée par les paroles de Matthew.

La porte de la cuisine recommença sa valse alors qu'Alison revenait dans la salle à manger chargée d'un large plateau.

— Je nous ai préparé quelque chose de très simple pour le dessert, j'espère que ça vous plaira. C'est l'un de mes préférés.

Matthew bondit pour l'aider à déposer quatre petites assiettes en verre sur la table, chacune remplie d'un assortiment de baies givrées.

Ben posa sur Katy un regard interrogateur, presque comme s'il lui demandait la permission de commencer. Elle lui retourna la même expression, car elle ne savait plus à présent de quoi il était capable.

Il reporta donc son attention sur l'assiette face à lui et prit une framboise, qu'il porta à sa bouche et croqua fort.

— Bon Dieu, c'est froid ! commenta-t-il en se tenant la mâchoire.

— Pas comme ça, Ben, corrigea Alison. Regarde, tu verses ce chocolat blanc fondu sur les baies pour les dégeler. Vas-y, essaie.

Ben s'exécuta, faisant tourner les fruits dans sa bouche plusieurs fois afin de leur laisser le temps nécessaire au dégel.

— C'est bon, conclut-il enfin. Et je parie que même moi, je pourrais préparer ce truc.

— Alors dis-moi, Katy, j'aimerais beaucoup savoir comment était Matthew à l'école.

Manifestement, leur hôtesse avait décidé pendant son séjour à la cuisine qu'il leur fallait changer de sujet. Mais Katy sentit son cœur se serrer encore un peu plus. Ça allait vraiment être une corvée, or elle était fatiguée. Comment se sortir de ce traquenard saine et sauve ? L'image d'Alison armée de sa hache dans la lande réapparut à son esprit.

— Oh, c'était un garçon normal, en fait. Je me souviens qu'il avait les cheveux longs, mais c'était assez répandu, à l'époque.

— Je sais, je sais. J'ai vu les photos horribles chez sa mère. Et ces mitaines qu'il portait. Je n'aurais jamais cru qu'il soit aussi fan de mode, dit Alison en plissant le nez.

Un flash-back de Matthew et d'elle passant la journée à traîner dans un centre commercial pour trouver les mitaines parfaites se déroula devant les yeux de Katy. C'était le détail indispensable de leur tenue, vu qu'ils se rendaient ensemble à un concert, se souvint-elle. Leur premier vrai concert d'adultes, au fond d'un pub quelque part en ville. Sombre, enfumé et bondé, et ils avaient adoré leur soirée.

— On est tous un peu comme ça à cet âge, non ? On suit la mode du moment. C'est aussi ça, la vie d'adolescent, fit remarquer Katy.

Elle en avait presque le vertige, à force de marcher sur des œufs.

— Sauf que c'était dans les années 1980, dit Alison. La mode était vraiment atroce. Heureusement, ça s'est calmé aujourd'hui et on n'aura jamais plus à subir ce style-là. Enfin, bref, tu dois bien te rappeler autre chose ? insista-t-elle.

— Pas de câlins interdits derrière les garages à vélos dont tu ne nous aurais pas parlé ? ricana Ben en lui donnant un petit coup de coude. Allez, tu peux bien nous l'avouer, il a tenté sa chance avec toi, chérie ?

— Mais non, jamais de la vie !

Et elle éclata d'un rire proche de l'hystérie pour masquer la panique qui venait de lui vriller les tripes. Matthew l'imita, beaucoup trop fort lui aussi.

— Quelle idée ridicule ! ajouta-t-il. Elle n'était pas mon genre.

— Attends une seconde, reprit Ben. Vous n'avez pas assisté à une fête des anciens élèves l'an dernier ? Tu te rappelles, j'étais à l'enterrement de vie de garçon de Paul.

— N'importe quoi ! s'exclama Matthew d'une voix suraiguë.

Et il sursauta, renversant son café sur l'avant de sa chemise.

— Oh, Matthew, enlève-la, vite, tu vas te brûler et c'est ta plus jolie chemise. Allez, vite, tiens, voici un peu de glace, chéri.

Et tout en parlant, Alison tirait frénétiquement sur la chemise de Matthew pour la retirer de son pantalon alors que la tache de café s'étalait à toute vitesse sur le tissu.

Elle la lui avait déjà passée à moitié sur la tête, et il tentait de se déboutonner en même temps qu'Alison cherchait frénétiquement à la lui arracher. Elle finit par gagner la partie et emporta le vêtement, révélant le torse complètement glabre de Matthew. Vision qui rappela aussitôt leur nuit d'amour à Katy. Elle détourna les yeux, redoutant qu'Alison ne puisse lire dans ses pensées.

Matthew appuya une serviette remplie de glace sur le bas de son ventre. Il respirait fort et les regardait chacun tour à tour.

— Ça va, je vais bien, haleta-t-il. C'était juste chaud, voilà, ça m'a surpris. Et si on ouvrait une autre bouteille de vin ? Alison, il reste du Merlot sur l'étagère. Va donc en chercher, pendant que je passe une autre chemise.

— Mets la vert et taupe, elle est suspendue dans ton armoire, lui cria Alison quand il quitta la pièce.

Puis elle se retourna vers Katy et Ben.

— Comme c'est gênant ! Maintenant vous avez vu son secret honteux. Ce tatouage de Cupidon est un autre héritage malheureux de ses années d'école. Affreux, pas vrai ? Il m'a raconté qu'une ancienne petite amie l'avait convaincu de se le faire faire. Je passe mon temps à lui demander de l'effacer, je déteste ce rappel d'une de ses ex. Vous n'êtes pas de mon avis ?

Ben restait assis, très silencieux, les sourcils froncés. Il ne répondit pas à la question d'Alison, se contentant d'observer Katy. Et il fronça un peu plus les sourcils.

Katy avait la nausée. Voilà, le désastre s'était bel et bien produit. Elle n'arrivait plus à respirer. Il fallait vraiment qu'ils s'en aillent. Et maintenant.

— Alison, je suis vraiment, vraiment désolée, je tombe de fatigue. C'était exquis, mais on va vraiment devoir rentrer, je n'arrive plus à garder les yeux ouverts. Ça ne te dérange pas, Ben ?

Il secoua la tête.

— Non, je comprends parfaitement, répondit Alison en se levant. Il vaut mieux profiter au maximum de tout le sommeil qu'on peut prendre pour l'instant, pas vrai ? Je vais chercher vos manteaux.

Ils étaient tous dans l'entrée quand Matthew redescendit l'escalier. Ben avait fourré les mains dans ses poches, enfoncé son bonnet sur ses oreilles, et il fixait le sol. Quant à Katy, elle tâchait de se comporter normalement envers Alison tout en jetant des regards entendus à Matthew.

— Merci encore, c'était super. Désolée, Matthew, il faut qu'on file. Je me sens soudain hyper fatiguée, expliqua-t-elle tout en serrant maladroitement la main de leurs hôtes.

Ben avait déjà ouvert la porte et le vent s'engouffrait à l'intérieur. Il sortit sans un mot. Tête basse, menton collé à la poitrine.

— Bon, ben au revoir, lança Katy en se précipitant derrière lui après un dernier coup d'œil au visage perplexe de Matthew.

— Merde, merde, merde, qu'est-ce que j'ai fait ? Conne, conne, conne, jura-t-elle avant d'ouvrir la portière.

Malgré le vent et la pluie battante, elle n'était pas très pressée de se mettre à l'abri dans l'habitacle.

Elle se laissa tomber sur le siège conducteur.

Ben était toujours muet.

Elle livra sa bataille habituelle avec la ceinture de sécurité qui protestait devant le diamètre de son ventre.

Toujours pas un mot de Ben.

Elle resta quelques minutes assise là, à regarder un panier de fleurs trop rempli se balancer au bout d'un crochet en fer forgé, sur le point de se décrocher sous l'effet des bourrasques. Le moment était-il venu, se demanda-t-elle, où tout allait s'effondrer ?

— Pourquoi ? s'enquit enfin Ben.

— Pourquoi quoi ?

— Oh, ça va, Katy. Un gars avec qui tu étais au lycée se trouve avoir exactement le même tatouage que toi. Alors je te pose la question : pourquoi ?

Les larmes coulaient déjà. Elles avaient commencé à l'instant où Ben avait ouvert la bouche. Elle renifla un bon coup et déglutit.

— Je suis vraiment désolée. C'est juste que… eh bien, on est sortis ensemble au lycée, c'est tout. Et ces tatouages, c'était une sorte de pari stupide. Vraiment stupide.

— Pourquoi ne pas en avoir parlé ?

— À cause d'Alison. À ce qu'il paraît, elle est tellement jalouse que si elle apprenait que je suis l'ex-petite amie de Matthew, ça la ferait flipper, et il ne veut pas la perturber en ce moment. Et puis, je ne voulais pas te mentir, Ben, mais c'était la solution de facilité. Parce que, ainsi, tu n'avais pas besoin de mentir non plus. Je sais, c'est idiot, et je te prie de m'excuser. Il ne compte plus du tout pour moi, je te jure.

Pour la première fois depuis qu'ils étaient entrés dans la voiture, Ben leva la tête pour la regarder.

— Je ne t'ai jamais demandé s'il comptait encore pour toi.

Ce fut au tour de Katy de fixer le sol.

— Ah bon, eh bien, je voulais juste m'assurer que tu le saches. Voilà tout.

Ils restèrent assis sans un mot, jusqu'à ce que Ben tende la main derrière lui pour attacher sa ceinture.

Elle se pencha vers l'avant, démarra la voiture et ils rentrèrent à la maison au son des gémissements du vent.

Chapitre 14

Katy continua à fixer tristement le téléphone pendant cinq bonnes minutes après avoir raccroché. Elle venait de terminer la conversation la plus longue qu'elle ait eue avec Ben depuis samedi soir, ce qui n'était pas rien. En revanche, qu'il lui annonce ne pas pouvoir assister au cours prénatal de ce soir à cause d'un match de football, ça signifiait que quelque chose clochait. Elle voulait retrouver l'ancien Ben, et pas cet inconnu calme, mal à l'aise et silencieux. Enfin, depuis le dîner, elle l'avait peu vu. Le dimanche, il avait quitté l'appartement au petit matin pour ne revenir que très tard, alors qu'elle était déjà couchée. Le lendemain matin, en se levant, elle l'avait découvert endormi sur le canapé, tout habillé. Une pizza à moitié mangée dans sa boîte ainsi que des bouteilles de bière vides jonchaient la moquette, remplissant la pièce d'une odeur aussi nauséabonde que son haleine de lendemain de cuite. Avec la plus grande délicatesse, elle l'avait réveillé sans oser se plaindre des débris qui l'entouraient. Elle lui avait préparé à manger et ils avaient avalé leur petit déjeuner au comptoir de la cuisine, mâchant leurs tartines sans un mot. Incapable de supporter le Ben muet qu'elle avait face à elle, Katy avait fini par soulever le sujet « Matthew », s'excusant de nouveau d'avoir menti sur leur relation à l'école. Sans la regarder dans les yeux, Ben avait grommelé un : « OK, n'en parlons plus », avant de se lever brusquement pour aller au travail, la laissant ramasser son bazar. Voilà à quoi devait ressembler la cohabitation avec un adolescent maussade, avait-elle songé, un peu agacée d'éponger la sauce tomate séchée sur la moquette. Elle avait espéré qu'il se montrerait assez mature pour lui parler, mais ce n'était manifestement pas le cas. Ce soir-là encore, il n'était pas rentré à la maison avant qu'elle se couche, et en pénétrant dans le salon le lendemain, elle se préparait à découvrir les dégâts d'une autre nuit alcoolisée sur fond de livraison tardive de nourriture. Mais il était déjà parti, et la poubelle sous l'évier débordait de boîtes froissées, poisseuses et graisseuses, de plats chinois, tandis qu'une bouteille de vin rouge vide attendait d'être emportée au recyclage. Elle avait considéré ça comme un progrès. La preuve qu'il était moins en colère. À présent, néanmoins, elle était revenue à un état de désarroi total en constatant qu'il ne pouvait même pas s'obliger à assister à un dernier cours.

Au bout d'un moment, elle décrocha à nouveau son téléphone et, au désespoir, composa le numéro du bureau de Daniel.

— Retrouve-moi dehors dans dix minutes avec un bandeau pour les yeux, lui ordonna-t-elle avant qu'il ait le temps de parler. J'ai une surprise pour toi.

Sur quoi elle reposa le combiné et recommença à le fixer tristement. Puis elle entreprit de rassembler ses affaires en se demandant si elle n'était pas en train de commettre une énorme erreur.

— Je ne peux même pas te dire à quel point je suis excité, lança Daniel, qui s'agitait comme une puce dans la voiture de Katy. J'adore, j'adore, j'adore les surprises. Tu me diras quand je pourrai enlever le bandeau, hein ?

— Ne t'inquiète pas. On arrive, tu pourras l'enlever dès que j'aurai coupé le moteur. Et je te préviens, ça n'est pas vraiment une surprise. Plutôt une façon de te remercier pour la fête prénatale que tu as organisée en mon honneur.

— Tu vois, je savais que tu finirais par l'apprécier. C'était merveilleux, pas vrai ? Je parie que j'ai deviné où tu m'emmènes. Tu as appelé tous mes amis pour les réunir autour d'un cocktail au *Norman's Bar*. J'ai raison, hein ?

— Pas vraiment, répondit-elle en garant le véhicule. Voilà, tu peux ôter ton bandeau.

Daniel jeta un œil par-dessus le tissu qui lui couvrait les yeux. Et son sourire surexcité disparut alors qu'il tournait la tête et reconnaissait l'endroit.

— L'hôpital ? Nom de Dieu, mais qu'est-ce qu'on fout là ?

— Daniel, je savais que tu ne viendrais pas si je te le demandais, mais c'est sérieux. J'ai besoin que tu m'accompagnes à mon dernier cours prénatal. Tu es la seule personne à être au courant de la situation et il y a de fortes chances pour que j'aie besoin de toi à mes côtés le jour de l'accouchement.

— Tu as perdu la tête. Tu as déjà deux pères potentiels. M'embarquer là-dedans, c'est de la gloutonnerie, Katy.

À sa propre horreur, Katy sentit ses larmes se mettre à couler.

— Tu pleures ? s'étonna Daniel.

En hochant la tête, elle farfouilla dans son sac en quête d'un mouchoir en papier.

— Si tu fais semblant de pleurer pour me convaincre d'entrer là-dedans, ça ne fonctionnera pas, Katy. Tu as été très cruelle de m'attirer ici sous un faux prétexte, alors je ne suis pas dupe.

— Daniel, j'ai besoin de toi, OK ? J'ai besoin que tu m'aides, insista-t-elle, alors que les larmes revenaient, plus nombreuses et plus rapides.

— Ce ne sont pas des larmes de crocodile ?

— Mais non, punaise !

— Oh, Katy, je ne te serai d'aucune utilité. C'est Ben qu'il te faut, pas moi, dit Daniel en lui prenant la main.

— Mais il n'est pas là, figure-toi. Depuis le dîner, il m'évite. Je n'arrive pas à lui tirer un mot. Il n'est quasiment jamais à l'appartement, tous les soirs il sort je ne sais où directement après l'école et rentre si tard que je suis déjà couchée.

— Tu dois lui parler.

— Je sais, je sais. Mais il refuse toute discussion.

Ils restèrent assis un moment sans rien dire.

— Je peux te poser une question délicate ? demanda enfin Daniel.

— Tu es obligé ? J'ai déjà mal au crâne.

— Eh bien non, il n'y a pas d'obligation, mais en tant qu'ami et confident sur le sujet, je sens que le moment est sans doute venu de te poser les questions délicates. Tu n'auras pas d'autre occasion.

— Qu'est-ce que tu entends par là ?

— J'ai une théorie : c'est seulement quand les choses sont au plus bas qu'on s'oblige à se poser les questions difficiles. En fait, je dis « les » questions, mais il n'y en a qu'une, oui, une seule question vraiment délicate.

Il marqua une pause.

— Bon, ben vas-y, c'est quoi ? s'impatienta Katy.

— La question délicate, c'est… (Il marqua une nouvelle pause afin de ménager ses effets.) Est-ce que je l'aime vraiment ?

— C'est ça, la seule vraie question délicate ?

— Oui.

De nouveau ils se turent, chacun occupé à soupeser la théorie de Daniel. Voyant qu'elle ne répondait pas, il se décida à développer.

— Tu vois, quand tout se passe bien avec un homme, pas génial mais bien, la vraie question délicate se glisse dans un coin de ta tête et, de temps en temps, elle menace de sortir et de se poser. Sauf qu'essayer d'y répondre engendrerait forcément des changements dans la relation, et ça requiert trop d'efforts, du coup tu n'y réponds pas. OK, pas de problème, mais tout continue en mode « ça va, pas génial mais ça va ». En fait, tu peux très bien t'engager dans une relation à long terme sans jamais aborder la vraie question délicate, et par voie de conséquence finir avec une personne que tu n'aimes pas vraiment. Tu me suis jusque-là ?

Katy opina du chef.

— Du coup, vois-tu, mieux vaut espérer traverser une période difficile, car tu es ainsi plus encline à répondre à la vraie question délicate, puisque le changement ne pourra qu'apporter un mieux. Donc pour résumer, ce traumatisme est une bonne nouvelle, parce qu'il t'oblige à répondre à la vraie question délicate. Tu piges ?

— Je pense, renifla-t-elle. La logique est un peu confuse, mais il doit y avoir quelque chose de juste là-dedans.

— Bien. Alors ?

— Alors quoi ?

— Tu m'as écouté ou quoi ? Tu l'aimes vraiment ? s'emporta Daniel.

— Qui ?

— Tu te moques de moi, là !

— Quoi ? Oh, arrête, Daniel, je n'arrive plus à réfléchir à rien.

Et les larmes recommencèrent à ruisseler.

— Tu essaies de me dire que ce ne sont pas seulement tes sentiments pour Ben qui sont en cause, mais que Matthew aussi est revenu sur la piste ?

— Non, bien sûr que non. Oh, je ne sais pas. C'est juste que… C'est juste qu'on a chanté la BO de *Dirty Dancing* dans mon bureau la semaine dernière…

— Quel morceau ? l'interrompit Daniel.

— *I've Had the Time of My Life*, évidemment.

— Tu me déçois. *Hungry Eyes* est bien meilleur.

— Je ne pense vraiment pas que ce soit important, là, Daniel.

— Désolé. Continue.

— Eh bien, c'est juste que tout est revenu, tu vois, les émotions du premier amour. Quand tout était d'une simplicité évidente, soupira-t-elle.

— Je ne suis pas certain d'être d'accord avec toi sur ce point. C'est vrai, Baby croyait vraiment que Johnny avait mis Penny enceinte. Je ne qualifierais pas ça de « simple ».

— Je ne parlais pas de *Dirty Dancing*, répliqua-t-elle, de plus en plus frustrée. Je parlais de Matthew et moi. J'étais amoureuse de lui, à une époque. Et c'était super. Vraiment super. Je pensais qu'il était l'homme de ma vie, Daniel, pour de bon. Je pensais que j'allais passer le restant de mes jours avec lui. Et puis quand on est allés dîner chez lui, je n'ai pas pu m'empêcher de penser que ça aurait pu être chez moi, tu vois. Avec l'allée en graviers, les paniers de fleurs accrochés à la façade et la magnifique chambre d'enfants, la salle de bains à double vasque et les putains de photos de mariage sur la cheminée.

Nouvelle cascade de larmes.

— Des paniers accrochés à la façade ? Je ne peux pas cautionner un homme qui t'amène à penser que des paniers de fleurs puissent être une source d'inspiration. Ça ne te ressemble pas, Katy. Tu aspires à autre chose que ça, non ? Allez, avoue. Tu as volé un pingouin en peluche la semaine dernière, c'est quand même mieux que de repiquer des plantes, non ?

— Tu as raison, je le sais bien. Ben et moi, on passe de super moments, mais je vais avoir un enfant, Daniel. Je vais avoir un enfant et je commence à me demander si c'est tout à fait compatible avec une relation à peine plus développée que celle de deux étudiants qui se seraient rencontrés lors de la journée d'intégration.

Elle se détourna de lui et, le regard perdu dans le vide, elle ajouta :

— Et pour ce qui concerne la vraie question délicate, Ben et moi n'avons jamais évoqué le mot en A. jamais. Et nous voilà sur le point d'avoir un bébé alors qu'on n'a jamais parlé de ce que l'on représente l'un pour l'autre.

— Bon sang, Katy, je ne m'étais pas rendu compte d'à quel point tu es tordue.

— Merci Daniel. J'y travaille vraiment très dur, rétorqua-t-elle en opinant tristement du chef.

— Eh bien, ma chère, cela signifie que tu dois vraiment discuter avec Ben. Et laisse-moi te dire un truc : décide ce que tu veux avant de te lancer, car très franchement, cette situation est une bombe à retardement et quand elle va exploser, tu auras besoin de savoir ce que tu veux tirer des flammes.

— Tout me semblait si clair, il y a quelques semaines, et maintenant je suis complètement perdue.

— Bon, commençons par tordre le cou à ce dernier cours prénatal. Ensuite, tu sais que tu ne seras plus jamais obligée de revoir Matthew. Ça t'aidera peut-être à t'éclaircir les idées.

— Alors tu acceptes de m'accompagner ? Je ne peux pas entrer là-dedans toute seule. Surtout sachant que Matthew et Alison s'y trouveront.

— Et rater le clou du spectacle ? Pas question. Je regrette juste que tu ne m'aies pas averti plus tôt, je me serais habillé un peu moins élégamment, conclut Daniel en sortant de la voiture.

— Bien, comme vous le savez, ceci est notre dernier cours prénatal, et j'en suis très triste, commença Joan, l'air sincèrement chagriné. Ça a été une véritable joie de passer ces moments si spéciaux en votre compagnie et d'apprendre à vous connaître. Évidemment, nous échangerons nos adresses mail et numéros de téléphone à la fin, ainsi nous pourrons former une sorte de réseau de soutien. Certains de mes groupes continuent à se réunir autour d'un café chaque semaine. C'est très utile pour sortir de chez soi et se retrouver dans un environnement qui convienne aux nouveau-nés pendant les premières semaines.

Voilà qui est extrêmement peu probable, songea Katy, tout en tâchant d'éviter le regard inquisiteur de Matthew et le sourire faussement compatissant d'Alison, celui-là même qui lui éclairait le visage depuis qu'elle l'avait vue arriver sans Ben.

— Mais avant de commencer, reprit Joan, j'ai d'excellentes nouvelles. Vous avez tous remarqué que Richard et Rachel ne sont pas parmi nous ce soir. C'est parce que Rachel a donné naissance hier à un petit garçon en pleine santé.

L'assistance lâcha un soupir stupéfait. C'était une chose d'être là à parler bébés, c'en était une tout autre de le mettre réellement au monde. Donc si Rachel l'avait fait, cela signifiait qu'ils allaient bientôt l'imiter.

— Et tout va bien ? s'enquit Alison, la première à recouvrer ses esprits.

— Oh oui, très bien. Richard est fou de joie et, selon ses dires, Rachel s'en est merveilleusement sortie. Il m'a confirmé que la Boîte à Bonheur les avait beaucoup aidés. Surtout le billet du concert auquel ils avaient assisté pour leur premier rendez-vous.

— C'était un concert de qui ? demanda Katy, sachant que Ben aurait posé la question, s'il avait été là.

— En fait, il me l'a dit, et je m'en souviens parce que je les adorais aussi : Robson and Jerome. N'est-ce pas adorable ? soupira Joan.

— Robson and Jerome ! s'exclama Katy. Pas étonnant que ça ait marché, ces mecs seraient capables d'anesthésier n'importe qui.

— Allons, allons, Katy, ton jugement est un peu sévère, intervint Daniel. Robson and Jerome étaient plutôt spéciaux, non ? Je suis désolé que nous n'ayons pas été correctement présentés, ajouta-t-il en se levant pour serrer la main de Joan.

— Oh, je suis Joan, dit-elle. Et vous êtes… ?

— Daniel, j'accompagne Katy.

Tous les regards convergèrent vers Katy.

— S'il aime ce groupe, c'est uniquement parce qu'il était fan de *Soldier, Soldier*, se sentit-elle obligée de préciser.

Joan fronça les sourcils.

— L'attrait de l'uniforme, expliqua Daniel.

— Ah, oh, oh oui, oh oui bien sûr, bredouilla Joan. Oh comme c'est merveilleux, super, comme c'est aimable de votre part d'être venu. Enfin, je veux dire, vu les circonstances, car au bout du compte, ça n'est pas tout à fait votre truc, oui, vraiment, c'est très gentil, et je suis enchantée de vous rencontrer. J'ai un très bon ami qui est, enfin qui est…

— Aussi fan de Robson and Jerome ? suggéra Daniel.

— Oui, c'est exactement ça, très, très fan, j'imagine. Mais bref, poursuivons. Je vous en prie, asseyez-vous et nous allons commencer. Bien, oui, voyons, voyons. Alors, ce que je fais en général au début du dernier cours, c'est demander si quelqu'un a encore une question urgente en stock, ou quoi que ce soit à dire. Car c'est la dernière occasion de le faire.

Charlene bondit de son siège, comme seule une femme enceinte de moins de vingt ans en est capable.

— Je peux dire quelque chose ? lança-t-elle, hurlant presque.

— Bien entendu, Charlene, allez-y, l'encouragea Joan.

— Ben en fait, ça n'est pas vraiment une question. On a juste une super nouvelle à vous annoncer. Vous voyez, Luke et moi, on en a discuté et on vous trouve tous géniaux, du coup on voudrait vous inviter à notre fête de mariage, samedi, exulta-t-elle, tellement surexcitée qu'elle parvenait tout juste à tenir en place. Je sais que ça fait court pour s'organiser, mais des tas de gens se sont désistés parce qu'ils pensent qu'on ne devrait pas se marier. Surtout dans la famille de Luke, en fait, pas la mienne. Ils croient que je l'ai piégé ou un truc du genre. Cette bande de cons. Bref, on voulait vous le proposer à tous, vu qu'on a déjà commandé le buffet. Voilà une invitation en bonne et due forme, et j'y ai joint un petit plan, pour que vous trouviez facilement. Vous allez venir, pas vrai ? J'ai déjà hâte de voir la tête de la mère de Luke quand vous allez vous pointer.

Et elle fit le tour de la salle en distribuant des enveloppes rose vif à chaque couple.

— Alors comme ça, vous vous mariez pour de bon ? s'enquit Matthew, ouvrant son enveloppe d'un air incrédule.

Les confettis multicolores s'éparpillèrent sur son costume de travail.

— Ouais, on est super heureux, pas vrai, Luke ? lança Charlene à son futur époux.

Dans son dos, l'interpellé auscultait attentivement ses doigts.

— Quel âge vous avez, déjà ? demanda Matthew, dont la voix ne masquait pas son effroi.

— Dix-huit. Mais Luke en aura dix-neuf vingt-trois jours après le mariage, donc le bébé devrait être né, du coup il va passer la meilleure fête d'anniversaire de sa vie, juste avec moi et cacahuète.

— Putain, le pauvre gars ! marmonna Matthew à mi-voix.

— Matthew, siffla Alison. Tais-toi.

Charlene fit volte-face.

— J'ai entendu, dit-elle en lui jetant un regard noir.

— Charlene, intervint Joan, je ne pense pas qu'il voulait…

— Non, Joan, rétorqua Charlene, sans quitter Matthew des yeux. Je sais exactement ce qu'il voulait dire.

Un silence gêné tomba sur la pièce et tout le monde baissa les yeux. Tout le monde sauf Charlene

et Luke qui, pour une fois, avait levé la tête et fixait Matthew.

— On s'aime, OK ? lâcha-t-elle en se dirigeant vers lui et pointant sous son nez un vilain doigt à faux ongle bleu. Je l'aime et il m'aime. Point barre. On peut très bien être amoureux à dix-huit ans, pas vrai ?

Matthew dut reculer contre le dossier de son siège pour éviter l'arme fatale qui planait dangereusement près de son œil gauche.

— Pas vrai ? répéta-t-elle, l'ongle désormais planté dans sa joue.

Hypnotisée, Katy observait la scène et se surprit à retenir son souffle en attendant la réponse de Matthew, tandis que des images de leurs amours adolescentes tourbillonnaient dans sa tête.

— Bien sûr que oui, chérie, intervint Daniel, rompant le silence.

Il se leva et rejoignit Charlene au ralenti, pour écarter délicatement l'ongle agressif du visage de Matthew.

— Bien sûr qu'on peut, répéta-t-il avec douceur, tout en la raccompagnant à sa chaise.

Luke caressa la main de sa fiancée, avant de se replonger dans l'examen de ses doigts.

— C'est carrément mieux qu'*Eastenders*, chuchota Daniel à Katy alors qu'il se rasseyait à sa place, offrant un sourire rassurant à Joan.

— Et si nous continuions, lui suggéra-t-il comme si de rien n'était.

— Bien sûr, bien sûr, babilla Joan.

Sur quoi elle se leva et tourna fébrilement les feuillets de son bloc-notes avant de s'arrêter enfin sur la page qu'elle cherchait. Dans le groupe, personne ne pipait mot. Personne n'osait ouvrir la bouche.

— Essayons cet exercice, lança-t-elle en se retournant, un sourire fermement accroché aux lèvres. Messieurs-dames, vous allez rédiger deux listes. La première décrira une de vos journées typiques aujourd'hui, avant le bébé, et la seconde, ce que pourrait être une journée normale après la naissance du bébé. C'est compris pour tout le monde ?

Regards vides dans l'assistance.

— Parfait. Alors voyons, puis-je vous suggérer de vous mélanger un peu, étant donné qu'il s'agit de notre dernier cours ensemble ? Daniel, pourquoi ne pas aider Charlene sur cet exercice ? Ça vous convient ?

— Bien sûr, répondit Monsieur Charme-incarné. Avec grand plaisir.

— Parfait. Alison, pourquoi ne pas travailler avec Luke, afin de lui donner des conseils sur la façon de profiter au maximum de son mariage ? Ça vous va aussi, Luke ?

— Mouais.

— Il nous reste donc Matthew et Katy. Bien. Alors, voici du papier et des stylos. Vous avez quelques minutes pour réfléchir là-dessus en binômes, puis nous en discuterons collectivement.

Matthew se leva sans un mot, saisit un stylo et une feuille, puis il alla s'asseoir dans le coin le plus éloigné du reste du groupe. Katy le rejoignit à pas lents.

— Pourquoi tu n'as pas répondu à la question ? ne put-elle s'empêcher de lui demander, une fois assise.

— Quelle question ?

— La question que t'a posée Charlene.

— Parce que j'étais pétrifié, putain. Elle a failli m'arracher un œil.

— Je vois, répondit-elle, pliant et dépliant la feuille entre ses doigts.

— On s'en fiche de Charlene, de toute façon, reprit Matthew. Explique-moi plutôt ce qui s'est passé samedi : pourquoi vous êtes partis aussi subitement ?

— Parce que Ben a vu ton tatouage, imbécile, lâcha-t-elle en accélérant un peu plus ses mouvements.

— Oh merde !

Il porta une main à sa bouche.

— Voilà.

— Comment on a pu être aussi idiots ? Qu'est-ce qu'il a dit ? Et toi, qu'est-ce que tu lui as dit ?

— J'ai dû avouer qu'on sortait ensemble à l'école, du coup bien sûr il a voulu savoir pourquoi je ne lui en avais pas parlé avant. J'ai répondu que c'était à cause de la jalousie d'Alison, et que tu ne voulais pas la perturber dans son état. J'ai ajouté que je ne lui avais rien raconté afin qu'il n'ait pas à mentir lui aussi.

— Et il t'a cru ?

— Je crois. Mais on s'est à peine parlé depuis. Ben n'est pas très causant quand il s'agit d'évoquer ses sentiments, je n'ai donc pas la moindre idée de ce qu'il pense.

— C'est une catastrophe. Et s'il essaie de contacter Alison ? Il pourrait tout ficher en l'air, commenta Matthew avec un regard en direction de sa femme, qui parlait à un Luke mutique.

— C'est Ben qui pourrait tout ficher en l'air ? Pourtant ça n'est pas sa faute, il me semble, siffla Katy. C'est nous et nous seuls qui nous sommes mis dans ce pétrin, Matthew. Et puis, Ben ne ferait jamais rien d'aussi volontairement mesquin. Tu n'as pas de souci à te faire. C'est ma relation qui est en danger, en l'occurrence, pas la tienne.

— Katy, les gens ont des réactions stupides quand ils se sentent trahis. Or Ben n'est pas vraiment un modèle de maturité, si ?

— Qu'est-ce que c'est censé vouloir dire ?

— Allons, ce n'est qu'un gamin, admets-le. Et je suis désolé, mais je dois te le dire : je n'arrive pas à croire qu'il parte à une fête alors que tu es sur le point d'accoucher. Tu parles d'une manière d'éviter ses responsabilités ! Tu es sûre qu'il aura grandi à temps pour devenir père ?

— Ça n'est vraiment pas juste, lâcha-t-elle, sentant les larmes lui piquer les yeux.

Encore. Oui, Matthew était vraiment injuste, surtout maintenant qu'elle l'avait vu jouer le rôle de Monsieur Perfection dans toute sa gloire. Elle devait bien avouer s'être dit qu'avoir un homme comme lui devait avoir son charme, malgré ses années d'indépendance assumée et obstinée, et sa détermination à rester droite dans ses bottes. Peut-être plus de charme que d'avoir un homme qui, à la fin du mois, n'avait pas les moyens de l'emmener ailleurs qu'au restaurant indien du bout de la rue, où il lui tendait joyeusement une canette de bière premier prix achetée au supermarché du coin et tirée de son sac en plastique, parce que le restaurant ne proposait pas d'alcool. N'empêche, Ben et elle y avaient passé de bonnes soirées, se rappela-t-elle, surtout la fois où ils avaient inventé la technique fort complexe de la confection de masques en pain naan.

— Tu n'as pas le droit de le juger, répliqua-t-elle, essayant de s'en convaincre elle-même autant que

Matthew. Il n'a peut-être pas atteint ton niveau de réussite, mais il s'en sortira. Je le sais.

— Je ne peux pas m'empêcher de m'inquiéter pour toi, avoua Matthew avec un autre regard nerveux en direction d'Alison. Écoute-moi, j'ai bien réfléchi : si jamais tu as besoin de quoi que ce soit, tu peux toujours m'appeler, d'accord ?

Et il fourra la main dans la poche intérieure de sa veste, dont il tira un porte-cartes de visite gravé de lettres dorées. Il en sortit une et la lui tendit.

Elle baissa les yeux vers le rectangle cartonné qui tremblait dans sa main.

— Non, merci, finit-elle par répondre. Je pense qu'il vaut mieux qu'on ne se revoie plus jamais après ce soir. Tu n'es pas d'accord ?

— Bon, eh bien je voulais juste vous souhaiter le meilleur à tous, conclut Joan à la fin du cours. Je propose que nous nous applaudissions bien fort. Bravo tout le monde.

Ils se regardèrent tous, légèrement sidérés. Voilà, c'était fini, il ne restait plus rien à faire avant le grand jour. Au bout d'un moment, ils commencèrent à se lever et à s'embrasser avec une certaine gêne en se souhaitant bonne chance. Charlene parvint même à serrer Matthew dans ses bras, à la demande de Daniel. Depuis leur exercice ensemble, elle avait retrouvé son caractère de Tigrou, sautillant ici et là telle une adolescente.

— Daniel m'a donné une idée de cadeau de mariage géniale pour Luke, confia-t-elle à Katy et Alison en tapant dans ses mains sous l'effet de l'excitation. Et il m'a promis de venir à la fête, du coup maintenant vous êtes tous obligés de venir aussi. Tu seras là, hein Alison ? Allez, steuplaît ! On s'est complètement rabibochés, avec Matthew.

— On fera notre possible, parvint à répondre Alison sans presque bouger les lèvres.

— Et toi et Ben, vous viendrez aussi, d'accord Katy ? Depuis qu'il retourne aux entraînements de foot, Luke lui a énormément parlé de la paternité. Il a été super avec lui. Je suis sûre qu'il serait content de venir.

— On verra si on peut se libérer, promit Katy, surprise que Ben ait eu une conversation avec quelqu'un sur la paternité.

Surtout avec un gamin de dix-huit ans.

Quand Alison embrassa Katy pour lui dire au revoir, elle la tint quelques secondes à bout de bras, et lui demanda sans détour si tout allait bien entre Ben et elle, vu son brusque revirement d'humeur au dîner et son absence au cours. Katy balaya ses inquiétudes d'un revers de la main en prétendant qu'ils étaient juste fatigués tous les deux et que tout se passait au mieux.

— Quoi qu'il en soit, Katy, si jamais tu as besoin de parler, appelle-moi, d'accord ? insista Alison en lui offrant une dernière accolade compatissante.

Alors Katy dut sortir. Sur-le-champ. Elle se détourna et s'enfuit en direction de la porte sans prendre congé de Matthew.

Chapitre 15

Matthew secoua la balle à nouveau. Les mots « LES SIGNES INDIQUENT QUE OUI » s'éclairèrent mystérieusement depuis les profondeurs cachées de la sphère de plastique noir.

Encore une fois, se dit-il en agitant la boule avec une vigueur redoublée, à deux mains cette fois. Et elle fit apparaître « POSE LA QUESTION PLUS TARD ».

Il rangea sous un dossier, dans le tiroir de son bureau, la « boule magique d'aide à la décision » achetée dans une boutique de gadgets un peu plus tôt dans la semaine. L'objet était rapidement devenu une obsession et il se surprenait à l'utiliser pour toutes sortes de sujets. *Plus besoin de feuilles de calcul*, songea-t-il, ravi d'avoir découvert une nouvelle manière de se guider sur les chemins de la vie. Qui présentait l'avantage d'être beaucoup plus spontanée, plus amusante et bien plus susceptible de le conduire vers des choix aventureux.

Il avait déjà éprouvé une grande satisfaction quand la boule avait décrété un « SANS AUCUN

DOUTE » quand il lui avait demandé s'il devait se rendre au mariage de Charlene et Luke. Il était si content qu'il en avait aussitôt informé Alison, une annonce qui avait mis sa femme dans la pire humeur qu'il lui ait vue depuis longtemps. Il était rare qu'un événement s'annonce si mal que sa perspective aille jusqu'à dérégler le déroulement normal de leur soirée. Oubliés, les repas gastronomiques entrée-plat-dessert préparés avec soin pendant des heures par Alison. Oubliées, les magnifiques tables, avec couverts issus de leur cher service douze pièces, cadeau de mariage d'une riche tante. Et surtout, oubliés, les longs dîners, parfois interminables, durant lesquels Alison remâchait les dernières trouvailles de son plan de maître sur ses premières semaines de maternité. Tout cela avait, sans autre forme de cérémonie, été remplacé par un plateau à même la table de la cuisine, avec plat préparé de supermarché juste décongelé, couteau et fourchette jetés sur un côté.

Matthew avait décidé qu'il devait dire au revoir à Katy correctement. Malheureusement, il ne pouvait pas expliquer cela à Alison, qui ne voyait pas pourquoi elle devrait assister à cette fête, d'autant qu'elle serait sans doute célébrée dans quelque « taudis dans un trou paumé ». Elle avait donc balayé la décision de Matthew d'un revers de la main, pensant peut-être que son « plutôt mourir » le ferait changer d'avis. Mais à mesure qu'avançait la semaine et qu'il devenait évident qu'il camperait sur sa position – une attitude rare chez lui –, elle avait entrepris de le punir à coups de conversation minimum et banale, et de nourriture sous cellophane. Plus inquiétant, alors que Matthew se laissait de plus en plus distraire par son besoin de tourner la page en douceur avec Katy, il sentait la déception grandissante de sa femme qui ne le voyait pas montrer le soutien attendu et nécessaire à ce stade de la grossesse. Et l'incapacité dont elle faisait preuve à réellement l'inclure dans le processus finissait par empêcher tout à fait la part qu'il aurait pu prendre aux derniers préparatifs. Manifestement, elle avait décrété que personne, Matthew pas plus qu'un autre, ne se mettrait en travers de son projet d'être la future mère de jumeaux la mieux préparée que le monde ait jamais portée. Les achats furent terminés, les rendez-vous pris et la chambre des bébés réorganisée sans qu'il soit fait appel à lui pour quelque avis que ce soit. Cette abrupte destitution le mettait mal à l'aise. Et pourtant, il était incapable de trouver le courage d'entamer une discussion à ce sujet avant la fête de mariage.

Vu les circonstances, le premier commentaire d'Alison ne le surprit pas quand ils entrèrent sur le parking de la salle des fêtes des mineurs ce samedi-là.

— Je t'avais dit qu'il ne fallait pas venir, déclara-t-elle.

En toute honnêteté, il n'y avait pas grand-chose de très engageant dans le bâtiment d'un étage au toit plat, qui devait dater des années 1960 et se dressait au fond d'un parking défoncé. Le revêtement vert criard contrastait sans élégance avec la toiture de tôles rouges. Une fenêtre brisée avait été rafistolée à l'aide de morceaux de scotch jaune vif qui retenaient tout juste un paquet de céréales Sugar Puffs éventré en guise de vitre et un panonceau au-dessus de la porte était complètement défiguré par les graffitis. L'ensemble ne laissait en rien présager une soirée plaisante.

— Charlene et Luke doivent être sacrément populaires, commenta Matthew, essayant de ne pas réagir au fait qu'Alison venait de verrouiller les portières.

Assis en silence, ils observèrent le groupe animé d'une trentaine de personnes attroupées devant ce qui devait être une salle extrêmement bondée. Sans doute mise en train par une bonne journée de beuverie, la foule bruyante se répartissait en petites grappes turbulentes. Une poignée de femmes d'âge mûr étaient assises à même le sol, adossées au mur, pour siroter du vin dans d'énormes gobelets en plastique, leurs escarpins retirés révélant des pieds sales. Un petit nuage de fumée, montant des nombreuses cigarettes, planait au-dessus de la foule joyeuse.

Matthew et Alison furent tirés de leur observation par un coup bruyant frappé à la vitre.

— Qu'est-ce que… ? s'exclama Matthew en appuyant sur le bouton pour baisser la glace.

— Sacrée bagnole, mec, lança un gamin qui ne devait pas avoir plus de douze ans et passait la tête par l'ouverture.

Matthew s'écarta vivement pour éviter une nuée de postillons.

— Z'êtes là pour le mariage de Charlene ?

— Euh… Oui, c'est ça, répondit Matthew.

— Je suis Scott, son frangin. C'est moi qui joue les voitureurs, alors passez-moi vos clés, que j'aille garer cette beauté et veiller sur elle jusqu'à votre départ, OK ?

— Mais nous sommes déjà garés.

— Exact, patron, mais tu vois, toutes les voitures du mariage doivent être garées là-bas.

— Pourquoi ?

— Parce que c'est plus sûr.

— Pourquoi ? répéta Matthew.

— Parce que.

— Écoute, petit, je te propose qu'on laisse la voiture ici et que tu nous accompagnes jusqu'à la fête à la place.

— Genre, je vous gare, vous ?

— Exactement.

— N'empêche que je devrai quand même vous faire payer, vu que vous bénéficiez du service voitureur, dit Scott avec le plus grand sérieux.

— OK, je te propose un paquet de chips et un pourboire. Et au passage, c'est voiturier, pas voitureur.

— Ouais, c'est ce que j'ai dit.

— Non, insista Matthew. C'est voiturier, comme… couturier.

— Couturier ? Je vais pas te faire un défilé de mode rien que pour conduire ta bagnole de riche, mec.

Matthew se tourna vers Alison, qui s'enserrait le ventre à deux mains, comme si elle craignait qu'on lui vole les jumeaux sous son nez d'un instant à l'autre.

— Allez, l'encouragea-t-il. On ne reste qu'une heure.

Scott s'éloigna en courant pour les attendre près de la porte, où il écarta du poing les trois ballons rose pâle dégonflés qui avaient dû y être scotchés au départ.

— Si j'inspire ne serait-ce qu'une bouffée de fumée, je crois que je ne te le pardonnerai jamais, lança Alison.

À contrecœur, elle releva le bouton de verrouillage et s'extirpa de la voiture.

Ils traversèrent le parking, une main d'Alison serrée tel un étau autour du bras de Matthew, l'autre plaquée sur sa bouche et son nez.

— Attention, attention devant, criait Scott par-dessus le brouhaha croissant au fur et à mesure qu'ils approchaient de la porte. Femme enceinte. Allez, on la laisse passer.

Ils finirent par traverser la joyeuse cohue et furent surpris de découvrir à l'intérieur de la salle une scène relativement calme. Des lumières disco arc-en-ciel balayaient une piste de danse poussiéreuse et quasi vide. Les efforts déployés par le DJ pour inciter les invités à se lever n'étaient guère couronnés de succès, hormis auprès d'un groupe de petits garçons qui s'amusaient à faire des glissades sur les genoux. Des chaises en plastique qui rappelèrent l'école à Matthew étaient alignées tout autour de la pièce, déjà occupées par l'ancienne génération boudeuse. Pas de conversations animées ici, ils étaient assis bras croisés ou tapant des doigts avec impatience sur les tables en jetant des coups d'œil pleins d'espoir en direction des cuisines et en se demandant quand le buffet arriverait enfin, qu'ils puissent souper abondamment et rentrer chez eux à l'heure pour regarder *Grey's Anatomy.*

Ceux qui devaient être les amis des mariés étaient debout, regroupés dans un coin, silencieux eux aussi et impatients, mais les yeux rivés à leurs téléphones portables, à se concentrer intensément sur quelque message urgent qu'ils devaient envoyer, sans doute à la personne plantée juste à côté d'eux.

N'osant pas la regarder, Matthew prit Alison par la main et l'entraîna vers le bar. Ou plutôt le passe-plat qui reliait la salle à une cuisine éclairée aux néons et gérée par deux étudiants en tenue gothique, aux yeux beaucoup trop maquillés de noir, et qui servaient à boire les mains gantées de mitaines en dentelle.

— C'est atroce, siffla Alison. Qu'est-ce qu'on fait ici ?

— Oh, mais nom de Dieu, Alison ! aboya enfin Matthew. Si tu arrêtais d'être aussi snob cinq minutes, tu pourrais peut-être t'amuser.

Elle sembla complètement stupéfiée par son explosion inattendue.

— Tu as perdu la tête ou quoi ? Que je m'amuse ? Ici ? Ne sois pas ridicule.

— Vous êtes venus, vous êtes venus ! Je n'en reviens pas que vous soyez venus !

Sorti de nulle part, un énorme nuage d'un blanc éblouissant surgit près d'eux, manquant de renverser Alison. L'espace d'un instant, une tempête de tulle et de taffetas leur obscurcit la vue, jusqu'à ce que Charlene se retourne, révélant Daniel dans l'embrasure de la porte, accompagné de Katy et de Ben. Charlene les tira aussitôt vers le groupe d'adolescents « textoteurs ». Les filles s'agglutinèrent autour de Daniel et se mirent à chuchoter à tout-va sans cesser de jeter des coups d'œil par-dessus leur épaule en pouffant. Les garçons du groupe reculèrent en posture défensive, manifestement pour discuter ensemble de la manière de gérer cette nouvelle menace étrangère sur leur lopin de terrain.

Katy et Ben furent abandonnés près de la porte, Charlene les ayant totalement oubliés. Ben posa les yeux sur Matthew, chuchota quelque chose à Katy, puis il ressortit sans même les saluer.

– Je me demande bien ce qui arrive à Ben, commenta Alison. Il était morose, le soir du dîner à la maison, et je ne parle même pas de ses manières... inexistantes. Et puis il n'est pas venu au dernier cours. Il se passe quelque chose de très bizarre, je le sens. À mon avis, il ne supporte pas l'idée de devenir père. Pauvre Katy. Elle est adorable, elle mérite vraiment mieux, tu ne trouves pas ?

Craignant de répondre de travers, Matthew fit semblant de ne l'avoir pas entendue.

— Tu m'écoutes ? insista-t-elle. Tu ne penses pas que Katy mérite mieux ?

— Si, si.

Voilà tout ce qu'il parvint à chuchoter, alors qu'il réprimait à grand-peine son envie de courir réconforter Katy tant elle semblait triste.

— Je vais aller lui remonter le moral, décréta Alison qui s'éloigna à grands pas.

Matthew la suivit, tout en se demandant s'il n'avait pas fait une énorme erreur de venir.

— Alors, le bébé n'a pas encore pointé le bout de son nez ? lança sa femme sitôt qu'ils se retrouvèrent près de Katy.

— Euh, non… pas encore, répondit-elle en posant sur Matthew un regard nerveux. Je suis surprise de vous voir ici.

— Pas autant que moi, répondit Alison. Matthew a insisté. Je ne sais toujours pas pourquoi.

Matthew ne sut déchiffrer le coup d'œil que Katy lui jeta.

— Eh bien, de notre côté, Ben voulait vraiment venir, dit-elle enfin. Il paraît que Luke et lui se sont pas mal rapprochés autour de leur future paternité.

— Oui, ils ont sans doute plein de choses en commun, commenta Matthew.

— Parce qu'ils sont tous les deux trop jeunes, tu veux dire ? rétorqua Katy. Ben n'est pas si jeune que ça, tu sais.

— Tu as raison, en fait il est même très mature, renvoya-t-il, incapable d'atténuer la touche de sarcasme de sa réplique.

— Matthew, voyons ! intervint sèchement Alison. Ne fais pas attention à lui, Katy. Il est de mauvaise humeur. Je suis vraiment contente que tu sois là, au moins ça me permettra d'avoir une conversation sensée avec quelqu'un avant qu'on s'excuse et qu'on quitte ce simulacre de mariage.

Katy parut choquée par le dédain évident d'Alison.

— Tant que Charlene et Luke sont heureux, c'est tout ce qui compte, non ? fit-elle remarquer.

— Oui, enfin quand on se marie à dix-huit ans, à quoi peut-on s'attendre ? Mais sérieusement, Katy, tu serais heureuse si Ben et toi ouvriez le bal de votre mariage dans un hangar ?

— Katy et Ben n'envisagent pas de se marier, ils te l'ont dit, affirma Matthew.

— Qui sait ? répliqua Alison. Ils changeront peut-être d'avis après l'arrivée du bébé.

— Qui sait, en effet ? répéta Katy, qui balayait les alentours d'un regard inquiet. Oh, regardez, voilà Daniel qui revient, ajouta-t-elle avec un soulagement manifeste.

— Salut la compagnie ! lança ce dernier en les rejoignant. Quelle fête magnifique !

— Tu as un succès fou, dis donc, plaisanta Katy. Qu'est-ce que tu as bien pu trouver à raconter à des adolescentes ?

— On a parlé de musique et de danse, évidemment. Les deux plus grosses obsessions communes aux adolescentes et aux homos. En plus de l'amour, bien entendu, ajouta-t-il en jetant un regard sournois à Matthew.

— Ainsi que les toilettes publiques, on dirait.

Et Katy donna une série de petits coups de poing dans les côtes de Daniel, tout en désignant Charlene et son gang de copines attroupées dans les toilettes des filles.

— Inutile d'être aussi vulgaire, Katy. Pour ton information, elles sont parties se changer pour la première danse.

— Quoi, toutes ?

— Oui, toutes. À présent, je vous suggère que nous allions trouver un siège avec vue sur la piste, car je vous jure qu'il ne faut pas rater le spectacle qui se prépare.

Sur quoi il les poussa au bord de la piste de danse et trouva un siège à chacune des femmes enceintes. Peu après, Charlene émergea des toilettes suivie de son entourage habillé, ou plutôt déshabillé, de brassières et de minijupes courtes à faire peur couleur bleu métal. Charlene elle-même portait une tenue légèrement plus modeste mais tout de même très choquante, rouge vif et froufroutante, qui lui descendait jusqu'au genou derrière mais malheureusement pas plus bas que l'entrejambe devant, à cause de son gros ventre. Elle déboula d'un pas maladroit sur des talons à se briser les chevilles et se dirigea vers la porte d'entrée de la salle.

— Hé, les gars, éteignez vos clopes et rentrez, cria-t-elle à la foule des fumeurs plantés dehors. Sinon je ferme le bar, parce que c'est mon mariage et que vous devez faire ce que je vous dis.

Sur quoi elle retraversa la salle, fière comme un paon, pour rejoindre le DJ, tandis que ces voyous de fumeurs se dirigeaient droit vers le bar en file indienne.

Les copines de Charlene étaient désormais vaguement alignées au milieu de la piste, à agiter bizarrement leurs membres, telles des athlètes se préparant à un départ de sprint. Charlene passa un moment à hurler ses instructions à l'oreille du DJ avant qu'il lui adresse un pouce levé. Alors elle enjamba le dédale de câbles et de haut-parleurs pour rejoindre son équipage. Là, elle cria encore quelque chose et les autres formèrent aussitôt une ligne parfaitement droite, chaque danseuse à environ cinquante centimètres de la suivante.

— Très bien, mesdames et messieurs, annonça le DJ, interrompant sa série Motown pour le moins banale. Si je peux avoir votre attention, nous avons un cadeau très spécial pour vous ce soir. Apparemment, notre marié Luke ne souhaitait pas faire de première danse, il est trop timide. Allez, tout le monde, pour Luke : « Aaaaaah ! »

La salle répondit par un étrange silence, uniquement interrompu par la voix d'une petite fille provenant de sous une table : « Touche pas mes nénés ! »

— Allons, messieurs-dames, un grand « aaaaaah » pour notre pauvre Luke, supplia le DJ.

Un « aaah » faiblard s'éleva du coin des vieux croûtons, qui prenaient désormais chacun leur quart pour aller demander en cuisine à quelle heure serait servi le buffet.

— Bref, notre Charlene, qui n'est pas du genre timide, a décidé qu'elle aurait quand même sa première danse, mais avec ses copines, et qu'elle la dédierait à son tout nouvel époux. Alors je vous présente, pour une représentation unique, les Hussycat Dolls de Leeds, qui vont interpréter, pour la plus grande joie de tous, *Don't Cha Wish Your Husband Was Hot Like Mine*.

— Bravo ! Bravo ! applaudit Daniel avec un fol enthousiasme. Quelle inspiration ! Génialissime ! Allez-y, les filles !

L'alignement de demoiselles entama une série de hochements de la tête en se regardant, au rythme des premières notes de l'introduction que les haut-parleurs commençaient à déverser dans la salle. Puis elles semblèrent prendre une inspiration à l'unisson, avant de se lancer dans un balancé de bras haut en couleur quoique modérément synchronisé. La chorégraphie dura tout le premier couplet. Puis fut suivie par un moment de répit, pendant lequel les danseuses se préparaient au refrain. Et à l'instant où arriva la première phrase, elles sautèrent en l'air ensemble, avant de tourner comme des folles sur elles-mêmes en chantant à pleins poumons les paroles adaptées de la chanson originale.

Don't cha wish your husband was hot like mine?
You really shouldn't wish 'cause from today he's all mine?
Don't cha
Don't cha baby
Don't cha wish your husband was right like mine?
If you try and steal him I will fight you 'cause he's mine.
Don't cha
Don't cha baby

L'effet produit était fort perturbant. Certaines filles avaient manifestement passé des heures à perfectionner leurs tournoiements, tandis que d'autres, les moins avantagées physiquement, ressemblaient à un tas d'argile sur un tour de potier, un très mauvais potier, en l'occurrence.

À ce stade, Daniel était hystérique.

— Même en payant, on ne pourrait jamais obtenir un truc pareil, commenta-t-il en s'essuyant les yeux. Même mon génie créatif n'aurait pas pu inventer ça. Enfin, je dois bien admettre que j'ai soufflé l'idée à Charlene, mais je n'aurais jamais rêvé d'un rendu pareil. Je crois que je vais les embaucher. Elles feraient un super événement pour la *Gay Pride*, j'en suis certain.

À leur crédit, les filles conservèrent leur sérieux jusqu'au dernier refrain, mais alors Charlene perdit son sang-froid. Les gamins de la fête, croyant apparemment que les chants et les danses avaient été prévus à leur intention, se tenaient désormais en ligne juste en face des danseuses, à tenter d'imiter leur chorégraphie. Ce ne fut pas ce qui vexa Charlene, néanmoins. Ce fut Scott, qui avait fourré deux ballons sous son tee-shirt. Son décolleté bleu et rouge vif débordait sous le tissu, et un gland doré pendouillait gaiement en bas. Il s'était posté pile derrière Charlene, imitant le moindre de ses gestes, s'interrompant à tout bout de champ pour se tenir le dos en arborant une expression de douleur. Bref, il singeait à la perfection une femme enceinte jusqu'aux dents. Charlene finit par se rendre compte que des gens riaient et, en se retournant, elle surprit son frère en plein show.

— Maman, fais sortir Scott de là ! hurla-t-elle. Pourquoi il faut toujours qu'il gâche tout ? C'est pas juste. Mamaaaaaaaan !

La mère surgit de nulle part et s'accrocha à l'oreille de son fils, qu'elle écarta sans ménagement.

L'affaire ne prit qu'un instant, après quoi Charlene recommença sa chorégraphie comme si de rien n'était.

— Quelle pro, quelle pro ! s'enthousiasma Daniel, qui bondit debout pour accompagner le dernier vers de la chanson, prêt à conduire la *standing ovation*. C'est excellent, il n'y a pas d'autre mot.

— Ta femme, c'est une sacrée performeuse, commenta Ben, qui traînait aux abords du bar en compagnie d'un Luke aussi discret que possible.

— M'en parle pas, marmonna ce dernier.

— Qu'est-ce qu'ils pensent d'elle, tes parents ? s'enquit Ben en tâchant de ne pas regarder de trop près la robe courtissime de Charlene qui, en sautant, dévoilait ses sous-vêtements bien plus qu'il ne fallait.

— M'en fous.

— Ils sont où, d'ailleurs ? Je ne les ai pas encore vus.

— Rentrés à la maison.

— Ah, OK.

Ben avala une autre longue gorgée de sa bière extra-forte, la troisième pinte qu'il avait réussi à descendre depuis son arrivée.

— Dis-moi, Luke, ça te convient toutes ces histoires de mariage et de bébé ?

— Ouais.

— T'es pétrifié, pas vrai ? Pas besoin de me le dire, je comprends très bien. Oh ça oui, je te comprends.

Il secoua la tête et vida son verre, avant de reprendre :

— C'est vrai, on est deux jeunes gars dans la force de l'âge, non ? Avec toute la vie devant nous. On pourrait entreprendre n'importe quoi, partir n'importe où, et regarde-nous. Un instant tu te dis qu'avec un peu plus d'entraînement, tu pourrais encore devenir footballeur pro, et l'instant d'après, ta cote est tombée parce que quelqu'un t'annonce que les dix-huit prochaines années de ta vie viennent de te passer sous le nez. En un claquement de doigts. Je compatis avec toi, mec. Je suis dans les mêmes draps, crois-moi. On est dans la même galère, toi et moi.

Sur quoi il jeta un bras autour des épaules de Luke et leva sa quatrième pinte.

— Et y a encore un truc, poursuivit-il, renversant de la bière quand il agita la main en l'air. Et je suis certain que tu seras d'accord là-dessus, Luke. Alors OK, donc tu vas avoir un bébé, et tout à coup la mère et toi, vous êtes censés vous marier et rester ensemble toute la vie, juste comme ça. Je te le dis, je te tire mon chapeau, mec. Je suis jeune, mais toi, t'es un gamin, putain. Je sais que je ne devrais pas le dire, mais je n'arrive pas à croire que tu fasses ça. Je te jure.

Les yeux rivés au sol, Luke se mit à donner des coups de pied dans le mur.

— Tu sais, tu peux me l'avouer, entre hommes, insista Ben, qui se pencha pour essayer de forcer Luke à le regarder. C'est vraiment ça que tu veux ?

Luke frappa plus fort dans le mur, puis il leva la tête et plongea ses yeux dans ceux de Ben, sans doute pour la première fois de sa vie.

— Oui, répondit-il sans ciller. Parce que mon père est un con. Il peut pas me blairer. Juste parce que je suis pas comme lui, il pense que je suis incapable de faire quelque chose de bien. Il s'est arrangé pour que ma vie soit un enfer. Et puis c'est pas la faute du gosse ! Tous les gamins méritent un bon père. Pas vrai qu'ils le méritent ?

Ben resta bouche bée. Jamais il n'avait entendu une phrase entière sortir de la bouche de Luke, alors une série de phrases…

— Pas vrai ? insista Luke, d'une voix beaucoup plus sonore.

Ben recula sous l'effet conjugué de la force de la question et de la quantité de bière qui avait eu raison de ses jambes.

Luke attrapa une chaise et parvint à l'y faire asseoir.

— Pas vrai qu'ils méritent un bon père ? lui demanda-t-il une fois de plus.

Ben leva les yeux vers lui et réfléchit. Au bout d'un moment, il répondit très calmement :

— Oui, Luke, ils le méritent, putain. Ils le méritent.

Et il se remit debout en vacillant pour se diriger dehors d'un pas mal assuré.

Chapitre 16

Depuis l'autre bout de la salle, Katy vit Ben se lever et sortir. Il lui avait à peine dit trois mots de toute la soirée et elle n'en pouvait plus d'entretenir cette conversation embarrassée avec Matthew et Alison, et encore moins d'assister au spectacle de Matthew massant les pieds enflés de sa femme, même s'il ne semblait pas ravi. Le sourire satisfait d'Alison lui tapait sur le système, plus qu'elle ne souhaitait l'admettre. Elle détourna les yeux, mais ce fut pour se retrouver confrontée à la vision de Charlene et Luke lancés dans un roulage de pelle interminable. Elle les regarda se dévorer la bouche consciencieusement, avant de s'engager dans un étrange rituel de mordillage d'oreilles. Quand ils refirent surface pour respirer, Luke prit la main de Charlene et l'entraîna vers un siège. Ils s'assirent ensemble et le jeune homme enlaça tendrement son épouse avant de se mettre à lui caresser le ventre.

Ben n'avait jamais caressé le ventre de Katy. Non, elle se rendit compte qu'elle mentait. Il l'avait fait, une fois, au début, quand son ventre commençait à gonfler. Un soir qu'ils avaient regardé un DVD, il s'était penché vers elle et, dans l'un des instants les plus intimes qu'ils aient jamais partagés, il avait remonté son tee-shirt et caressé délicatement son ventre dénudé. Le geste lui avait paru bien trop intime, sur le coup. À son avis, ça n'était pas le contrat pour lequel elle avait signé. Eux, ils riaient, ils s'amusaient, ils s'éclataient au lit, ils menaient des conversations ridicules jusqu'au bout de la nuit, mais l'intimité, non, ils ne donnaient pas là-dedans. Pendant des années, elle avait usé de cette notion d'intimité comme d'un signal d'alarme indiquant qu'elle entrait dans la zone potentiellement dangereuse pour son petit cœur. Alors, ce soir-là, elle avait repoussé la main de Ben avec fermeté, avant de se lever pour se préparer une tasse de thé.

Tandis qu'elle commençait à se demander pourquoi diable elle avait réagi ainsi, la voix du DJ tonna dans les haut-parleurs, pour lancer la chanson suivante.

— Pour tous les amoureux dans la salle, voici un morceau hyper romantique venu tout droit du passé et réclamé par la mère de la mariée elle-même. Alors messieurs, entraînez ces dames sur la piste et profitez-en, collé-serré !

La tournure de la phrase tira un frisson à Katy, puis son corps tout entier s'effondra quand elle reconnut les premières notes du tube des années 1980, *Right*

Here Waiting par Richard Marx. La piste se remplit aussitôt et à travers ses yeux embués, elle regarda une mer de robes à fleurs onduler contre un océan de chemises bleues ou blanches froissées et humides de sueur. Cette chanson avait fait un tabac durant sa première année d'université et elle se rappelait avec douleur comment elle avait alors le pouvoir de la réduire en un amas pleurnichard après sa rupture avec Matthew. Aujourd'hui qu'elle était assise seule au bord de la piste, ce déferlement d'amour lui rappelait beaucoup trop de moments semblables passés à faire tapisserie aux soirées étudiantes, à regarder ses amies emballer pendant qu'elle se languissait de Matthew.

Alors avec une évidence qui lui serra le cœur, elle se rendit compte qu'elle ne voulait plus être la fille qui reste assise toute seule au bord d'une piste de danse. Et surtout pas pendant un mariage, à quasiment neuf mois de grossesse. Pire encore, elle se rendit compte qu'elle souhaitait être la fille à qui l'on caresse le ventre, comme Charlene.

À l'instant où elle craignait que ses pensées n'entrent dans une horrible spirale dépressive, Ben apparut dans son champ de vision, lui cachant l'image de bonheur conjugal qu'elle avait sous les yeux.

— Katy.

— Ben.

Il passa les doigts dans sa tignasse échevelée tout en regardant autour de lui d'un air affolé qui suggérait qu'il ne savait pas trop quoi dire. Puis il prit une profonde inspiration et s'essuya les yeux. Si elle ne l'avait pas si bien connu, elle aurait presque pu croire qu'il avait pleuré.

— S'il te plaît, tu veux bien danser avec moi ? finit-il par demander en lui tendant une main légèrement tremblante.

Alors là, elle n'en croyait pas ses oreilles. Ça n'était pas possible. Danser faisait partie des cinq activités que Ben détestait le plus, avec nettoyer son propre vomi et manger de la quiche.

À sa grande surprise cependant, il lui prit la main et la souleva de sa chaise avec une infinie délicatesse, pour l'entraîner sur la piste où il l'attira contre son corps légèrement en sueur.

— Tu es furax ? s'enquit-elle précautionneusement.

— Qu'est-ce qui te fait dire ça ?

— On n'a jamais dansé ensemble.

— Ben, je…

Il interrompit sa phrase et la serra dans ses bras, lui soufflant à l'oreille son haleine de bière et de fumée mêlées.

— Oh, Katy, murmura-t-il.

Elle le serra à son tour de toutes ses forces en se demandant où il voulait en venir. Incapable de soutenir l'attente, elle l'écarta bientôt à bout de bras et posa sur lui un regard nerveux.

— Ben, il s'est passé quelque chose ?

Il sembla bel et bien sur le point de se mettre à pleurer, puis il renifla bruyamment et redressa les épaules.

— Oui, Katy. Il s'est passé que je viens de me rendre compte du connard que j'ai été, commença-t-il, avant de s'interrompre quelques secondes pour réfléchir. Enfin, je n'ai pas toujours été un connard, tu me comprends bien. Au contraire même, j'aime à penser que mon dossier est plutôt bon dans l'ensemble. C'est juste récemment que je me suis découvert une certaine aptitude à la connerie.

— Mais c'est ma faute. Je n'aurais pas dû…

— Non, en effet, tu n'aurais pas dû, l'interrompit-il. D'ailleurs, ça nous met à égalité sur l'échelle de la connerie.

— Oui, d'accord, mais n'oublie pas que tu es diplômé ès connerie, ne put-elle s'empêcher de répliquer.

Elle repartait dans leur mode de communication habituel, léger, chose qui se produisait chaque fois qu'ils auraient dû aborder un sujet sérieux. Ça en devenait irritant.

— Exact, exact, et c'est bien utile, répondit-il avec une pointe de découragement.

Ils échangèrent un regard embarrassé, les mains fermement nouées entre eux.

Katy n'en pouvait plus ; elle devait découvrir quelle direction prenait cette conversation.

— Alors... Alors... On n'est pas fâchés ? demanda-t-elle avec moult précautions.

— Non, répondit-il, très sérieux, les sourcils froncés. Non, on n'est pas fâchés.

Elle retint son souffle, attendant qu'il ajoute autre chose, mais l'être caché derrière ce visage tourmenté semblait encore en train de digérer certaines pensées. Enfin, après un très long moment, son expression se radoucit et un sourire commença à s'y dessiner. Katy s'autorisa à respirer à nouveau, se préparant à la suite.

— On va avoir un bébé, lâcha-t-il, presque comme s'il le comprenait vraiment pour la première fois.

Et son visage exprimait une sorte de sidération.

— Oui, répondit-elle lentement. Ça te va ?

— C'est génial, tu veux dire ! répondit-il, un sourire triste mais fier illuminant enfin ses traits. Et je vais être un super bon papa, poursuivit-il, le sourire désormais jusqu'aux oreilles.

Katy sentit ses jambes se dérober sous elle en même temps qu'une onde de joie pure lui parcourait le corps. Elle trébucha mais Ben la rattrapa fermement par les bras et la stabilisa.

— Hé ! Ça va ?

L'air inquiet de nouveau, Ben lui caressait gentiment le bras.

— Ça va plus que bien, répondit-elle en lui offrant un sourire radieux.

Ben voulait être père. Il voulait être le père de son enfant. Il voulait partager son avenir avec elle et le bébé. Elle n'était plus toute seule au bord de la piste de danse, mais pile au milieu, accrochée au bras de Ben. Elle se rendit compte que son monde tout entier venait de changer, car pour la première fois depuis très, très longtemps, elle ne voulait plus être « moi » mais devenir « nous ». Un « nous » constitué d'elle, de Ben et du bébé. À court d'oxygène, elle sentit ses larmes se transformer en rire, et tous deux continuèrent à danser le slow, les épaules secouées à l'unisson par ce rire.

Ils restèrent serrés l'un contre l'autre jusqu'à la fin de la chanson, sans parler. Ben lui frottait le dos au rythme de la musique tout en la berçant doucement.

— Il y a une chose, quand même…, dit-il soudain en s'écartant alors que la chanson touchait à sa fin.

Katy sentit son estomac se nouer.

— Après ce soir, on est obligés de revoir Matthew et Alison ? Ce n'est pas tant qu'il soit ton ex, même si t'imaginer avec un cul serré pareil ne sert en rien ta réputation, Katy. Non, c'est juste qu'ils sont tellement parfaits que j'ai l'impression d'être un gros naze. Or je veux être un bon père, vraiment.

Parce que tous les gamins méritent un bon père, pas vrai ? Mais il va falloir que tu me laisses faire ça à ma façon, conclut-il, très sérieux.

Sa façon serait super, Katy n'en doutait pas une seconde. Et instinctivement, elle tendit la main vers la joue de Ben, qu'elle caressa.

— Oublions-les, suggéra-t-elle. Après ce soir, on peut même décider qu'ils n'ont jamais existé. D'accord ?

— D'accord, répondit-il, manifestement soulagé.

— Est-ce que je peux te poser une question à mon tour ?

Elle était intimidée, tout à coup.

— Tout ce que tu veux, mon amour. Enfin tout sauf danser sur George Michael, rectifia-t-il.

— Tu veux bien caresser mon ventre ?

Cette fois, une larme s'échappa bel et bien de l'œil gauche de Ben.

— J'en serais l'homme le plus fier au monde.

Et très délicatement, il souleva son haut et posa la main sur son ventre chaud. Ils échangèrent un long baiser, seulement dérangé par une petite tape sur l'épaule de Katy.

— Désolé d'interrompre ce moment de tendresse, mais je suis au bord du désespoir, là, les informa Daniel qui regardait autour de lui d'un air nerveux. Les vieilles mémés n'arrêtent pas de m'inviter à danser. Il faut venir à mon secours.

— Tiens, danse donc avec Katy, moi je vais pisser un coup.

Sur quoi Ben lui déposa un baiser sur le front et s'éloigna vers les toilettes des hommes en agitant joyeusement la main.

— Ben alors, qu'est-ce qui est arrivé à Monsieur Premier-amour-de-jeunesse ? demanda Daniel en observant le large sourire de Katy.

— Oh, Daniel, tout va bien se passer. On s'est réconciliés et il dit qu'il est hyper content d'avoir un enfant, expliqua-t-elle, rayonnante. Et aujourd'hui, ça devrait être la toute, toute dernière fois que je vois Matthew, donc je pense avoir apaisé la tempête. Des eaux plus calmes s'annoncent. Je peux enfin entamer le reste de ma vie.

— Ah bon ? Et donc toutes ces émotions, tous ces sentiments sont bien à leur place ?

— Exactement.

— Et tu as obtenu la réponse à la vraie question délicate ?

— Quelle question ?

— Mais merde, Katy, tu n'écoutes jamais rien ou quoi ? « Est-ce que je l'aime vraiment ? » répéta-t-il en détachant bien les mots. Tu te rappelles cette question ?

— Ben ouais, sans doute que oui, je l'aime vraiment.

— Tu le lui as dit ? Il te l'a dit ?

— Ben non, mais on n'est vraiment pas ce genre de couple, répondit-elle en haussant les épaules. Et honnêtement, ça me va. On est de nouveau sur de bons rails. Et tout va très bien se passer.

— OK, OK, si tu le dis. Alors sois heureuse, d'accord ? Promis ?

— Promis, le rassura-t-elle.

— Et puis autre chose : n'oublie pas de signifier à Matthew qu'il ne doit plus jamais ramener sa sale tronche.

— Oui, bien sûr. Et maintenant, est-ce qu'on pourrait s'asseoir ? J'ai trop mal aux pieds.

— Bonne idée. J'ai besoin d'un verre digne de ce nom, répondit Daniel.

Il lui prit la main et ils quittèrent la piste ensemble.

Quand Ben était revenu des toilettes, Daniel avait miraculeusement sorti d'on ne savait où une bouteille de vodka qu'il avait fait entrer en douce, sachant que le bar serait uniquement approvisionné en boissons achetées au supermarché du coin.

— Je vais en prendre un peu, convint Ben. Leur bière ne fait pas de bien à mes entrailles.

— C'est ma tournée, accepta Daniel, d'humeur généreuse à l'idée que Ben rendait Katy si heureuse.

— Attention, danger à l'approche, marmonna Ben.

En effet, Matthew et Alison venaient les rejoindre, après être allés inspecter le buffet et avoir manifestement décidé de s'abstenir. Katy ne put s'empêcher de remarquer l'air mécontent de Matthew quand il vit Ben, le nez gentiment fourré dans le creux de son cou, et une main glissée sous son vêtement pour dessiner des cercles incessants sur son ventre, révélant à l'occasion une ligne de peau nue et tendue.

Le regard de Matthew ne passa pas inaperçu auprès de Daniel non plus, qui lui tendit sa bouteille de vodka d'un geste autoritaire en lui proposant d'en prendre une gorgée. Bel effort visant sans doute à détourner son attention.

Matthew baissa les yeux vers Alison, qui lui posa aussitôt une main ferme sur le bras.

— Ça ne serait pas de refus, répondit-il néanmoins en l'écartant.

Puis il saisit la bouteille des mains de Daniel et la porta prestement à sa bouche pour en avaler plusieurs goulées.

— Matthew ! s'exclama Alison. Tu ne sais pas où elle a traîné.

L'interpellé descendit encore une bonne grosse gorgée, tout en soutenant son regard.

— Matthew, arrête, ça n'est pas drôle, protesta-t-elle.

— Ce n'est que de la vodka.

— Mais que se passera-t-il si les bébés arrivent ce soir et que tu es ivre mort ?

Il lâcha un long soupir et posa les yeux sur la bouteille entre ses mains.

— Une dernière, grommela-t-il.

Et sans regarder sa femme cette fois, il but une gorgée encore plus copieuse que les précédentes.

— Très bien, ça suffit. On s'en va, annonça Alison. Ne bouge pas, reste assis là. Je vais dire au revoir à Charlene et à Luke et remercier les parents de Charlene. À mon retour, je veux que tu sois capable de marcher et de monter en voiture. Veuillez m'excuser, tout le monde. Et s'il vous plaît, ne le laissez pas boire encore de la vodka.

Dès qu'elle eut le dos tourné, Matthew avala une dernière goulée, avant de rendre la bouteille à Daniel.

— Je te dois une tournée, déclara-t-il.

Pourtant il n'esquissa pas un mouvement en direction du bar, préférant suivre Alison des yeux.

— Vous savez quoi ? Je vais nous chercher un verre, annonça Ben. J'en ai pour une minute.

Daniel regarda Katy et toussota en hochant vigoureusement la tête en direction de Matthew.

— Oui, et moi, j'ai besoin de prendre l'air, dit-il. Je sors.

Katy et Matthew restèrent assis sans un mot, jusqu'à ce qu'il tende la main vers la bouteille de vodka pour en descendre une énième rasade.

— Qu'est-ce qui t'arrive ? lui demanda Katy.

— Rien.

— Allez, tu as tout juste prononcé une parole gentille. Et puis, c'est quoi ton problème avec la vodka ?

— C'est juste trop bizarre pour moi, Katy, répondit-il, les yeux perdus au loin. Trop bizarre.

— Qu'est-ce qui est bizarre ?

— Tout ça. Tu ne trouves pas bizarre que ce soit la dernière fois qu'on se voie ?

— Sans doute, si, mais bon, on ne peut pas dire qu'on se soit payé une belle tranche de rigolade, de toute façon, si ?

— Non, mais c'était bien, tu vois, répondit-il, se tournant enfin vers elle. Hormis quand tu m'as fait chanter des chansons ridicules. On était bien, ensemble, avant, non ? Super bien, même. Et j'ai tout gâché.

Il s'interrompit, puis :

— Il t'arrive de te demander comment ça aurait pu être ? Tu sais, si je ne m'étais pas comporté comme un connard ?

— Non, jamais, mentit-elle.

— Moi si.

— Ne le fais pas.

— Je ne peux pas m'en empêcher.

Et il se cacha le visage entre les mains. Katy ne savait pas trop comment se comporter. Elle ne s'attendait pas à ce genre de réaction.

Soudain, Matthew releva la tête et la fixa des yeux.

— Laisse-moi vous voir, toi et le bébé. Juste une fois, je te promets. Je pense que j'ai besoin de vous voir, tous les deux. Histoire de pouvoir tourner la page, tu comprends ? De vous dire au revoir correctement et de tirer un trait. Ensuite, je serai en mesure de passer à autre chose. Je pense que ça me fera du bien.

Elle l'observait, complètement sidérée.

— Que ça te fera du bien ? lâcha-t-elle enfin entre ses dents serrées. Ça résume bien toute l'histoire, tiens. Tu ne piges vraiment rien, hein ?

Elle lui criait dans l'oreille, à présent, histoire de s'assurer qu'il entendrait tout.

— Écoute-moi bien, Matthew. Il ne s'agit pas de toi. Il s'agit du bébé, de moi et de Ben, et de la façon dont on va faire en sorte que ça fonctionne. Et il s'agit aussi de ta femme et de vos deux bébés à naître d'un jour à l'autre. Tu dois faire ce qu'il faut pour les autres, maintenant, Matthew. Et arrêter de penser uniquement à ce qui pourrait te faire du bien.

— Mais je tiens à toi, et je me soucie de ce qui va arriver au bébé, c'est plus fort que moi, geignit-il en se balançant d'avant en arrière.

Katy ferma les yeux et tenta de ralentir sa respiration trop rapide.

— Les préoccupations au sujet de mon bien-être, c'était quand tu baisais la Vierge Marie, qu'il fallait les avoir. Pas maintenant. Tu as raté le coche, Matthew. Bel et bien raté.

Il eut l'air totalement défait pendant un moment, puis ses traits se durcirent.

— J'ai été stupide et je m'en excuse, mais je ne t'ai pas vue te soucier beaucoup de Ben, quand tu as couché avec moi. Maintenant, tu planifies le reste de ta vie avec lui malgré le fait qu'il soit idiot.

— Laisse tomber, Matthew. Ça ne te regarde en rien et tu n'as aucun droit de dire ça.

— Mais il risque d'élever mon enfant.

— Arrête. Ça suffit. Comment oses-tu parler comme ça maintenant ? On a réglé cette question il y a des semaines, tu te rappelles ? Alors laisse tomber.

Il la dévisagea une seconde avant de répliquer :

— Très bien, si tu veux que ça se passe comme ça. Mais ne reviens pas me chercher, quand il te quittera parce qu'il sera incapable d'endosser ses responsabilités.

Sur quoi il se leva et se dirigea d'un pas chancelant vers les toilettes.

Quel con, songea-t-elle. *Comment ose-t-il demander à voir le bébé et affirmer que Ben va me lâcher ?* Au fond d'elle, cependant, elle savait que

Matthew avait peut-être vu juste. Malgré son soudain revirement d'attitude, il n'y avait aucune certitude que Ben soit capable de supporter la pression. Elle balaya frénétiquement la salle des yeux, en quête d'une réassurance immédiate. Elle voulait voir Ben. Il discutait avec des amis de Luke au bar. Elle respira profondément, tâchant de ne pas pleurer, et se dirigea vers eux. Alors qu'elle n'était plus qu'à quelques mètres de lui, elle sentit les larmes jaillir, tel un arrosage automatique qui se déclencherait de manière impromptue. Elle essaya un vigoureux reniflement, mais rien à faire, ça continuait à couler. Ben aperçut alors la masse sanglotante qui s'approchait de lui et, l'air horrifié, il marmonna quelques mots à l'intention des trois garçons en face de lui – dont l'un jeta un coup d'œil à Katy et s'éloigna, en panique.

— Qu'est-ce qu'il y a ? Qu'est-ce qui se passe ? demanda Ben en lui passant un bras autour des épaules.

Elle prit une profonde inspiration, cherchant désespérément à retrouver un peu de maîtrise.

— Katy, mon amour, c'est quoi le problème ? insista Ben. La mère de Charlene t'a obligée à goûter au buffet ? Je sais que ça a un goût de mort-aux-rats, mais vraiment, je ne pense pas qu'une femme capable de donner à son enfant le prénom d'un personnage des *Voisins* puisse tenter délibérément de te faire du mal. Même si je l'ai entendue dire qu'elle envisageait de tuer tous les invités, histoire qu'ils n'aient pas à rendre les cadeaux en cas de divorce.

Katy ne put s'empêcher de sourire, et puis, lentement mais sûrement, ses épaules furent agitées par le rire et elle enfouit son visage dans un mouchoir. Elle s'essuya les yeux et lâcha un long soupir. Dieu, ce que c'était bon d'avoir Ben à ses côtés, de nouveau au sommet de sa forme.

— Bon, alors, qu'est-ce que ce connard t'a dit, ce coup-ci ? Je t'ai vue lui parler, reprit-il, sérieusement cette fois. Il ne te reprochait quand même pas de m'avoir avoué, pour lui et toi, si ? Parce que si c'est ça, je vais devoir échanger deux mots avec lui. C'est son mensonge, pas le tien. Ce n'était pas ton idée de ne rien dire à Alison.

— Non, Ben, ce n'était pas ça. Il était juste un peu inquiet, en fait, que tu aies pris les choses très mal et que tu m'en veuilles. C'est tout, ce n'est vraiment rien du tout.

— Quoi ? Il pense que je t'en veux de ses putains de secrets ridicules ? Merde, il a un sacré culot. Pour qui il se prend, de jouer tous ces petits jeux ?

— Honnêtement, ce n'est pas un jeu, Ben. Juste un mensonge idiot qui a pris des proportions surdimensionnées, voilà tout.

— Un mensonge idiot qui était ridicule depuis le début. C'est quoi, cette relation merdique qu'ils partagent, si Matthew crève de trouille de lui avouer le nom d'une ancienne petite amie ? continua de s'agacer Ben.

— S'il te plaît, laisse tomber. Ça n'en vaut vraiment pas la peine.

— Je reviens, marmonna-t-il.

Et il s'éloigna.

Katy s'apprêtait à sortir un autre mouchoir, quand elle remarqua où il allait. La porte des toilettes pour hommes ne tarda pas à grincer, avant de se refermer dans un claquement de mauvais augure.

Matthew était debout, vacillant devant l'urinoir, tournant le dos à la porte des toilettes, quand Ben entra. L'endroit était vide, si l'on exceptait les habitants attirés là par des décennies de crasse et de vieille urine accumulées. Il y avait deux toilettes sur la droite, dont l'une seulement avait une porte, et une ampoule nue en plein milieu éclairait la pièce de façon approximative. Le tout semblait sorti d'un film de série B.

Il y avait trois urinoirs, et Matthew avait choisi le plus à droite, ce qui offrait à tout nouvel arrivant la possibilité de laisser celui du milieu inoccupé, selon la règle tacite d'ordinaire respectée par tout mâle en ces lieux. Il fut donc surpris de sentir quelqu'un venir se camper pile à côté de lui.

— Alors comme ça, tu es inquiet que j'en veuille à Katy sous prétexte que, par hasard, vous ayez oublié tous les deux de nous révéler que vous étiez sortis ensemble ? Malgré le fait, soit dit en passant, que tu en aies un rappel tatoué sur ton épaule depuis Dieu sait combien d'années ?

Le choc de l'intrusion causa une interruption dans le soulagement que la vessie de Matthew était en train d'obtenir. Il leva les yeux vers Ben et se rengorgea.

— Non, Ben. Je vérifiais juste qu'elle allait bien. Elle a besoin qu'on s'occupe d'elle. Je te rappelle qu'elle est sur le point d'avoir un bébé.

— Tu crois que je ne le sais pas ? Je le fais. Je le fais, et toi tu te pointes et tu fiches tout en l'air.

— Tu fais quoi ?

Matthew lâcha un petit rire.

— Hein, qu'est-ce que tu fais exactement, Ben ? Parce que pour être honnête, je ne te vois pas faire grand-chose.

Constatant que son flux était définitivement interrompu, il se reboutonna, avant de se tourner vers son interlocuteur.

— Tout ce que tu fais, c'est jouer les petits malins pendant les cours. Tu continues à sortir avec tes potes et tu trouves toujours judicieux de partir enterrer une vie de garçon à quelques jours de la date prévue de la naissance. Honnêtement, mec, je ne pense pas que tu sois à la hauteur. Tu dois grandir ou bien laisser Katy tranquille. Pas de père, ça vaut mieux qu'un père qui se fout royalement de son gosse, et puis, Katy mérite mieux que ça.

À cet instant, la porte s'ouvrit brusquement et Scott entra comme une bombe.

— Monsieur, monsieur, lança-t-il à Ben, à bout de souffle. Votre petite amie est dehors et elle dit que je dois vous sortir de là vite fait et qu'elle me paiera un demi-panaché si j'en parle pas à ma mère.

Sur quoi, il le prit par la main et se mit à le tirer de toutes ses forces.

Le regard glacial de Ben ne lâcha pas Matthew d'un millimètre.

— Si tu sors d'ici sur-le-champ, moi je t'offre une pinte, répondit-il à Scott.

— Quoi ? De panaché ou une vraie pinte ?

— Ce que tu veux. Maintenant, sors d'ici.

— Ouais, m'sieur, tout ce que vous voulez, m'sieur.

Et il disparut aussi vite qu'il était arrivé.

— Tu ne me trouves pas digne d'être père ? C'est de là que tu tiens ton attitude de snobinard ? Eh bien, je vais être honnête avec toi, Matthew. Ça m'a pris du temps pour m'y habituer. Et oui, j'ai eu envie de fuir à plusieurs reprises, mais j'ai tenu bon. Et si moi j'ai Katy, alors que toi, tu as une femme avec un balai dans le cul, c'est ta faute, mec. Donc écoute-moi bien : tu as eu ta chance et maintenant elle ne veut plus entendre parler de toi, alors lâche-nous la grappe, espèce de snob.

Matthew s'accrocha à un porte-serviette cassé pour essayer de se stabiliser, tant il était choqué par l'attaque verbale de Ben.

— Pathétique, rigola celui-ci. T'es pathétique.

Et soudain Ben se sentit partir en arrière, le menton en feu. Il heurta la porte des toilettes, basculant dans la salle bondée au bord de la piste de danse. *Il m'a frappé. Cet enfoiré m'a frappé*, songea-t-il au moment où sa tête cognait le sol. Sans crier gare, Matthew se jeta sur lui et le saisit par le col.

— Elle ne veut pas de moi, tu crois ? Elle ne veut pas de moi ? chuchota-t-il, furieux, à l'oreille de Ben. Je pense que tu ferais mieux de lui poser la question. Parce qu'elle voulait bien de moi, la nuit de la fête des anciens de l'école. Il est sympa, son appart. Et toi, t'étais déjà à un enterrement de vie de garçon, si je me souviens bien. C'est dingue ce qu'on peut rater avec ce genre de fêtes, pas vrai ?

Sur ces paroles, il repoussa la tête de Ben au sol, se leva et traversa la piste de danse d'un pas chancelant.

L'agitation n'était pas passée inaperçue parmi les vieilles chouettes qui opinaient gentiment du chef au son d'un morceau d'Eminem. Elles se précipitèrent vers lui.

— Qu'est-ce que vous faites là, mon petit ? s'enquit l'une d'elles.

— Vous voulez un sherry ? proposa une autre.

— Allez, rattrapez-le, cette brute, et flanquez-lui une bonne rouste de ma part, l'encouragea une dame surexcitée dont l'avant de la robe en polyester était souillé de taches de gras.

Ben se releva et dut jouer des coudes au milieu de la foule de ses ferventes supportrices pour atteindre Matthew au milieu de la salle. Il le saisit par l'épaule, le fit pivoter et lui envoya un crochet du gauche extrêmement bien ajusté. Matthew tomba au sol comme s'il venait d'être touché par une balle. Et resta allongé là, immobile.

— Ben ! entendit-il crier. Qu'est-ce que tu fais ?

Katy écarta la foule des adolescents qui l'avaient devancée sur la scène du crime, l'air fort impressionnés par le coup.

Ben la dévisagea, incapable de savoir quoi dire ou penser. Il ouvrit la bouche, mais la referma quand elle tomba à genoux auprès de Matthew, toujours dans les vapes.

— Matthew, réveille-toi. S'il te plaît, réveille-toi, supplia-t-elle.

Mais le visage restait fermé.

— Comment tu as pu ? lança-t-elle à Ben, avec un regard glacial et en secouant la tête.

De nouveau il ouvrit la bouche, pour parler ou pour crier, mais aucun mot ne sortit. Après un dernier regard à la scène sous ses yeux, il se détourna et s'éloigna, franchissant la porte avant de sortir dans la nuit.

Chapitre 17

Katy regardait *Péril en haute mer* sur Discovery Channel. Les pêcheurs se débattaient au milieu de centaines de crabes vivants qui se déversaient des filets sur le pont de leur bateau, un spectacle qui lui donnait quelque peu la nausée. Elle ignorait ce qui la poussait à regarder ces hommes vivre l'enfer, mais cela avait sans doute à voir avec le réconfort procuré par la sensation que d'autres mènent une vie pire que la vôtre. C'était seulement son deuxième jour de congé maternité et déjà les programmes télévisés de journée qu'elle estimait potables commençaient à se faire rares, d'autant plus que sa télécommande semblait la ramener systématiquement sur des émissions « spécial bébé » décrivant de merveilleux couples partageant une merveilleuse histoire d'amour. Dégoûtée, elle avait failli résilier son abonnement sur-le-champ et attaquer Sky en justice pour cruauté mentale, avant de tomber par hasard sur *Péril en haute mer*. Ça l'avait considérablement requinquée de découvrir les terribles conditions de vie dans lesquelles se dépêtraient ces hommes. Il se trouvait aussi que c'était l'émission préférée de Ben, et elle se soupçonnait de la regarder dans l'espoir inconscient que cela agisse tel un aimant qui le ramènerait chez elle.

Elle ne l'avait pas revu depuis la soirée du mariage, trois jours plus tôt. Heureusement, Matthew avait rouvert les yeux quand Scott avait eu la bonne idée de lui jeter une pinte de bière froide à la figure. À ce stade, Alison, qui avait été prévenue de l'altercation, s'était postée sur une chaise inconfortable au milieu de la piste de danse, juste à côté de sa tête.

— Qu'est-ce qui s'est passé ? avait-elle hurlé à Katy. Demande-lui ce qui s'est passé !

Katy avait baissé les yeux sur Matthew, lequel s'était réveillé mais restait incohérent. Et Ben avait disparu.

— C'est l'autre type qui lui a flanqué un coup de poing, avait expliqué Scott. Pile dans le blaire. Un coup parfait. Honnêtement, j'ai essayé de les arrêter, c'est vrai. J'ai été dans les toilettes, vous savez, quand j'ai su qu'il y avait embrouille, et puis je me suis planté entre eux et je leur ai dit de lâcher l'affaire, mais l'autre gars, il m'a envoyé paître. Je comprends, maintenant, il voulait pas que je le voie cogner celui-là.

— De qui est-ce que vous parlez ? s'écria Alison. Qui l'a frappé ?

— Ben vous savez, son mec, le grand, un peu négligé, répondit Scott en désignant Katy.

— Katy, il ne parle pas de Ben, quand même ? Pourquoi Ben ferait-il ça à Matthew ?

— Je n'en sais rien, Alison. Je n'ai pas eu le temps de le lui demander, et maintenant il est parti.

Alison la dévisagea, puis elle se leva lentement, avant de demander au père de Charlene s'il voulait bien aider Matthew à regagner leur voiture.

— Bien sûr, répondit celui-ci.

Puis, perturbé par l'alcool et par la vue d'autant de femmes enceintes et d'un homme allongé au sol, il demanda :

— Vous voulez que j'aille vous chercher des serviettes chaudes ?

— Non, je ne pense pas qu'on en aura besoin. Aidez-moi juste à le ramener dans notre voiture et je le conduirai à la maison.

— Je peux venir avec vous ? Je t'aiderai une fois sur place, suggéra Katy tandis que le père de Charlene hissait Matthew sur son épaule.

— Non, répondit Alison. Je crois que Ben et toi, vous en avez fait assez.

Katy avait constaté avec horreur combien un téléphone pouvait être silencieux. Dans sa vie normale, les téléphones sonnaient en permanence, réclamant son attention. Elle se découvrit incapable de s'habituer à ce silence irréel, d'autant que son corps tout entier était en état d'alerte rouge, attentif à la moindre éventualité d'un appel de Ben.

Ce fut ainsi, à seulement deux semaines de la date prévue pour son accouchement, qu'elle se sentit voler en éclats. Elle ressemblait à l'un de ces crabes à la télévision, qui rampait désespérément de-ci de-là dans l'espoir de trouver une échappatoire mais ne parvenait à progresser dans aucune direction, tout en sachant que l'inévitable approchait. Pour le crabe, c'était la mort assurée ; pour Katy, c'était la vie assurée. La vie d'un bébé qui, en l'état actuel des choses, n'avait pas de père, malgré les deux candidats potentiels. Chaque fois qu'elle se rappelait Ben en train de lui caresser le ventre au milieu de la piste de danse, une vague de sanglots se déclenchait, incontrôlable. Ça la tuait de songer que pour la première fois depuis Matthew, et ce pendant une bonne demi-heure, elle s'était laissé aller à envisager un futur durable avec un homme. Pendant que Ben partageait joyeusement la vodka de Daniel, elle s'était surprise à les imaginer, Ben et elle, prenant part à une cérémonie de mariage, simple mais belle, sur une plage, avec leur enfant accroché à la main de Ben et portant un ruban où pendaient leurs alliances. Ça avait été délicieux d'autoriser enfin son esprit à s'égarer ainsi, avec confiance en l'avenir, et c'était atrocement cruel qu'encore une fois ses espoirs semblent ne pas pouvoir se réaliser.

Elle mit en sourdine les crabes désormais au bord de l'agonie et se glissa sous la couette qui avait élu domicile de façon permanente sur son canapé. Et elle songea que rien dans sa vie n'était à sa place. Couette sur le canapé, pyjama sur elle nuit et jour, vaisselle sale dans l'évier, sac d'hôpital vide au fond de l'armoire, Babygro toujours sous plastique au fond d'un sac, et Ben tout à fait ailleurs.

Cependant, à travers le brouillard de son désespoir, elle décida qu'il lui fallait agir. Si elle remettait tout à sa place normale, alors ça aiderait peut-être. C'était forcément une bonne idée. En tout cas meilleure que pas d'idée du tout. Ça valait mieux que de continuer à pleurer devant le couloir de la mort des crabes.

Alors elle s'extirpa du canapé, qui couina son soulagement, et se pencha pour ramasser au sol les reliefs de son désespoir. Mouchoirs en papier souillés, emballages de chocolats, menus de livreurs de nourriture et vieux numéros de *Hello magazine*. Elle se mit à quatre pattes et entreprit d'arpenter ainsi méthodiquement chaque mètre carré du salon, telle une sorte d'aspirateur qui avalerait les détritus dans ses poches ou ses manches afin de s'éviter trop d'allers-retours à la poubelle. Enfin elle trouva derrière le canapé sa première raison de sourire, sous la forme d'une télécommande de lecteur DVD perdue depuis des siècles. Alors s'engagea une poursuite effrénée, au cours de laquelle elle tenta de se glisser entre le canapé et le mur. À l'instant où elle commençait à se croire coincée pour le reste de ses jours, elle entendit cliqueter la serrure de la porte d'entrée et des pas dans le couloir. S'il s'agissait de cambrioleurs armés, mieux valait rester cachée, sauf que ses jambes, qui dépassaient, risquaient de trahir sa présence. Mais songeant que c'était peut-être Ben, elle se releva à grand-peine, jaillissant d'un coup tel un lapin d'un chapeau.

Il se tenait au milieu de la pièce, un œil sur les crabes muets et désormais très morts, l'autre sur elle.

— Il est bien, cet épisode-là. L'un des pêcheurs perd sa jambe, marmonna-t-il tandis qu'elle se remettait sur pied, remarquant au passage qu'il n'esquissait pas un geste pour l'y aider.

— Tu étais passé où ? J'étais folle d'inquiétude.

Il s'arracha à la contemplation des crabes et posa sur elle un regard vide.

— Chez ma mère.

— Qu'est-ce qui s'est passé, Ben ? Pourquoi tu es parti comme ça ?

— Eh bien, tu n'avais pas envie que je reste, si ?

— Mais si, bien sûr que si.

— Mais non. Je suis venu chercher mes affaires.

— Ben, arrête. Assieds-toi. S'il te plaît. Raconte-moi ce qui s'est passé. Matthew t'a énervé ? Tu ne devrais pas le laisser t'atteindre comme ça, tu sais. On peut l'oublier, maintenant.

— Ah oui ?

Il s'assit et fixa la télévision des yeux, sans un mot.

— Oui, Ben. S'il te plaît, oublions tout ça et pensons au bébé, le supplia-t-elle. C'est tout ce qui compte, pas vrai ?

Il se releva brusquement.

— Non, ça n'arrivera pas. Ça ne peut pas arriver.

— Mais pourquoi ? plaida-t-elle en l'attrapant par le poignet, de plus en plus paniquée. Allons, Ben, on peut y arriver.

Quand il ouvrit la bouche, ce fut pour s'exprimer avec calme et précaution.

— Non, on ne peut pas y arriver. C'est lui que tu veux, en fait, pas vrai ? Enfin, peut-être pas tout à fait lui, mais quelqu'un comme lui. Je comprends comment tu me vois. Moi, je passe mes journées à glander, à jouer à des jeux stupides avec des gamins idiots, et puis je passe aussi mes nuits à glander, à jouer à des jeux stupides avec mes copains idiots. Qu'est-ce que ça peut t'apporter, à toi ? Toi et ton bureau chic, ta secrétaire chic, tes déjeuners chic et tes notes de frais. Comment j'ai pu penser que je représentais un peu plus qu'un amusement pour toi ? Pas étonnant que tu aies couché avec Matthew.

Katy retomba brutalement assise. C'était donc pour ça que Ben l'avait frappé. Matthew lui avait dit. Les larmes se mirent à lui couler sur les joues.

— Je suis vraiment désolée, sanglota-t-elle entre ses mains. C'était une erreur, une erreur complètement idiote. Je n'ai jamais voulu te blesser.

— On ne s'était pas engagés l'un envers l'autre, de toute façon, pas vrai ? poursuivit-il, comme s'il n'avait pas entendu un mot de sa réponse. On ne s'était rien promis. Je regrette juste que tu ne m'en aies pas parlé, c'est tout. Au moins, j'aurais su où me situer. Parce que maintenant, je me sens vraiment con d'avoir pensé que ça aurait pu marcher.

Et il baissa les yeux au sol, commençant à donner des coups de pied répétés dans le flanc du canapé.

— Et tu sais quoi ? Je comprends très bien ce qui peut t'attirer chez un gars comme Matthew. Honnêtement, c'est vrai. Ben oui, quoi, il a tout. Un type comme lui peut prendre soin d'une femme. Bon boulot, grande maison, et puis il a la tête sur les épaules, bref c'est le futur papa idéal. Il n'irait pas faire faire des bêtises à ses gamins, contrairement à moi. La sécurité, c'est le maître mot, pas vrai ? C'est ce dont tu as besoin, en ce moment. Qu'est-ce que j'ai à t'offrir, moi ? Une vieille Ford Focus pourrie et un abonnement pour les Leeds United, voilà toute la sécurité que je peux offrir.

— Ben, arrête, s'il te plaît, arrête, le supplia-t-elle. Tu as tout faux, vraiment tout faux.

— Non, Katy, corrigea-t-il, croisant enfin son regard. Je pense au contraire que, pour la première fois, je n'ai pas tout faux. J'y ai bien réfléchi et je me rends compte de l'idiot que j'ai été. Je boxais largement au-dessus de ma catégorie, avec toi, et à un moment ou à un autre, un autre type comme Matthew serait forcément arrivé, un type qui soit à ton niveau. Même si tu n'avais pas couché avec le premier, il y a un million d'autres Matthew qui sont dignes de toi et un million de fois plus capables de s'occuper de toi.

Sa voix se brisa et il se détourna rapidement pour cacher les larmes qui lui maculaient les joues.

— Mais Ben, il n'y a pas un million de garçons comme toi. Personne d'autre ne me fait ressentir ce que tu me fais ressentir, sanglota-t-elle.

Il s'essuya les yeux avec lassitude avant de répondre :

— Et c'est quoi, exactement, ce que je te fais ressentir ?

— Eh bien…, commença-t-elle en se raccrochant à cette lueur d'espoir.

Désespérément elle cherchait les bons mots, mais elle ne savait par où commencer.

— Ben, tu es différent de tous les autres hommes. Tu me fais rire et… et…

— Justement, ça n'est pas assez, dit-il, maussade.

— Non, attends, écoute-moi. C'est beaucoup plus que ça. Comment je peux t'expliquer ? Tu es celui qui m'empêche d'être mon pire cauchemar. Oh, merde, je suis nulle, s'agaça-t-elle en agitant les bras. C'est comme quand je te raconte qu'au travail, on a pinaillé sur la façon de décrire un nettoyant pour les toilettes, eh bien toi, tu me répliques qu'on devrait se contenter de raconter que ça nettoie la merde.

— Ben oui, ça sert à ça.

— Exact. Mais il n'y a que toi pour dire ça.

— Quoi ? Qu'un nettoyant WC nettoie la merde ? Ouais, y a de quoi être super fier. J'envisage de me faire nominer pour le prix Nobel, avec des paroles d'une telle sagesse.

— Non, Ben, j'essaie de t'expliquer, reprit-elle, se levant pour le prendre par les poignets. Moi aussi, j'ai bien réfléchi. On est différents, et c'est ça qui fait que ça fonctionne entre nous. Je ne cherche pas mon clone, sinon je me transformerais en l'une de ces atroces femmes au foyer qui ne jurent que par leurs suspensions florales.

Ben avait l'air perplexe.

— Mais, mais…, bafouilla-t-il. Mais tu es mieux que moi quand même, termina-t-il avec un long soupir.

— C'est archifaux.

Et en levant timidement la main pour lui caresser la joue, elle sentit ses larmes chaudes sous ses doigts.

— Toi, Ben King, reprit-elle avec douceur, tu es la personne la plus drôle, la plus gentille, la plus loyale, la plus géniale que je connaisse, et je suis la fille la plus chanceuse au monde de t'avoir.

Ben baissa les yeux sur elle, l'air totalement sidéré. Il se mit à cligner des yeux très vite pour tenter de bloquer une nouvelle cascade de larmes.

— Vraiment ? demanda-t-il, les yeux plongés dans les siens, comme pour y guetter le moindre signe de mensonge.

— Vraiment.

Et elle hocha la tête sans l'ombre d'une hésitation. Chaque muscle de son corps était tendu par le besoin qu'il la croie.

— Je pense que tu vas devoir me répéter ça, dit-il doucement.

— J'ai dit que tu étais la personne la plus drôle, la plus gentille, la plus loyale, la plus géniale que je connaisse, et moi, la fille la plus chanceuse au monde de t'avoir, répéta-t-elle d'une traite.

Un sourire commençait à poindre à la commissure de ses lèvres, elle le voyait. Ça devait fonctionner. Elle faisait de gros efforts pour se rappeler à quoi d'autre elle avait pensé, dans les limbes où elle avait été ces derniers jours, une idée qui soit susceptible de convaincre Ben qu'ils avaient encore un avenir.

— Et tu vaux dix Matthew ou n'importe quel autre gars dans son genre. Je vais regretter d'avoir couché avec lui jusqu'à la fin de mes jours.

Jamais elle n'avait rien énoncé de plus vrai, elle en était bien consciente.

— Ben, je sais que je ne mérite pas ton pardon, mais je te veux. Plus que tout au monde. Parce que je ne peux plus me passer de tes paumes qui me caressent le ventre.

Elle lui prit une main et la porta à ses lèvres pour y déposer un baiser très léger, avant de se la poser sur le ventre.

De nouveau Ben plongea au fond de ses yeux, puis il baissa les siens vers leurs mains jointes sur son abdomen. Et soudain il bondit vers elle, l'enlaça et se mit à sangloter de façon incontrôlable.

Elle le serra de toutes ses forces, le souffle court. Ce torrent d'émotions sans précédent l'avait totalement épuisée, autant que le soulagement né de l'espoir que leur avenir était peut-être à nouveau envisageable.

Mais alors, sans crier gare, Ben s'écarta et essuya d'un revers de la main son nez coulant.

— Mais Katy, je ne suis pas sûr d'être un bon père, lâcha-t-il en secouant la tête. Tu ne peux quand même pas prendre le risque de t'encombrer d'un mauvais père.

Elle soupira, redoutant de n'avoir plus assez d'énergie pour réduire à néant les incertitudes de Ben quant à sa capacité à être un bon père. Pourtant, elle devait continuer, le bout du tunnel était en vue.

— Ben, je sais que tu feras un super papa. Je le sais, voilà. Et je sais combien ce doit être dur de penser qu'il y a une infime possibilité pour que ce bébé ne soit pas de toi, mais peu importe. À mes yeux, c'est toi le père. Point barre.

Il vacilla, comme si quelqu'un venait de le frapper.

— Quoi ? Comment ça, qu'il ne soit pas de moi ? De quoi tu parles, bordel ? demanda-t-il, les yeux écarquillés.

— Quoi… tu veux dire… Oh, mon Dieu !

Elle s'enfouit le visage entre les mains.

— Qu'est-ce que tu entends par là, Katy ? insista-t-il.

Incapable de relever la tête, elle se balançait d'avant en arrière, sous le choc.

Sans ménagement, Ben lui attrapa la main pour l'écarter de son visage.

— Qu'est-ce que tu entends par là ? répéta-t-il.

Il criait presque, cette fois.

— Je pensais que tu avais fait ton calcul. Oh, Ben, je suis tellement navrée.

— Navrée de quoi ? Explique-moi ce que ça veut dire. Maintenant ! hurla-t-il.

Au prix d'un effort surhumain, elle parvint à balbutier une explication.

— Quand on a couché ensemble, Matthew et moi, et on ne l'a fait qu'une fois, je te promets, mais ça correspond à peu près au moment où je suis tombée enceinte. Il existe donc une toute petite possibilité qu'il soit le père. Mais Ben, c'est infime, dit-elle en levant sur lui un regard implorant. Toi et moi, on a fait l'amour plein de fois à la même époque, donc le bébé est très probablement de toi. C'est forcé, Ben. Ce bébé est de toi, j'en suis sûre.

Elle l'agrippa par les épaules et le secoua, comme pour lui enfoncer cette idée dans le crâne.

— Je ne comprends pas, répliqua-t-il en se libérant. Tu es en train de m'expliquer que tu l'as toujours su ?

— Disons plutôt soupçonné. Mais comme je te l'ai expliqué, la possibilité est tellement infime que… que…

— Que quoi ? Tu t'es dit que tu n'allais pas m'en parler ? Et à Matthew, tu lui en as parlé ?

— Eh bien, oui, mais uniquement parce qu'il s'en est douté. Je n'ai pas eu le choix. Et on est tombés d'accord sur le fait que vu la faiblesse de l'éventualité, tout le monde y gagnerait si on oubliait tout ça.

— Quand est-ce que tu lui en as parlé ?

— Ça fait des lustres, j'ai oublié.

— Quand ? répéta-t-il, plus agressif.

— Merde, je ne sais plus, avoua-t-elle, totalement perdue. Sans doute quand je l'ai revu au premier cours prénatal. Je ne pensais plus jamais le recroiser après la fête des anciens du lycée, et puis voilà qu'il réapparaissait au cours. J'étais obligée de lui parler.

— Donc lui et toi, vous discutez de ça depuis des semaines et pendant tout ce temps, tu m'as laissé penser que ce bébé était de moi.

— Ben, je t'en prie, ça paraît horrible présenté comme ça. J'essayais d'agir pour le mieux, je te promets. Je n'ai pas essayé de te duper.

— Quoi ? En me laissant penser pendant tout ce temps que c'était mon bébé alors que tu avais des doutes à ce sujet ? Tu ne trouves pas que j'avais le droit de savoir ? Parce que, apparemment, Matthew l'avait, lui, ce droit.

— Non, ça n'était pas comme ça. Je n'ai pas choisi d'en parler à Matthew, il l'a deviné et j'ai dû lui parler pour l'empêcher de commettre une bêtise. Je ne pouvais pas le laisser tout gâcher pour rien. S'il te plaît, Ben, écoute-moi, le supplia-t-elle encore. Tu es le père.

Il resta silencieux, le regard perdu au loin, par la fenêtre. Katy n'osait plus parler, de peur de dire ce qu'il ne fallait pas encore une fois. Sans un mot, elle priait pour qu'un miracle se produise. Enfin, Ben lâcha sa dernière tirade.

— Peu importe que la possibilité soit infime, Katy, il n'empêche qu'elle existe et je ne sais pas si je peux vivre avec ça. En tout cas, ce qui est certain, c'est que tu m'as menti. Non seulement au sujet du bébé, mais aussi sur Matthew. Tu n'es pas celle que je croyais. Et dire que je ne me pensais pas assez bien pour toi…

Cette fois, les larmes dévalaient en continu sur ses joues, presque aussi abondantes que celles de Katy.

— Bien sûr que tu es assez bien pour moi. Bien sûr, Ben. Et tu as raison, c'est moi qui ne suis pas assez bien pour toi. Ce que j'ai fait est horrible, mais j'essayais d'agir au mieux. Jamais je n'ai voulu te blesser.

— Eh bien, c'est raté.

Sur ces paroles, il fit volte-face pour sortir de la pièce.

— Ne t'en va pas. S'il te plaît, Ben, ne t'en va pas, implora-t-elle en tâchant de le rattraper. J'ai besoin de toi. Je n'y arriverai pas toute seule. Ben, s'il te plaît. S'il te plaît, ne me quitte pas.

Il se retourna brièvement, presque méconnaissable dans son désespoir. Des lignes dures barraient son visage juvénile. Il la dévisagea un instant, avant de se retourner et de franchir la porte.

Katy se laissa tomber au sol et pleura comme jamais elle n'avait pleuré de sa vie, alors que quelque part au beau milieu d'une nuit froide de l'Alaska, les crabes dégringolaient sur la jetée que montrait son écran muet.

Chapitre 18

Katy ne savait pas trop quelle heure il était. Quand elle releva les yeux, les crabes avaient disparu, sans doute pour se faire éviscérer par quelque Alaskien revêche. Elle aussi, d'ailleurs, avait l'impression que ses entrailles lui avaient été arrachées. À ce stade, ses pleurs n'avaient plus rien de normal. C'était un torrent, une avalanche dévastatrice, un typhon déchaîné de larmes qui menaçait de la noyer, et peut-être aussi de la rendre sourde. Et chaque fois qu'elle se pensait sur le point de maîtriser l'orage, une nouvelle vague déferlait, surgissant de nulle part, et l'abattait sans merci.

Elle était toujours affalée dans l'entrée où Ben l'avait abandonnée, incapable de se motiver à bouger. Ses mains et avant-bras étaient trempés de larmes, les mouchoirs qu'elle avait fourrés dans ses manches pendant sa frénésie de rangement étant depuis longtemps inondés.

Au bout d'un moment, elle finit par se rendre à l'évidence : elle avait besoin d'aide. Sa crise ne passerait pas sans une intervention extérieure.

Elle se hissa à quatre pattes et entama une pénible progression vers le téléphone posé sur une console contre le mur opposé. Elle se relaissa tomber au sol sitôt sa cible atteinte, comme si elle venait de courir un marathon, et resta assise quelques instants pour récupérer un peu de souffle. Puis elle prit une profonde inspiration et saisit le combiné pour composer le numéro du portable de Daniel.

Bien entendu, elle tomba directement sur sa boîte vocale. Katy se relaissa glisser au sol pendant que se déroulait le message d'accueil, tâchant de rassembler assez d'énergie pour parler.

— « Salut, salut. Je dois être occupé à quelque chose d'hyper important, à moins que je ne filtre mes appels, ce qui signifierait que je n'ai pas envie de vous parler. Quoi qu'il en soit, laissez-moi un message et je vous rappellerai dès que je rentrerai de la cérémonie où l'on m'a remis l'oscar du plus grand génie créatif. »

— Daniel. Daniel, décroche. S'il te plaît, décroche ce téléphone, supplia-t-elle entre deux reniflements.

Jusqu'à ce qu'elle se souvienne qu'elle parlait à la messagerie de son portable, et que Daniel ne l'entendait donc pas.

— Daniel, rappelle-moi tout de suite. Ben est au courant de tout, et il est parti pour de bon. Qu'est-ce que je vais devenir ? S'il te plaît, arrête ce que tu fais et rappelle-moi immédiatement. J'ai besoin de toi.

Et elle raccrocha, puis grimaça en recevant un puissant coup de pied du bébé. Baissant les yeux, elle découvrit une sorte de membre qui semblait tâter les parois internes de son ventre, comme dans l'espoir d'y découvrir quelque faille susceptible de le conduire vers la lumière.

Ça va vraiment arriver, songea-t-elle en fixant la petite bosse qui se promenait sous sa peau. *Je vais vraiment avoir un bébé toute seule.*

Les larmes recommencèrent à couler, mais l'orage avait laissé place à un insupportable crachin, de ceux qui semblent ne jamais devoir cesser.

Le crachin se poursuivit pendant qu'elle envisageait tristement sa future vie de mère célibataire. Quand enfin le téléphone se manifesta, elle décrocha avant la deuxième sonnerie.

— Qu'est-ce que je vais devenir ? Ben est parti. Pour de bon, lança-t-elle avant que son interlocuteur ait seulement le temps de lui dire « bonjour ». Il est revenu, et tout allait bien, et puis moi, comme une conne, j'ai cru qu'il avait deviné qu'il n'était pas forcément le père. Sauf que non, il n'y avait même pas pensé, figure-toi. Alors il s'est mis à me crier dessus pour que je lui explique, alors j'ai dû tout lui raconter et alors il a cessé de crier, mais parce qu'il ne voulait plus rien dire. Rien du tout. Il me dévisageait, il avait l'air si triste. Jamais je ne l'avais vu aussi triste. Et puis finalement, il a lâché que je n'étais pas digne de lui. Qu'il ne pouvait pas pardonner mes mensonges. Et il a raison. Bien sûr qu'il a raison. J'ai été tellement, mais tellement idiote. Et maintenant, qu'est-ce que je vais faire ? Comment je vais expliquer au bébé ce que j'ai fait ? Que c'est ma faute s'il n'a pas de papa. Que j'ai tout gâché de A à Z. Que j'ai fichu sa vie en l'air avant même qu'il soit né.

— J'arrive, répondit Matthew.

La ligne avait déjà été coupée quand Katy laissa tomber le combiné au sol. Un craquement de mauvais augure déchira le silence à l'instant où il heurta le parquet, suivi par un bourdonnement confirmant que l'appelant avait bien raccroché. La voix de Matthew avait laissé Katy sous le choc, abasourdie. Presque en pilotage automatique, elle ramassa l'appareil et composa le 3131, puis rappela le numéro. Et tomba directement sur la boîte vocale.

— « Bonjour, vous êtes bien sur le portable de Matthew Chesterman. Je suis désolé de ne pas pouvoir vous répondre pour l'instant, mais laissez-moi vos nom et numéro de téléphone et je vous rappellerai dès que possible. Message après le bip s'il vous plaît. Merci. »

— Décroche, marmonna Katy, bien consciente cette fois qu'il ne l'entendait pas.

Le bip retentit.

— Je croyais parler à Daniel. Si tu as ce message, Matthew, sache que c'est une très mauvaise idée de venir ici. Reste en dehors de tout ça, s'il te plaît.

Elle reposa le combiné et retourna lentement au salon, où elle s'écroula sur le canapé. Discovery Channel en avait fini avec les crabes, pour se concentrer désormais sur la reproduction des élans sauvages dans quelque forêt reculée. En mode silencieux, le rituel paraissait particulièrement dénué de plaisir. Katy regarda le mâle finir son affaire, redescendre de sa partenaire puis s'ébrouer. Après quoi il jeta un regard circulaire au reste des femelles du troupeau, avant de s'approcher de sa cible suivante d'un pas nonchalant.

C'est bien un homme, ça, songea-t-elle, avant de se rappeler qu'elle s'était comportée exactement comme cet élan désinvolte. N'était-elle pas passée d'un homme à l'autre sans se soucier des conséquences ?

Changement de scène. Cette fois l'élan cavalait à travers une épaisse forêt. L'écran devint noir, puis l'image se ralluma sur l'élan allongé à terre, mort, et deux chasseurs qui rechargeaient leur fusil.

Je mérite qu'on me tue, pensa Katy.

Le bébé lui envoya un nouveau puissant coup de pied.

— Nom de Dieu ! J'ai un bébé, un vrai bébé en moi. Je ne peux même pas souhaiter qu'on me tue tranquille.

Nouveau coup de pied.

— OK, OK, ça va.

Elle s'extirpa du canapé et se dirigea dans la future chambre du bébé. Là, elle contempla un berceau encore en kit au sol, flanqué d'une pile de sacs plastique remplis de vêtements pour bébé intacts.

Elle saisit le plus proche et le vida au sol. Puis elle s'agenouilla et commença à déchirer la cellophane et les cartons, avec autant de hâte que si sa vie en dépendait. Elle jeta les emballages d'un côté, leur contenu de l'autre, hurlant sa frustration chaque fois qu'un article refusait d'être séparé de son contenant.

Quand elle eut terminé de saccager ses emplettes, elle était en nage. Alors elle aperçut le tournevis laissé là par Ben pour monter le berceau. Elle le prit et entreprit de visser des morceaux de bois entre eux, sans se soucier qu'ils soient à la bonne place ou non. Il ne fallut pas longtemps pour obtenir un berceau qui ressemblait à une sorte de tipi avant-gardiste pour nain. À ce stade, elle respirait vraiment vite, pourtant elle n'osait plus s'arrêter, n'osait même pas ralentir car son esprit en profiterait pour s'éloigner de ses constructions et revenir à des considérations beaucoup plus destructrices.

Quand elle ne trouva plus rien à visser, elle jeta le tournevis à travers la pièce et se releva péniblement. Elle alla dans l'angle de la chambre et ramassa une brassée de débardeurs, Babygro, draps et autres couvertures, puis elle sortit de la pièce en traînant les pieds et se dirigea vers la cuisine, trébuchant à tout bout de champ, car elle s'empêtrait dans les vêtements qui traînaient.

À l'instant où elle approchait de l'entrée, la sonnette retentit. Si incroyable que cela puisse paraître, sa folie frénétique avait oblitéré l'appel de Matthew et elle se demanda, surprise, qui cela pouvait bien être. Le temps d'une fraction de seconde, son cœur bondit quand elle songea que c'était peut-être Ben. Puis sa tirade involontaire à Matthew lui revint et elle comprit que celui-ci n'avait finalement pas reçu son message.

Elle remonta le couloir, la tête enfouie dans la pile de vêtements. Et de nouveau envahie par une vague de désespoir, elle sentit ses épaules tomber.

— Laisse-moi entrer, Katy, cria Matthew depuis le palier. S'il te plaît. Laisse-moi m'occuper de toi, juste une minute. Vérifier que tu vas bien.

Sa voix était si douce et si apaisante qu'elle fonça vers la porte avec soulagement, parvenant à l'ouvrir malgré ses bras chargés.

Matthew passa la tête par-dessus la pile de linge qui l'accueillit lorsque le battant s'ouvrit.

— Où tu es ? s'enquit-il.

— Ici, sanglota-t-elle, tâchant de cacher son visage rouge et bouffi derrière les vêtements.

— Écoute, pose donc tout ça par terre. Et allons nous asseoir. Tu pourras me raconter ce qui s'est passé, d'accord ?

— Non, répondit-elle, sortant temporairement la tête de son masque. Je dois mettre tout ça à la machine maintenant. Je ne peux pas les poser, il faut les laver. Le bébé peut arriver à tout instant.

Sur quoi elle écarta le tas de linge et fila à la cuisine.

— Tu n'as pas de contractions, si ?

Elle se retourna dans l'encadrement de la porte.

— Ne sois pas ridicule. Tu crois que je serais là, si c'était le cas ? Il faut que je lave tout ça immédiatement, il n'y a pas de temps à perdre. Je dois être prête car à présent, je n'ai plus personne pour m'aider.

Matthew la rattrapa dans la cuisine alors qu'elle essayait de charger au moins l'équivalent de deux fois son contenu dans la machine à laver.

— Laisse-moi t'aider, insista-t-il.

Délicatement, il tenta de lui prendre des mains certains Babygro en coton crème.

— Non, je peux me débrouiller. Je dois me débrouiller. Ben est parti, je suis toute seule. Je dois apprendre à tout faire toute seule.

Avec frénésie, elle fourrait n'importe quoi dans le tambour. Elle avait presque réussi quand le coin d'une couverture refusa de bouger. Alors elle tira, poussa, tira encore, mais rien n'y fit.

— Laisse tomber, Matthew, tu ne m'aides pas, hurla-t-elle.

Mais quand elle leva les yeux, Matthew se tenait à plusieurs mètres, adossé au mur, à attendre patiemment qu'elle ait terminé. Elle reposa les yeux sur le coin de couverture récalcitrant et tira dessus, si fort qu'elle faillit en perdre l'équilibre.

— Katy, tu essaies de mettre la robe de chambre que tu portes dans la machine, lui fit remarquer Matthew, qui s'agenouilla à ses côtés et se mit à lui caresser le dos. S'il te plaît, assieds-toi et calme-toi une minute, OK ?

— Arrête, tu me gênes, lui hurla-t-elle en pleine face. Je n'ai pas le temps, je te l'ai déjà dit. Rien n'est prêt et je dois tout faire toute seule.

Soudain, elle le dévisagea avec horreur.

— Oh merde, oh merde, je n'ai même pas préparé mon sac pour l'hôpital. C'est ça que je dois faire en priorité.

Elle se remit debout et abandonna le linge en vrac sur la machine, pour repartir vers la chambre.

Matthew la suivit et la regarda tenter d'attraper un petit sac de voyage sur l'étagère en haut de l'armoire. Il remarqua le tipi miniature, étonnamment debout au beau milieu de la pièce. Il envisagea de l'interroger sur ce qui venait de se passer, mais se ravisa. Il alla se poster derrière elle et tira le sac par-dessus sa tête.

— Merci, haleta-t-elle. Bientôt je rangerai tout sur les étagères du bas, comme ça je n'aurai besoin de personne pour m'aider.

Sur quoi, elle s'éloigna de nouveau, vers la salle de bains cette fois. Au moment où Matthew songeait qu'il valait mieux aller patienter dans le salon jusqu'à ce que le tourbillon se calme, il entendit un bruit et opta plutôt pour rester à distance, mais dans les parages.

— Tout va bien, tout va bien. Va-t'en, c'est tout ce que je te demande. Laisse-moi tranquille. C'est juste des sels de bain qui sont tombés dans la baignoire. Je nettoierai plus tard. Va-t'en, Matthew, s'il te plaît.

Katy jetait tous les flacons d'eau de toilette qu'elle possédait dans son sac d'hôpital. Balayant la pièce des yeux, Matthew ressentit un vif coup au cœur en se remémorant ses sentiments, dans cette même pièce, la nuit de la fête des anciens de l'école. Il avait eu l'impression de s'introduire dans l'oasis de sérénité de cette femme, un endroit empreint d'exotisme, à l'image de Katy durant la nuit fatale où il avait osé se comporter en homme libre. Qui eût cru que la fois suivante, il y verrait une folle jeter des bouteilles dans tous les sens ?

Katy le poussa sans ménagement en passant près de lui. Dépité, il la suivit dans la chambre, incertain sur la conduite à tenir. Elle avait désormais les bras plongés jusqu'aux coudes dans les tiroirs de sa commode, pour en lancer tout le contenu au sol.

— Putain, je n'en ai pas ! Bon Dieu, mais quelle nulle ! La seule chose qu'il fallait absolument acheter, je ne l'ai pas. Je suis vraiment bonne à rien, et surtout pas à devenir mère. Il faut que j'y aille maintenant, avant que les magasins ne ferment, avant qu'il ne soit trop tard.

Elle ouvrit alors l'armoire, en tira une paire de bottines, puis s'assit sur le bord du lit pour essayer de les enfiler, et ce, malgré le fait qu'elle était encore en pyjama et qu'il était quasi impossible de nouer ses lacets à neuf mois de grossesse.

Matthew s'agenouilla devant elle et lui souleva délicatement la tête.

— Où tu vas ? demanda-t-il, aussi calmement que possible.

— Il faut que j'aille m'acheter une chemise de nuit pour l'accouchement, une qui se boutonne devant, comme Joan l'a expliqué en cours, parce que comme ça, on peut tenir le bébé contre sa peau sans avoir besoin de se déshabiller, or on est censées tenir le bébé contre sa peau parce que ça aide à développer un lien immédiat avec lui. Moi, je dois nouer des liens immédiats, parce que si je ne le fais pas, qui le fera, vu qu'il n'aura que moi ? Rien que moi.

Le torrent de larmes reprit et elle s'effondra dans les bras de Matthew, le corps secoué par des sanglots. Ils restèrent assis sur le bord du lit, lui à la bercer doucement et elle le visage enfoui dans le mouchoir brodé à ses initiales et impeccablement repassé qu'il lui avait tendu.

Ils ne parlèrent pas pendant une bonne demi-heure, jusqu'à ce que Katy soit complètement calmée. Elle tortillait son mouchoir trempé, reniflant de temps en temps, pendant qu'il continuait à lui frotter le dos.

— Tu veux bien me raconter ce qui s'est passé ? demanda-t-il quand il estima que le flot des larmes était enfin tari.

Elle tenta de se lancer, mais fut frappée par une nouvelle vague de désespoir qui l'empêcha de parler. Elle se rejeta sur le lit en frappant les oreillers.

— Je suis à chier, à chier, lança-t-elle dans un cri étouffé. Qu'est-ce que j'ai fait ? Je ne mérite personne. J'ai vraiment tout gâché, ajouta-t-elle en relevant enfin la tête.

— Alors il t'a quittée ? s'enquit Matthew.

— Oui, bien sûr qu'il m'a quittée. Tu n'aurais pas fait pareil ? Il sait qu'il y a une chance que tu sois le père. Pourquoi tu es allé lui dire qu'on avait couché ensemble ? s'écria-t-elle d'un ton accusateur.

Pourquoi, Matthew ? Il fallait le lui dire, je m'en rends compte à présent. Il m'a fait comprendre ça, mais c'est moi qui aurais dû le lui annoncer, pas toi. Quel droit tu avais de le lui dire ? Salaud. Espèce de salaud.

Et elle se mit à lui cogner le torse de toutes ses forces, jusqu'à ce qu'il parvienne à lui immobiliser les poignets.

— Je suis désolé, Katy, vraiment désolé. J'étais soûl et en colère après Alison qui m'avait traité comme un gamin devant tout le monde, en m'ordonnant d'arrêter la vodka. Et puis Ben est entré dans les toilettes et il me narguait, en me racontant que tu ne poserais jamais les yeux sur moi aujourd'hui, parce que j'étais d'un ennui mortel, alors… alors… alors je n'ai pas pu me retenir. Il fallait bien que je lui ferme son clapet, non ? C'était idiot et j'ai eu tort. Je suis désolé, Katy, vraiment, je suis désolé.

Il la sentit se ramollir de tous ses membres et elle enfouit le visage entre ses mains.

— Tu sais quoi ? Peu importe. Il l'aurait découvert d'une façon ou d'une autre. Comment j'ai pu envisager de garder un secret pareil ? Je me le demande. J'ai fait mon lit, et maintenant je vais devoir me coucher dedans. C'est mon problème.

— Non, ça n'est pas que ton problème, c'est aussi le mien, corrigea-t-il en l'enlaçant d'un bras, tout en posant une main sur les siennes. On était deux, au départ de l'histoire. Je ne compte pas te laisser gérer ça toute seule. Je vais trouver une solution. Je prendrai soin de toi, Katy, d'une façon ou d'une autre. Toutes ces années, je t'ai laissée seule, je ne vais certainement pas recommencer. Il y a un moyen, c'est sûr. Tu ne vas pas traverser ça toute seule.

Des larmes silencieuses dégoulinaient le long des joues de Katy quand elle leva les yeux sur lui.

— Mais tu as une femme, et bientôt des jumeaux.

— Laisse-moi le soin de m'occuper d'eux. Tu vas peut-être avoir mon bébé, Katy, je ne compte pas me défiler. Tu ne peux pas m'y obliger. Je vais m'occuper de toi, je te le promets.

Il se pencha pour lui donner un baiser sur sa joue chaude et humide, un geste qui, à son grand désarroi, ne fit qu'augmenter le flot de larmes.

— Je suis désolée, balbutia-t-elle, manière de s'excuser pour son manque de contrôle sur ses émotions.

— Non, c'est moi qui suis désolé, dit-il.

Il se pencha un peu plus et cette fois, ce fut sur ses lèvres qu'il planta un baiser autoritaire. Elle résista un instant, puis s'abandonna à la chaleur rassurante de sa bouche. Il continuait à lui caresser le dos, des caresses circulaires qui commençaient à l'apaiser vraiment, et même à lui insuffler une sorte de délicieuse somnolence. Soudain, le visage de Ben apparut à son esprit, sans crier gare, et elle sursauta, s'écartant comme si elle venait de subir un choc électrique.

— Arrête. Arrête tout de suite. Sors d'ici. Qu'est-ce que je fabrique ? Bon sang, je n'ai pas détruit assez de choses pour aujourd'hui ?

Elle bondit et sortit de la pièce en courant, hurlant à Matthew de partir. Et quand il atteignit l'entrée, sous le choc, elle avait déjà ouvert la porte de son appartement.

— Va-t'en. Va-t'en tout de suite. Laisse-moi tranquille.

— Katy, s'il te plaît…

— Va-t'en ! s'égosilla-t-elle.

— Mais Katy…

— Maintenant !

Chapitre 19

Katy entrouvrit un œil pour se découvrir allongée sur son canapé, dans le noir complet à l'exception de l'écran de la télévision silencieuse qui projetait sa lumière vacillante. Où étaient-ils tous passés ? Pourquoi l'appartement était-il aussi calme et pourquoi faisait-il sombre ? Ça n'était pas du tout aussi paisible, la dernière fois qu'elle était consciente, ça elle en était sûre.

Et soudain, ça commença. Elle sentit son corps se crisper de son propre chef, sans que son esprit le lui ait commandé. La tension ne fut plus seulement irradiante, elle devint complètement dévorante, comme si quelqu'un, à l'intérieur de son ventre, la piquait à l'aide d'un million de bâtons. Les coups tournoyèrent quelques secondes dans ses entrailles, contre les parois, sans laisser un millimètre carré de peau intact, avant de disparaître aussi vite qu'ils étaient apparus.

— Putain, c'était quoi, ça ? hurla-t-elle en s'agrippant le ventre à deux mains, pantelante.

Alors elle sentit le globe dur et gonflé toujours attifé de son pyjama, et les événements de la journée lui revinrent d'un coup, ainsi que la crainte menaçante qu'elle vienne peut-être tout juste d'avoir sa première contraction. Elle attendit que ses halètements se calment avant de se mettre lentement debout pour éteindre la télévision. La pièce fut aussitôt plongée dans une sinistre obscurité.

À tâtons, elle atteignit la lampe à un bout du canapé. Complètement vidée. Non, elle n'avait pas l'énergie de commencer à accoucher. Pas après la journée qu'elle venait de passer. C'était sans doute juste le bébé qui bougeait. Ou l'une de ces fausses contractions dont on lui avait parlé. Des sortes de sursauts. Elle se rassit et resta absolument immobile dans l'espoir de convaincre la douleur de ne pas revenir. Quelques minutes s'écoulèrent, et tout semblait revenu à la normale.

Un bain, songea-t-elle. Un bain, au lit et demain, la situation lui paraîtrait peut-être moins inextricable qu'aujourd'hui. Car elle avait sans aucun doute touché le fond.

Elle s'apprêtait à se lever, quand les bâtons recommencèrent à frapper, si fort qu'elle se plia en deux et beugla comme une vieille vache.

Elle se balança d'avant en arrière et respira de son mieux entre deux pointes de douleur. Quand enfin la souffrance reflua, Katy tomba lourdement assise au sol, sous le choc.

Pas maintenant. Par pitié, pas maintenant. Je ne peux pas le faire maintenant. Je ne suis pas prête. Ma tête n'est pas prête, se dit-elle.

— Mon Dieu, lança-t-elle au ciel. Je sais que je m'adresse à toi uniquement quand je veux quelque chose, ou à Noël quand j'entends de petits enfants chanter *Jingle Bells* et que ça me fait pleurer. Mais là, je suis vraiment désespérée. Si tu m'aides, je promets de te parler chaque jour et de mettre de l'argent dans les petites enveloppes que les vieilles dames déposent dans les boîtes aux lettres, au lieu de les jeter à la poubelle. Et je te promets de faire des tas d'autres bonnes choses, mais s'il te plaît, mon Dieu, accorde-moi un peu de temps. Au moins jusqu'à demain. Je t'en prie, fais que ça ne soit pas maintenant.

Elle était désormais à genoux, les mains jointes, les yeux fermés. Et la contraction suivante arriva.

— Ah bon, alors tu veux me donner une leçon, c'est ça ? Pour m'être mise toute seule dans cette galère. Eh bien, je t'annonce que tu vas le regretter, car tu ne me laisses pas le choix, renifla-t-elle.

Sur quoi elle se releva et se dirigea en vacillant vers l'entrée, décrocha le téléphone et composa un numéro.

— Ça a intérêt à en valoir la peine, tu n'as pas idée de la merveille que j'ai mise en pause pour prendre ton appel.

— Daniel, siffla-t-elle entre ses dents. Ramène-toi ici vite fait. Tu es sur le point d'assister au miracle de la naissance. Les contractions ont commencé.

Elle reposa violemment le combiné sur son socle, ôta la chaînette de sécurité de la porte et se rendit à la salle de bains.

Elle sentait quelque chose fuir, en bas, entre ses jambes. Avait-elle perdu les eaux, ou était-il normal de se faire pipi dessus sous l'effet de la panique quand on ressentait ses premières contractions ? Elle tâcha désespérément de se rappeler ce qu'avait dit Joan pendant les cours. Mais tout ce qui lui revenait, c'était que les contractions pouvaient durer un bon moment avant que l'heure soit venue d'aller à l'hôpital. Assise sur les toilettes, la tête entre les mains, elle essaya de rassembler assez d'énergie pour se lever et aller se changer avant que la contraction suivante ne la paralyse. Au bout du compte, elle parvint à atteindre la chambre, à enfiler péniblement un autre pyjama et à s'allonger sur le lit. Puis la vague déferla.

Elle ignorait combien de volées de coups de bâton l'avaient assaillie quand elle entendit enfin frapper fort à la porte.

— C'est ouvert ! cria-t-elle.

Une pause. Puis les coups reprirent, plus insistants.

— Katy, c'est moi, j'ai des serviettes chaudes et de la tequila. Ouvre-moi.

Daniel.

Qui se remit à frapper.

— Katy, ça va ?

— Tu vas l'ouvrir cette putain de porte ? hurla-t-elle.

— Vous avez besoin d'aide, mon petit monsieur ?

La voisine s'adressait à Daniel sur le pas de sa porte.

— Oui, merci. C'est Katy, elle m'a appelé pour m'annoncer qu'elle avait des contractions et voilà qu'elle ne répond pas. Vous savez si elle est déjà partie ?

— Pas récemment, non. C'est le silence complet depuis un moment. Enfin, il y a eu des allées et venues toute la journée. Ces messieurs ont fichu un sacré bazar, d'ailleurs, à crier et à hurler à qui mieux mieux. À un moment, j'ai dit à mon Dave qu'il devrait aller voir ce qui se passait, avec son état quand même. Mais il ne veut rien entendre. Impossible de lui faire lever les fesses du canapé, ni par amour ni pour l'argent. Vous voulez que j'aille toquer au mur de notre salon ? Il donne directement dans sa chambre et les murs sont fins comme du papier à cigarette. Certaines nuits, il faut qu'on monte le son de la télé, si vous voyez ce que je veux dire.

— Ah bon ? Et vous avez dû faire ça récemment ?

La porte s'ouvrit brusquement.

— C'était ouvert, espèce de tarlouze bonne à rien. Ramène-toi et rends-toi utile. Bonne soirée, madame Jenkins.

Daniel se précipita dans l'appartement, tel un lapin effaré, et la porte se referma derrière lui aussi brutalement qu'elle s'était ouverte.

— « Tarlouze bonne à rien » ? « Tarlouze bonne à rien » ? Katy, en général je trouve tes insultes divertissantes, mais je t'en prie, sois un peu plus créative. Tu vaux tellement mieux que ces évidences.

Katy se retenait aux épaules de Daniel, aussi essoufflée qu'un fumeur à deux paquets par jour qui viendrait de monter trois étages en courant.

— C'est pourquoi, ce costard blanc ? parvint-elle à cracher.

— Tu parles de ma tenue de partenaire d'accouchement, là. Eh bien, je me suis dit que vu la nature médicale de l'événement, le blanc était la seule option. Mais il va falloir faire très attention à ne pas le tacher de résidus de bébé, car je dois le porter à nouveau pour la cérémonie du mariage civil d'Alan et Chris, la semaine prochaine.

Elle lâcha un râle guttural.

— C'était vraiment nécessaire, ça ? se rebiffa-t-il. J'ai dû laisser en plan un cow-boy stripteaseur rencontré à l'anniversaire de Steve, hier soir. Le mec est complètement dingue de moi, alors arrête de faire ta méchante.

— Ça monte, gronda-t-elle.

— Ça montait, chérie, mais tu as tout coupé.

— Pas toi, imbécile, ça monte… ça arrive… maintenant !

Elle beugla. Puis jura. Puis beugla plus fort encore.

— Oh punaise, ça te fait quoi, ce truc ? s'écria Daniel, l'air horrifié. Merde, Katy, c'est vraiment normal ? Putain, je n'ai pas signé pour ça, moi. J'ai fait le choix d'un style de vie qui me permet de n'avoir aucun contact avec la naissance. Qu'est-ce que je fous ici ?

— Aide-moi, c'est tout, implora-t-elle faiblement. Aide-moi à retourner au lit et puis tiens-moi la main, je ne sais pas, moi.

— Retourner au lit. Tu es folle ? On va à l'hôpital sur-le-champ. Je ne vais pas rester tout seul avec toi dans cet état. Pour ta sécurité, tu dois te trouver dans les parages de gens armés de scalpels et d'ustensiles.

— Non, Daniel. Les contractions ne sont pas encore assez rapprochées. Je dois attendre un petit peu plus longtemps. Appelle l'hôpital et dis-leur que ça a commencé et qu'on les rappellera quand elles ne seront plus espacées que de cinq minutes.

— OK, OK, répondit Daniel, qui respirait déjà aussi vite qu'elle.

Lui prenant le bras, il l'entraîna vers la chambre.

— Ne recommence pas ce truc tout de suite, d'accord ? Tu sais, les geignements.

— Je vais essayer, promit-elle en se laissant tomber sur le matelas. Le numéro se trouve près du lit, sur la première page de ce livre-là. Il faut demander la salle de travail.

Il décrocha le téléphone et composa la succession de chiffres en lui tournant le dos, espérant que s'il ne lui prêtait pas attention, Katy ne recommencerait pas à pousser ses horribles cris.

— Salle de travail, vite, aboya-t-il à l'appareil.

Katy n'entendait que vaguement la douce sonnerie à l'autre bout du fil, alors que l'on connectait Daniel.

— Salle de travail, répondit une voix de femme.

— Ah bon Dieu ! Alors, j'ai une femme avec moi qui hurle à s'en casser les cordes vocales. Dites-moi ce que je dois faire.

— Elle a des contractions ?

— Non, elle a des fourmis dans les pattes. Bien sûr qu'elle a des contractions, putain ! Pourquoi vous croyez que je vous appelle ?

— Allons, du calme, du calme. Je sais que ça peut être assez effrayant, mais il faut vous calmer pour aider votre femme. Si vous paniquez, ça ne va pas l'aider.

— Ce n'est pas ma femme, répliqua Daniel avec colère.

— Désolée, monsieur, votre petite amie.

— Ce n'est pas ma petite amie non plus, je ne suis pas fou. Maintenant, s'il vous plaît, dites-moi quoi faire.

— Les contractions sont espacées de combien ?

— Qu'est-ce que j'en sais, moi ? Je viens d'arriver et elle hurle si fort que je ne m'entends même plus penser.

— Environ vingt minutes, l'interrompit Katy.

— Elle dit vingt minutes. C'est assez rapproché, non ? Je vous l'amène sur-le-champ.

— Attendez une seconde. Demandez-lui si elle a perdu les eaux.

— J'ai un liquide muqueux qui m'a coulé entre les jambes, marmonna Katy, devinant l'assaut imminent de la prochaine contraction.

Daniel se pencha et approcha le combiné de la bouche de Katy.

— Je t'adore, Katy, mais il n'est pas question une seule seconde que ces mots franchissent mes lèvres. Répète.

Il reprit l'appareil sitôt qu'elle eut expliqué ce qu'elle avait produit en termes de liquides en tous genres.

— Voilà, elle vous a donné la bonne réponse, là, non ? Je la mets dans la voiture fissa, OK ?

— Pour être honnête, c'est à la maison qu'elle sera le mieux pour l'instant. Le mieux à son aise. Elle n'en est qu'au tout début du travail et si vous nous l'amenez, on risque de la renvoyer directement chez elle. Donc elle est très bien là où elle est.

Ce fut le moment que choisit Katy pour lâcher un nouveau beuglement. Daniel en profita pour rapprocher le combiné de sa bouche afin que toute la force de sa contraction puisse être bien perçue.

— Ça vous fait l'effet d'une femme qui est très bien là où elle est, ça ? Pour moi, elle a tout l'air de ne pas vraiment être au bon endroit. Ce truc n'est pas normal.

— Monsieur, je vous promets que c'est normal, et la meilleure façon d'aider votre amie, c'est de la garder dans un lieu où elle se sente bien et au calme. Rappelez-nous quand les contractions ne seront plus espacées que de cinq minutes ou qu'elle pensera avoir perdu les eaux.

Daniel fixa le téléphone.

— Allez vous faire foutre ! cria-t-il, avant de raccrocher d'un geste sec.

Il s'assit au bord du lit, légèrement tremblant.

— Je peux y arriver. C'est facile. J'ai réussi de grandes choses dans ma vie. Je peux me sortir de cette épreuve. Daniel, c'est facile, se répéta-t-il, avant de prendre plusieurs inspirations.

Puis il se tourna face à Katy, un large sourire fermement accroché aux lèvres.

— Un petit cocktail, ça te tente ? suggéra-t-il.

— Non, idiot, je suis enceinte. Je n'ai pas le droit de boire d'alcool.

— Ça te dérange si j'en prends un, moi ?

— Daniel, tu es censé te concentrer sur moi, pas sur toi. En tant que partenaire de travail, tu dois oublier tes besoins et te mettre à l'écoute des miens.

— Non, mais comme tu dis toujours que je suis plus drôle quand j'ai bu un petit coup… j'ai pensé que je te réconforterais mieux si je m'en jetais un.

— Daniel, il va falloir que tu me conduises à l'hôpital, dans un moment.

— Un point pour toi, soupira-t-il.

Elle changea de position.

— Ne bouge pas trop brusquement, ça risque de déclencher des trucs.

— Ça va, j'avais juste mal au dos.

Ils restèrent un instant à fixer le mur.

— Tu sais, tu peux me parler. Les contractions ne rendent pas sourde-muette, lui signala Katy au bout d'un moment.

— Désolé. Je retiens juste mon souffle en attendant la prochaine contrac-machin, là.

— J'ai l'impression qu'elles se sont calmées.

— Bien, bien. Et qu'est-ce qu'on fait dans ce cas de figure ?

— Ben on attend, je pense.

— On attend quoi ?

— Qu'elles recommencent.

— OK, donc on reste assis là à poireauter. Ça, je peux faire. C'est facile. On reste assis et on se calme.

Un nouveau silence tomba sur eux.

— Et merde, finit par siffler Katy. Il y a une bouteille de cognac dans le placard de la cuisine. Un petit verre chacun, ça ne peut pas nous faire de mal.

— Voilà qui est sage, très sage. Et c'est bon pour la circulation. Je reviens de suite, annonça Daniel en filant.

Quand il revint, ils se mirent à siroter leur verre, chacun plongé dans ses pensées. Les contractions semblaient avoir complètement cessé pour le moment.

— Alors, tu vas me raconter pourquoi je suis assis là, en tant que partenaire de travail pas très très efficace, moi, et pas l'un des deux pères potentiels ?

— Je suis obligée ?

Elle n'était pas sûre d'en avoir l'énergie.

— Ben oui, je pense que oui, vu que tu m'as embarqué dans cette galère. J'ai besoin de savoir que je fais ça pour une bonne raison.

Elle lui prit la main et la serra, puis elle déglutit en priant que ses contractions lui accordent encore un tout petit peu de répit.

— C'est fini avec Ben, lâcha-t-elle dans un long soupir.

Elle serra un peu plus la main de Daniel.

— Comment ça se fait ? parvint-il à demander malgré la douleur.

— Il est au courant de tout. Et maintenant il m'a quittée pour toujours et je me hais.

Elle libéra les doigts de Daniel et roula sur le flanc pour laisser couler les larmes loin de son regard. Daniel secoua vigoureusement la main pour essayer de rétablir sa circulation sanguine.

— Puis Matthew est venu et il m'a embrassée, marmonna-t-elle, d'une voix à peine audible.

Daniel bondit sur ses pieds et contourna le lit en courant pour se jeter sur le matelas près d'elle. Il colla presque son visage au sien.

— Tu déconnes ?

— Non, répondit-elle en secouant lentement la tête, faisant ruisseler des larmes à la pointe de son nez.

— Et qu'est-ce que tu as fait ?

Daniel sautait presque littéralement sur le lit, tant il était excité par la dramaturgie des événements.

— Je l'ai fichu dehors.

— Bien joué, commenta-t-il en frappant l'air de son poing. Bien fait pour cette ordure. Quelle salope !

Katy enfonça la tête dans l'oreiller et sanglota.

— Pas toi, lui ! corrigea Daniel.

Voyant qu'elle refusait de croiser son regard, il se rallongea à ses côtés et l'attira contre lui.

— Je suis une salope, bredouilla-t-elle en pleurant contre son épaule.

— Non, Katy. Pas du tout. Une malheureuse nuit de sexe, ça ne fait pas de toi une salope, lui assura Daniel. Crois-moi, je reconnais une salope quand j'en vois une.

Les larmes finirent par cesser de couler et Daniel perçut un léger ronflement. Avec un soupir soulagé, il la cala délicatement contre son oreiller. Puis, ayant ramassé la bouteille de cognac, il quitta la chambre.

Il alla s'enfermer dans la cuisine, où il se versa d'un air coupable un grand verre qu'il vida, avant de s'en verser un autre. Cette fois, plongé dans ses pensées, il prit le temps de déguster le liquide ambré. Et au bout d'une demi-heure environ, il prit une décision. Il se leva, un peu chancelant, et se mit à fouiller méthodiquement l'appartement jusqu'à trouver enfin le téléphone portable de Katy sous un fauteuil du salon. Il retourna alors dans la cuisine, s'y enferma de nouveau pour passer en revue les numéros du répertoire, en quête de celui de Ben.

Il le sélectionna et appuya sur le bouton d'appel en tâchant de calmer son cœur qui battait un peu trop vite.

Calme-toi, s'enjoignit-il. *Ce n'est pas comme si tu l'appelais pour l'inviter à sortir.* L'image de lui et Ben, le dingue de football, en couple lui tira un frisson.

La sonnerie parut retentir un nombre infini de fois, puis il tomba enfin sur sa boîte vocale. Il laissa un message relativement injurieux revenant à menacer Ben, s'il ne rappelait pas dans les cinq minutes, de le nominer personnellement au titre de « partenaire idéal » dans le prochain numéro du magazine gay le plus vendu de Leeds.

Et il attendit, tambourinant sur le bar de ses doigts, comme pour inciter le téléphone à sonner. Au bout de cinq minutes pile, il reprit l'appareil et recommença à faire défiler la liste de contacts de Katy.

Il chercha d'abord à « Mère Ben », voire à « Père Ben ». Rien. Il fouilla alors sa mémoire, espérant se rappeler si Katy avait jamais mentionné un frère ou une sœur, tout en continuant à faire défiler les noms, à court d'inspiration. Il descendit toute la liste sans rien trouver. Puis il recommença, en priant pour avoir raté quelque chose. Soudain, un nom attira son attention.

Braindead.

Soit Katy éprouvait un mépris tout particulier pour l'un de ses clients, soit c'était un ami de Ben. Forcément. Daniel laissa planer son pouce au-dessus du bouton d'appel. Puis, estimant que le risque méritait d'être pris, il but une autre gorgée de cognac et pressa.

On décrocha au bout de deux sonneries.

Chapitre 20

— Quittez pas, je suis en train de pisser, répondit la voix à l'autre bout du fil, suivie par le clapotis aisément reconnaissable de l'urine qui tombait en cascade dans des toilettes en aluminium. Désolé, c'est qui ?

— C'est Daniel à l'appareil. Un ami de Katy. Ben me connaît et j'ai besoin de lui parler de toute urgence. Vous êtes avec lui ?

— Qui ça ?

— Daniel. Je connais Katy et Ben. J'ai besoin de parler à Ben. Vous savez où il est ?

— Il est juste là. Pourquoi vous m'appelez ?

— Parce que je n'arrive pas à le joindre.

— Je peux vous donner son numéro de portable. Mais appelez-le plutôt demain, parce que là, il est bourré.

— Non, attendez, c'est urgent, il faut que je lui parle maintenant. Sa petite amie va accoucher.

— Quoi ? Quittez pas une minute. Vos gueules, OK ? J'essaie de faire la secrétaire pour Ben et j'entends pas ce que raconte le snobinard au bout du fil, l'entendit crier Daniel. Vous pouvez répéter ? reprit-il dans le combiné.

— J'ai dit qu'il était impératif que je parle à Ben tout de suite. Au sujet de Katy.

— Et vous écrivez ça comment ?

— Écoutez, peu importe. Passez-moi juste Ben.

— Eh bien, voyez-vous, je le ferais volontiers, sauf qu'il est un peu en deuil, là. En deuil du genre complètement bourré, vu qu'il s'est fait salement amocher par Katy quand elle l'a pour ainsi dire balancé par-dessus bord ce matin.

— Oui, je suis au courant, mais j'ai besoin de lui parler. C'est urgent.

— On va essayer. C'est comment votre petit nom, déjà ?

— Daniel.

— Hé, Ben, y a un gars qui s'appelle Daniel qui veut te parler de Katy.

— Dis-lui d'aller se faire foutre, à ce salaud de pédé, entendit Daniel au loin.

— Il a dit : « Dis-lui d'aller se faire foutre à ce salaud de pédé. » Ne le prenez pas mal, hein. Il pense pas vraiment que vous êtes pédé, il vous balance ça parce qu'il est furax.

— C'est charmant. Dites-lui que les contractions de Katy ont commencé, d'accord ?

— Il dit que les contractions de Katy ont commencé.

— Katy qui ? Je m'en fous.

— Vous avez entendu ? demanda Braindead.

— Écoutez, je sais que Katy a mal agi et elle s'en veut terriblement, vous pouvez me croire. Mais là, elle a besoin qu'il ravale sa colère pour quelques heures et qu'il soit à ses côtés.

— Vous voulez que je transmette ça ?

— Oui.

— Le gars dit que tu dois manger ta colère et être avec elle.

— Réponds au pédé qu'aucune de ses techniques de pubard de merde ne fonctionne avec moi.

— Je suppose que vous avez entendu. Encore une fois, ne vous vexez pas pour l'histoire du pédé : il traite tout le monde de pédé, quand il est bourré.

— Il est vraiment pédé, imbécile ! beugla Ben dans le fond.

— Non, c'est vrai ? C'est vrai ? s'enquit Braindead.

— Oui, mais ça n'est pas très important, là, si ?

— Ça l'est si on vous traite de pédé et que vous ne l'êtes pas. Mais maintenant, comme je sais que vous l'êtes, tout va bien.

— Merci. Enfin je crois. Mais bref, Braindead, j'ai besoin de votre aide. On doit ramener Ben ici, pour qu'il soit aux côtés de Katy au moment de la naissance. Elle veut qu'il soit là, je le sais avec certitude. Vous devez m'aider à le convaincre de venir. Il va le regretter jusqu'à la fin de ses jours, s'il n'est pas présent.

— Pourquoi ? demanda Braindead.

— Parce que... Parce que c'est comme ça. Parce que si cet enfant est vraiment de lui et qu'il rate sa naissance parce qu'il est sorti se soûler la gueule, il va le regretter toute sa vie.

— Ouais, mais s'il n'est pas de lui, le gosse ? Ben a répété ça toute la journée : « Et s'il n'est pas de moi ? » S'il passe des heures avec une femme qui hurle pour rien, juste pour voir naître l'enfant d'un autre ? Mec, moi j'irais jamais faire ça, pas toi ?

— Oui, mais le gosse pourrait bien être de lui, insista Daniel, au bord de la crise de nerfs.

Il reprit une gorgée de cognac, directement au goulot cette fois.

Allez, Daniel, s'encouragea-t-il mentalement. *Je fais ça tout le temps, c'est mon boulot. Je vends des idées aux gens, des pensées, des images. Je dois les convaincre que mon opinion en tant que directeur artistique est toujours la bonne. C'est mon job au quotidien. Allez, réfléchis.*

— Écoutez, Braindead. Dites-lui d'imaginer que cette minuscule boule de chair toute rose et sans défense vient d'arriver au monde, et qu'il ou elle cherche son père. Qu'il pleure de désespoir parce qu'il n'y a personne pour le prendre dans ses bras.

— Vous voulez que je lui dise ça ?

— Oui, oui, allez-y, vous pouvez y arriver.

— Hé, Ben, maintenant Daniel dit que le bébé sera petit et tout rose et qu'il voudra son papa et que tu ne seras pas là.

— Eh ben réponds-lui d'appeler son autre papa, alors, merde.

— Je sais pas pourquoi, j'ai l'impression que c'était pas la meilleure chose à lui balancer, commenta Braindead à l'intention de Daniel.

— OK, restez concentré. Dites-lui d'imaginer une magnifique petite fille qui chante comme un ange et danse comme un papillon et le rend si fier que ça lui donne envie de pleurer. Est-ce qu'il a vraiment le cœur de rater ça ?

— Vous êtes sûr que vous voulez que je lui raconte ça ?

— Ouais, allez-y et mettez-y un peu plus d'émotion, cette fois, OK ?

— De l'émotion ? Comment ça ? Vous voulez que je pleure ?

— Si c'est possible, ce serait génial.

— C'est qui, ce type ? demanda Braindead à Ben. Bref, il dit que tu devrais être fier parce qu'elle ressemble à un ange et à un papillon.

— Non, non, non, corrigea Daniel. J'ai dit qu'elle chanterait comme un ange et qu'elle danserait comme un papillon.

— Écoute, mon pote, je fais des efforts, mais tu ne le vends pas vraiment, ton truc, là. Tu as déjà rencontré Ben ? Les anges et les papillons, c'est pas trop sa came. C'est peut-être ta tasse de thé, mais pas la sienne.

— OK, OK, oui, vous avez raison. C'est pas son truc. Je ne réfléchis pas en fonction de mon client. J'oublie mes fondamentaux.

— Désolé, mon pote, ça part sans doute d'un bon sentiment, mais je ne crois pas que ça va arranger les choses, si ?

— Non, ne raccrochez pas. Accordez-moi une dernière chance. Attendez. Je réfléchis comme Ben, là. Qu'est-ce qui le toucherait ? Allez, allez, ça vient. Ça vient. Ça y est, je l'ai ! Vous êtes prêt, Braindead ?

— Bon, OK, mais c'est la dernière, hein ? Après ça on arrête.

— Imaginez que d'ici quelques heures, le nouveau meilleur buteur de toute l'Angleterre va peut-être naître, à Leeds. Le fils de Ben jouant avec le maillot de l'Angleterre. Comment Ben supporterait-il, en voyant son fils jouer un match, de n'avoir même pas été capable de se pointer le jour de sa première apparition ? OK, cet enfant n'est peut-être pas le fils de Ben, et il ne jouera peut-être pas pour l'Angleterre, mais si ça se trouve si, et cette simple possibilité ne lui donne-t-elle pas envie de se déplacer ?

Au bout du fil, Braindead était soudain silencieux.

— Vous avez bien compris ? Vous voulez que je répète ? s'inquiéta Daniel.

Sans prendre la peine de lui répondre, Braindead se mit à crier, au sens littéral :

— Ben, lève ton cul de là et file rejoindre Katy. C'est peut-être ton fils qui arrive et il pourrait jouer dans l'équipe d'Angleterre un jour, alors je t'ordonne de me prendre des billets si ça arrive. Arrête de te faire des nœuds au cerveau sur ce que ce bébé n'est peut-être pas, et commence à te demander ce qu'il est peut-être. Allez, casse-toi là-bas.

— Continuez, Braindead, c'est génial. L'idée de crier, j'aime beaucoup. Continuez, l'encouragea Daniel.

— Continuez, continuez, t'en as de bonnes, je ne sais plus quoi ajouter, moi.

— Vous vous en sortez comme un chef. Dites-lui simplement ce que vous pensez au fond. Allez-y, laissez parler votre cœur, c'est vous qui le connaissez le mieux.

— Bon, OK, fit Braindead.

S'ensuivit un bref silence avant qu'il reprenne la parole.

— Et puis, Ben, écoute-moi : Katy est super.

— Magnifique, concis, droit au but, merveilleusement exécuté, commenta Daniel, levant un poing en signe de victoire. Bien joué, Braindead !

— Elle a vraiment des contractions ? s'enquit Ben, qui venait de prendre l'appareil.

— Eh bien, si ce n'est pas le cas, je te jure que c'est bien imité. Ben, elle est tout à fait consciente d'avoir mal agi et elle se sent très mal à ce sujet, mais il faut venir l'aider. Ne lui tourne pas le dos maintenant. Plus tard, peut-être, si vous ne parvenez pas à résoudre vos problèmes, mais pas maintenant. Vous êtes déjà arrivés très loin. Elle a besoin de toi. Le bébé a besoin de toi.

— Je suis à Edinburgh.

— Quoi ?

— À Edinburgh. Avec Braindead, on a décidé de faire semblant d'être malades pour pas aller bosser et de monter ici avec un peu d'avance pour l'enterrement de vie de garçon, parce que je ne supportais pas de rester à Leeds.

— OK, restez calme. Ce n'est qu'un petit souci facile à surmonter. Réfléchis, Daniel, réfléchis. Bon, je ne pense pas que tu puisses attraper un avion à cette heure tardive, donc je cherche les horaires de trains sur mon Blackberry. Juste une seconde. OK, il y a un train à minuit et demie, qui arrive à Leeds à… attends. Punaise, tu es sur la Lune, ou quoi ? Il n'arrive pas avant 8 h 30 ! OK, repasse-moi Braindead.

— Ouais.

— Bon, Braindead, j'ai besoin que tu m'écoutes attentivement. Va demander au barman d'appeler une compagnie de taxis. Il faut leur demander de vous ramener à Leeds ce soir, Ben et toi. Tu as une demi-heure pour vous dégotter un chauffeur qui accepte, et si ça ne marche pas, vous vous pointez à la gare pour prendre le train de minuit et demie. C'est compris ?

— Ouais, mais pourquoi moi aussi ?

— Parce que tu vas devoir accompagner le père du futur buteur de l'Angleterre, si tu veux qu'il arrive à temps pour voir naître son bébé.

— Ah oui.

— Et puis, ne te tracasse pas pour le prix. On réglera ça une fois que vous arriverez ici. Rentrez aussi vite que possible, par n'importe quel moyen. Et appelle-moi dès que vous êtes dans un taxi ou dans le train, OK ?

— Pigé, Danny.

— C'est Daniel.

— Ouais, mais je la jouais concis et droit au but.

— Ramène-le ici et tu pourras m'appeler comme tu veux.

— Même un truc du genre Tatie Daniel ?

— Seulement si vous êtes là dans moins de cinq heures.

— Banco, le défi est lancé. À dans quatre heures.

Chapitre 21

7h12

— Je ne le crois pas, lâcha Katy entre ses dents.

Assise sur un fauteuil, elle exprimait son inconfort à travers ses poings serrés autour des accoudoirs de bois.

— Chut, s'il te plaît ne parle pas trop fort, la pria Daniel, affalé au sol, la tête sur le sac d'hôpital de Katy.

— Tu ne trouves pas que j'en ai assez à supporter comme ça, sans ajouter au tableau ta gueule de bois du siècle ?

Sur quoi elle donna un grand coup de pied dans le sac, et Daniel se cogna la tête au sol.

— Aïe ! hurla-t-il, se relevant en se frottant la tête. T'étais vraiment obligée de faire ça ? Tu penses que j'aurais pu supporter une nuit entière de hurlements et de pleurs sans aucune aide médicinale ? Ce n'est tout de même pas ma faute si le seul produit que tu avais, c'était du mauvais cognac. Et je peux te dire que, quand je vais croiser les garces qui répondent au téléphone à la maternité, je vais leur communiquer le fond de ma pensée. Qu'est-ce qu'il aurait fallu faire pour qu'elles comprennent qu'on traversait une crise majeure et qu'il fallait t'hospitaliser ?

— Ce n'était pas une crise. Les femmes ont des contractions tous les jours, corrigea Katy, qui jetait des coups d'œil nerveux à sa montre.

— Pas avec moi, non. Je leur ai même dit que faute d'aide je risquais la tentative de suicide, mais elles m'ont ri au nez et conseillé de me reprendre.

— Va avaler un cachet de paracétamol, et pendant que tu y seras, rapporte-m'en, répliqua Katy, qui sentait la douleur approcher à grands pas.

— Du paracétamol ? Je n'envisageais pas réellement de me suicider, Katy. Tu as besoin de moi, et le monde aussi, précisa Daniel, en toute sincérité.

— Pour ta gueule de bois, idiot. Et pour la torture que je subis. Dépêche-toi, le taxi devrait être là d'une minute à l'autre.

7h30

— Daniel, ramène-toi, cria Katy. Le taxi est arrivé.

— Après toi, gente dame, lança Daniel, qui émergeait de la salle de bains.

— Sac. Porter. Toi, marmonna Katy.

Elle prit une profonde inspiration et entama sa pénible descente de l'escalier.

— Tu penses rester à l'hôpital longtemps ? demanda Daniel derrière elle.

— J'espère que non, pourquoi ? haleta-t-elle.

— Ce sac est sacrément lourd. Qu'est-ce que tu as fichu dedans ?

— Des vêtements pour le bébé et moi, des trucs pour nettoyer en général. Des couches, des lingettes, du coton, des serviettes hygiéniques, des protections pour soutien-gorge, enfin tu vois, quoi, ce genre de trucs.

— Pourquoi est-ce que tu fais tout pour me rendre la tâche le plus difficile possible ? Personne ne devrait être autorisé à prononcer ce genre de mots à moins de deux mètres de moi. La saleté, c'est déstabilisant.

Katy s'immobilisa au pied des marches et se tourna face à lui.

— Tu es sur le point d'assister à mon accouchement. Le spectacle le plus sale, le plus dégoûtant qui soit. Si tu ne te sens pas à la hauteur, finissons-en avec ce jeu de rôles. Tu peux rentrer te coucher et me laisser affronter seule le moment le plus important et le plus difficile de ma vie.

Elle se tut et son visage grimaça sous l'effet de la douleur.

— Aaaaaaaaaaaaaaaaaaaah. Merde, une autre contraction. Aaaaaah, accompagne-moi jusqu'à ce putain de taxi. Aaaaaah, et puis va-t'en.

Impuissants, Daniel et le chauffeur de taxi la regardaient se tordre de douleur, agrippée à la rampe de l'escalier comme à une bouée de sauvetage.

— Jeune homme, dans le taxi maintenant, ordonna le chauffeur d'une voix bourrue sitôt que la contraction de Katy sembla se calmer un peu. Allons, bougez-vous. Si vous êtes assez grand pour concevoir un bébé, alors vous êtes assez grand pour être présent quand il arrive. Vous, les jeunes, vous pensez pouvoir vous comporter comme des lapins sans jamais en assumer les conséquences. Eh bien, c'est aujourd'hui les conséquences, alors arrêtez de geindre et montez.

Les yeux écarquillés, Daniel fixa le chauffeur de taxi. Puis il se tourna vers Katy.

— Tu l'as entendu ? Monte ! gronda-t-elle entre ses dents serrées.

Il s'exécuta à contrecœur, suivi par une Katy pantelante, puis il ferma la vitre de séparation entre le chauffeur et l'arrière du véhicule.

— Bon sang, comment peut-il me confondre avec l'un de ces losers qui sortent tous les week-ends, se bourrent la gueule et puis tirent sur tout ce qui bouge ?

— Pour moi, cette description te correspond bien, commenta Katy, dont la respiration ralentissait peu à peu.

— Moi aussi, je t'adore.

— Idem. Merci d'être monté dans le taxi, ajouta-t-elle en s'adossant au siège avec mille précautions.

— Le fait qu'il soit plus costaud et plus moche que moi n'a en rien influencé ma décision.

— Il ne t'a toujours pas rappelé ? demanda-t-elle alors que Daniel tirait son portable de sa poche.

— Qui ? Personne. Tu disais, pardon ? bredouilla-t-il en le refourrant à la hâte dans sa poche.

— Le striptcaseur... Tu n'arrêtes pas de vérifier ton téléphone, insista Katy.

Pile à cet instant, quatre bips retentirent bien fort depuis la poche de Daniel.

— Qu'est-ce qu'il dit ? voulut savoir Katy.

Serai à la gare de Leeds à 8 h 30. Gros bisou. Braindead.

Daniel s'autorisa un discret soupir de soulagement.

— Euh... Il dit qu'il doit partir au boulot. Et qu'on se parlera plus tard.

Katy grimaça, une nouvelle contraction semblait arriver, mais l'alerte se révéla fausse.

— Il a un boulot à cette heure matinale ? demanda-t-elle, plus pour se distraire qu'autre chose.

— Oh oui, c'est très commun chez les travailleurs en trois-huit et les fermiers, apparemment.

— Les fermiers ?

— Ouais, absolument. Y a une grosse demande de stripteaseurs avec vache, en train de traire, tu vois ? Ça excite beaucoup les filles, il faut croire. Mais bref, tu penses être à combien de la mise au monde, là, en matière de temps ? Juste pour savoir.

— Qui sait ? répondit-elle avec lassitude en allant poser la tête sur son épaule. Dis-moi à quel niveau de dilatation j'en suis, ça devrait nous donner une indication.

— Mais ça va encore attendre un petit moment, non ? Genre au moins une heure ?

L'anxiété recommençait à l'envahir.

— Sans doute.

— Bien, bien. Et si on parlait d'autre chose ? Ça te détendrait peut-être, ça ralentirait un peu le processus, non ?

— Parle-moi de ce stripteaseur sur vache. C'est la vache ou le fermier qui a du succès ? demanda-t-elle d'une voix ensommeillée.

— Ben, le fermier, évidemment.

— Ils font ça en musique ?

— Katy, je n'en ai aucune idée, c'est un de ces trucs bizarres et tout nouveaux, OK ? Changeons de sujet, tu veux ?

— Bien, vas-y.

— Bon, à ton avis, qui je dois appeler en premier quand le bébé sera arrivé ?

— Oh, Daniel, je n'en sais rien. J'essaie de ne pas penser au gâchis que j'ai provoqué dans cette histoire, au bazar qu'est devenue ma vie, et puis toi, tu me dis un truc comme ça et… Merde, voilà une autre contraction. Oh putain, oh putain, oh putain… Danieeeeeelllll !

— OK, OK, calme-toi, marmonna-t-il en lui caressant vigoureusement la main. Revenons-en au stripteaseur, d'accord ? Réfléchissons à la chanson qui conviendrait le mieux à un striptease de vache. Tu peux essayer de penser à ça ? Tu peux te concentrer sur les cinq meilleures chansons de striptease pour une vache ?

Elle hocha la tête, incapable de parler.

— OK, j'en veux au moins deux avant la fin de la contraction.

7 h 45

— Je te dis que *I'll Be the Other Woman* était un tube des Soul Children, un groupe américain des années 1970. Ma mère le passait en boucle, arguait Daniel tandis qu'ils s'approchaient du comptoir de réception de la maternité.

— Tu inventes, et de toute façon, transformé en *I'll Be the Odeur Woman*, c'est trop dégoûtant comme titre pour être dans mon top cinq.

— Trop dégoûtant ? Non mais t'es sérieuse, là ? Alors que tu viens de laisser échapper, tout le long du couloir et par la jambe gauche de ton pantalon, une traînée d'un liquide que je ne veux plus jamais croiser de toute ma vie ?

— Pour la dernière fois, le travail a commencé. Ça arrive. Tu ferais mieux de t'y faire, répliqua Katy en s'effondrant dans un siège près du bureau d'accueil.

— Vous devez être Daniel, devina la femme de la réception.

— Et vous devez être la si charmante Audrey qui fait de ma vie un enfer depuis plusieurs heures à cause d'une politique d'entrée plus rigide que celle du *Paradis*.

— Eh bien, Dieu repère les pécheurs, et moi, je repère les comparses d'accouchement surexcités, contra Audrey.

— Dieu ? Qu'est-ce que Dieu vient faire là-dedans ?

— Vous avez dit qu'il était plus facile d'entrer au paradis.

— Je pense que la dame fait référence au paradis du ciel, pas au *Paradis,* la boîte de nuit londonienne, intervint Katy.

— Je vois. J'avais oublié qu'il existait un autre paradis. Bon, Audrey, vous nous donnez la meilleure chambre de l'établissement et on enterre la hache de guerre, d'accord ?

— Nom, aboya Audrey.

— Daniel Laker.

— Pas le vôtre, le sien, corrigea Audrey sans lever les yeux.

— Katy Chapman, annonça Katy. La salle avec la baignoire d'accouchement est libre ? Je suis prête à tout essayer, à ce stade. Quant à lui, je vous promets de le garder sous contrôle.

— Suivez l'infirmière Brady, que voici, elle va vous installer. Profitez bien, conclut Audrey avec un gentil sourire à l'intention de Daniel.

— Une baignoire d'accouchement ? Qu'est-ce que tu entends par « baignoire d'accouchement » ? chuchota Daniel assez fort, tandis qu'ils trottaient derrière l'infirmière Brady.

— C'est censé soulager la douleur, lui expliqua Katy.

— On dirait que vous avez de la chance, annonça l'infirmière Brady après avoir passé la tête par une porte. Entrez donc.

Daniel se planta au milieu d'une grande pièce très éclairée et très blanche.

— C'est quoi, ça ? Une baignoire pour bébé éléphant ? On est au zoo ?

— Daniel, calme-toi, OK ? Grâce à ce dispositif, je vais cesser de hurler à la mort toutes les cinq minutes. Du moins je l'espère.

— Pourquoi ? C'est rempli de tequila ?

— Je vous laisse vous installer, indiqua l'infirmière. Je reviens dans cinq minutes pour une échographie intra-utérine, qu'on voie un peu où l'on en est.

— Et si j'allais nous chercher un *Starbucks* pendant que tu fais tous les trucs bizarroïdes ? suggéra Daniel, qui commençait déjà à se sentir un peu faiblard. Un *latte*, ça te fera le plus grand bien.

— Je ne crois pas que le programme d'expansion de *Starbucks* ait encore atteint les hôpitaux, Daniel.

— On peut toujours rêver, Katy, on peut toujours rêver. Jus de chaussette dans un gobelet en polystyrène, donc ?

— Si tu me trouves un sandwich au bacon, il se peut que je t'autorise à détourner les yeux pendant les passages les plus gore.

— Des promesses, toujours des promesses. Garde cette infirmière Brady à l'œil, elle me semble un peu impertinente. Pas de touche-touche prolongé, dis-lui bien ça.

— Tu as vraiment le chic pour rendre cet événement spécial, tu sais, Daniel ?

— J'essaie juste de faire le job, ma chère. Je reviens dans dix minutes.

8 h 15

— Qu'est-ce que tu fais là ? Katy est ici ? Daniel, réveille-toi, réveille-toi ! répétait une voix lointaine.

— Qu'est-ce que… ? Où je suis ? Qu'est-ce qui se passe ? marmonna-t-il.

Lentement, il releva la tête de la table de la cafétéria sur laquelle il avait piqué un somme.

— Tu es à l'hôpital, et c'est moi, Matthew. Qu'est-ce que tu fais ici ?

— Matthew ? Matthew ? Oh putain, Matthew. Non, ça n'est pas toi ! Si ? Je dors encore et je fais un cauchemar hyper tordu.

— Non, Daniel, c'est bien moi, Matthew.

— Qui t'a appelé ?

— Personne.

— Alors qu'est-ce que tu fais là ?

— Alison a commencé à ressentir des douleurs pendant la nuit. Pas des contractions, mais ils veulent qu'elle reste alitée quelques jours, pour être rassurés.

— Je vois. Donc personne ne t'a appelé, s'assura Daniel.

— Non, pourquoi m'appellerait-on ? Tu es réveillé, là ? Tu n'es pas très cohérent.

Daniel jeta un coup d'œil à sa montre.

— C'est l'heure, là ? Faut que j'y aille, annonça-t-il en se levant de sa chaise.

— Non, arrête. Attends une minute. Tu es ici avec Katy, c'est ça ? S'il te plaît, dis-moi juste qu'elle va bien.

— Ça va, mais je dois y aller, elle m'attend.

— Oh bon sang, le travail a commencé, c'est ça ?

Il était manifestement sous le choc.

— Mais elle n'arrive pas à terme avant deux semaines, reprit-il. Où est-elle ? Je dois m'assurer qu'elle va bien. Dis-moi où elle est.

— Non, toi tu restes ici, ordonna Daniel, soudain complètement réveillé.

— Tu ne comprends pas. Il faut que je la voie. On s'est parlé hier et je dois m'expliquer. Je dois mettre les choses au clair avec elle.

— Oh que non. Elle en a assez à gérer, à l'heure qu'il est, sans que tu viennes lui compliquer encore la vie. Alors lâche l'affaire, OK, pour le bien de tout le monde.

— Je ne peux pas lâcher l'affaire, idiot, il s'agit de Katy et elle va peut-être avoir mon bébé. Comment tu peux me demander de lâcher l'affaire ?

— Parce que ce n'est pas toi qui vas rester à ramasser les morceaux ensuite, quand tu auras encore une fois tout gâché. Alors écoute-moi. Laisse tomber. C'est ce qu'il y a de mieux pour tout le monde, et tu le sais.

— Si tu ne me dis pas où elle est, j'irai la trouver moi-même, déclara Matthew, qui se tourna pour aller vers la porte.

— Merde, merde, merde, lança Daniel en se frappant la tête contre la table.

Plongeant la main dans sa poche, il composa le numéro de Braindead.

— On vient d'entrer dans Leeds. L'équipe de relève est en chemin, lui répondit une voix bien trop guillerette.

— Écoute, Braindead, on a une potentielle tentative de prise de pouvoir hostile. L'autre père est là. Dès que vous arrivez en gare, montez direct dans un taxi et ordonnez-lui de conduire très, très vite. Tu as pigé ? Je vous attendrai à l'entrée. Il n'y a pas de temps à perdre.

— OK, c'est pigé. Ne t'inquiète pas, personne ne va nous piquer notre meilleur joueur. Il faudra me passer sur le corps.

— Voilà, c'est l'esprit. À présent ramenez-vous aussi vite que possible.

CHAPITRE 22

— Juste une minute, on a presque fini, lança la voix de Katy de derrière un rideau.

Matthew venait d'entrer dans la chambre, après avoir dérangé deux autres femmes en pleine contraction dans sa quête de Katy.

— On dirait que tu ne vas pas avoir le temps de rentrer chercher ton maillot de bain, j'en suis déjà à huit centimètres, annonça-t-elle encore tandis que l'infirmière ouvrait le ridcau de partition. Qu'est-ce que… Oh merde, ça recommence.

— Ça va, ma belle, respirez, lui conseilla l'infirmière en lui apposant un masque à oxygène sur la bouche.

Puis elle leva les yeux en direction de Matthew, toujours près de la porte, et le regarda à deux fois.

— Qui êtes-vous ? Vous avez l'autorisation d'être ici ? demanda-t-elle en les observant tous les deux tour à tour.

— Oui, répondit aussitôt Matthew. Oui, oui, disons que je suis le père, en quelque sorte.

— En quelque sorte ?

— C'est une longue histoire, éluda-t-il, avant d'entrer se poster près du lit. Tiens, donne-moi la main, Katy. Tout va bien se passer, je te le promets. Je vais rester avec elle maintenant, ajouta-t-il à l'intention de l'infirmière.

Katy se mit à secouer vigoureusement la tête derrière son masque et saisit l'infirmière par le bras.

— Elle ne semble pas tout à fait d'accord, commenta celle-ci. Vous devriez peut-être sortir en attendant qu'elle se calme un peu ?

— Mais j'ai besoin de lui parler.

Katy lâcha un geignement à vous vriller le cœur.

— De quoi ? De votre paternité « en quelque sorte » ? s'enquit l'infirmière, les sourcils levés.

— Où est-il ? Je vais le tuer ! haleta Katy, dont la contraction venait manifestement de se terminer.

Et elle essaya de se lever.

— Vous ne bougez pas d'ici, madame. Restez assise, lui ordonna l'infirmière.

— Le salaud. Je savais que je ne pouvais pas lui faire confiance. Il t'a appelé, c'est ça ? Histoire de s'épargner l'épreuve d'assister à l'accouchement. Quel petit salopard pathétique !

— Si tu parles de Daniel, non il ne m'a pas appelé. Je suis tombé sur lui à la cafétéria de l'hôpital.

— À la cafétéria ? Et toi, tu te trouvais là par hasard ? Ben voyons. Je suis peut-être en plein travail, mais ça ne me rend pas stupide, tu sais.

— Non, Katy, c'est vrai. Alison a été admise hier soir, elle doit garder le lit. J'étais juste allé prendre un café avant de partir au travail.

— Alison ? s'enquit l'infirmière.

— Ma femme, répondit Matthew.

— Ah, je vois... Cette sorte de père-là, dit-elle.

— Non, je ne pense pas que vous voyiez, non. Je ne suis pas cette sorte de père-là du tout. Je ne suis que le père « en quelque sorte » parce que... eh bien, parce qu'elle ignore qui est le père.

Katy prit une brusque inspiration et l'infirmière haussa encore un peu plus les sourcils.

— Si on l'écoute, on peut croire que c'est moi la méchante, mais ce n'est pas le cas. Sa femme attend des jumeaux d'un jour à l'autre, donc il est bien pire que moi, renvoya Katy.

— Alors c'est ça..., fit l'infirmière en reculant lentement. Vous savez quoi ? Je vais vous laisser seuls dix minutes, que vous puissiez discuter un peu, et puis je reviendrai et vous m'indiquerez si vous souhaitez qu'il reste. Dix minutes, OK ?

— On n'a plus rien à se dire après hier, déclara Katy sitôt que la porte se fut refermée sur l'infirmière. Et au cas où tu n'aurais pas remarqué, je suis en plein milieu des contractions, c'est-à-dire pas vraiment en état de parler à nouveau.

— Quel effet ça fait ?

— Oh, c'est hyper méga génial. J'ai mister Angleterre gay comme partenaire d'accouchement totalement inepte, et jamais je n'ai ressenti des douleurs pareilles. Tu crois que ça fait quel effet, sérieusement ?

— En fait, je voulais dire : quel effet ça fait de savoir que tu es sur le point de rencontrer ton enfant ?

— Ah, merveilleux. Vraiment un truc dont j'ai hâte. Comme si je ne me sentais déjà pas assez coupable, je vais bientôt avoir deux petits yeux rivés sur moi qui me demanderont où est leur papa. Et moi, je n'aurai que Daniel à mes côtés, qui pensera juste à le faire nettoyer et habiller dans des vêtements de créateur avant d'accepter de le toucher.

— Katy, tout va bien se passer, je te le promets.

— Oh, la ferme avec ces conneries, passe-moi plutôt le masque à gaz. J'en sens une autre qui arrive.

— OK, OK. Tiens. Inspire. Ça va mieux ? demanda Matthew en regardant frénétiquement autour de lui. Regarde, j'ai ce bouquin sur moi. Ça va peut-être t'aider.

Il se pencha et tira de son attaché-case un livre intitulé : *Enfanter sans peur.*

— Je pense que le chapitre recommandé dans les circonstances présentes, c'est le premier. Je vais te le trouver. Voilà : « Facteurs prédisposant à un bas niveau d'interprétation de la douleur ». Tu veux que je t'en lise un passage ?

Katy lança le bras en l'air et envoya le livre hors des mains tremblantes de Matthew. Et derrière son masque, elle beugla une nouvelle fois.

— C'est peut-être un peu tard pour ça, conclut-il. Qu'est-ce que je peux faire ?

Le hurlement qui lui répondit était plus strident encore.

— Oh, Katy, je t'assure, tout va bien se passer.

Il essaya de passer les bras autour d'elle. Il avait les mains moites et le souffle court. Les nerfs étaient en train de prendre le contrôle de son corps. Il paniquait, inutile de se mentir. L'heure était venue de se calmer et d'agir comme il le fallait. Oui, c'était décidé.

— Écoute-moi, Katy. J'ai passé toute la nuit debout à réfléchir. J'étais si bouleversé de t'avoir laissée dans cet état hier… Eh bien, tu vois, j'ai un plan.

Il s'éclaircit la voix, lui jeta un coup d'œil nerveux, puis reprit :

— On attend un an… Je pense qu'on est obligés, parce que je ne peux pas quitter Alison maintenant. Tout le monde dit que la première année est la pire, donc je pense lui devoir au moins ça. Mais je trouverai le moyen de continuer à te voir, et bien sûr, je t'aiderai financièrement. Ça va être rude, mais…

Il fut interrompu par un énorme cri.

— Oh, ça vient ? Continue à respirer, Katy. Continue à absorber ce gaz. Bref, je disais que ce serait rude, mais je pense pouvoir donner des conseils financiers à des particuliers, en plus de mon boulot, tu n'imagines pas la demande qu'il y a pour ça. Donc ça nous permettrait de garder la tête hors de l'eau.

Nouveau hurlement de Katy. Matthew attendit patiemment que le niveau sonore retombe.

— Donc l'an prochain à la même époque, je pense qu'Alison sera plus ou moins capable de se débrouiller et mon plan, c'est que je gagnerai assez pour lui payer une nounou qui l'aidera. Et bien sûr, je devrai voir les jumeaux aussi souvent que possible, donc il nous faudra acheter une grande maison afin de pouvoir loger tout ce petit monde les week-ends.

Encore un cri puissant. À ce stade, les yeux de Katy étaient aussi grands que des soucoupes et elle haletait lourdement.

— Donc tu vois, on pourrait y arriver, reprit-il. On n'est pas obligés de se séparer. Certes, j'admets que les premiers temps ça ne sera pas très agréable, mais c'est possible, tu vois ? On pourrait être ensemble. Tu n'as pas à être seule.

La contraction diminuant, Katy commençait à s'apaiser. Pourtant, elle continuait à s'agripper au masque à oxygène comme si sa vie en dépendait, et fixait Matthew en respirant avec difficulté.

Je m'explique vraiment mal, songea-t-il. En désespoir de cause, il tenta un changement d'approche.

— Katy, c'est toi que je veux. J'ai passé toute la nuit à y réfléchir. Je regarde ma vie avec Alison et tout ce que je vois, c'est un avenir de… eh bien de dur labeur, pour être honnête. Tu la connais. Elle s'est changée en une sorte de maniaque du contrôle absolu doublée d'une paranoïaque. Elle n'a plus rien à voir avec la femme que j'ai épousée et je ne le supporte plus. Je ne sais pas quoi faire pour la rendre heureuse. Elle n'a pas besoin de moi, en fait. Elle est sur le point d'avoir ses gamins, c'est tout ce qu'elle a toujours voulu. Et quand je te vois, je te jure que j'ai juste envie de te prendre dans mes bras et de m'occuper de toi. Je sais que je peux te rendre heureuse, Katy, vraiment. Et on s'amuserait bien, ça aussi je le sais. Je peux te donner tout ce dont tu as besoin, si seulement tu acceptes de me donner ma chance.

Il se tut pour la laisser parler, mais elle continuait à inspirer son oxygène avec une énergie redoublée. Alors il reprit la parole.

— Donc tu vois, tout pourrait se passer au mieux, en fait. Alison a ses enfants, qui sont tout ce qu'elle veut en réalité, et nous, on est ensemble à nouveau, comme il se doit. Qu'est-ce que tu en dis ? Tu es en mesure de parler, là ? La douleur est partie ?

8 h 40, en parallèle

— Je t'interdis de ne pas l'amener ici, Braindead, cria Daniel dans son téléphone, tout en faisant les cent pas devant l'entrée principale de l'hôpital. Je me fous de ce qu'il dit, il a fait tout ce chemin, alors maintenant il doit venir assister à la naissance du bébé. Il n'est pas question que je retourne dans cette chambre. Il y a beaucoup trop de nudité féminine et d'interactions intimes là-dedans à mon goût... Non, je ne te donnerai pas de détails supplémentaires, et je ne vais pas non plus prendre de photos. Dis-lui de se faire greffer des couilles, OK, et d'arrêter d'être aussi pitoyable. Écoute, si tu arrives à l'amener devant les portes de l'hôpital, je te jure que tu ne le regretteras pas, beugla Daniel. Qu'est-ce que tu veux ? N'importe quoi, choisis. Amène-le juste ici... Oui, j'ai des copines mannequins, de très bonnes amies, en fait... Tu veux un rencard avec un mannequin ? Je ne suis pas sûr de vouloir imposer ça à une amie... Oui, je sais, j'ai dit que tu pouvais choisir n'importe quoi, mais je ne peux pas obliger quelqu'un à accepter ce dont il n'a pas envie, quand même... OK, OK, je verrai ce que je peux faire. Mais un rencard, ça ne veut pas forcément dire relations sexuelles, Braindead, tu comprends ça ?... Oui, je suppose que sur une planète déserte, tu pourrais lui plaire, mais j'essaie juste de te faire comprendre que je ne suis pas un maquereau. Un rendez-vous, c'est un dîner. C'est tout, OK ?... Oui, bien sûr que tu vas devoir payer le dîner... Bon, ça suffit. Si tu me jures que tu as demandé au chauffeur de taxi de vous conduire ici, je paie le dîner.

Daniel raccrocha et s'affala sur un banc. Il remarqua une infirmière, la cinquantaine, assise à l'autre bout et qui le dévisageait.

— C'est une très longue histoire, dit-il en souriant entre ses dents. Je suis la marraine fée qui essaie de réunir deux jeunes gens.

— Ah vraiment ? dit l'infirmière. Vos méthodes me semblent plutôt inhabituelles.

— Eh bien, vous savez, nous les marraines fées, on doit s'adapter aux temps modernes. Ah, Dieu merci, voici notre jeune prince charmant qui arrive avec son idiot d'acolyte.

Il bondit sur ses pieds et ouvrit la portière du taxi avant même que le véhicule soit à l'arrêt.

— Ben, si tu savais comme je suis heureux de te voir. Mais tu as une mine atroce, ça ne va pas faire l'affaire.

— Lâche-moi, OK ? rétorqua l'intéressé, tandis que Daniel essayait de défroisser sa chemise et de lui peigner les cheveux en y passant les doigts.

— Bon, tu es prêt à affronter l'ennemi ? C'est par ici, indiqua-t-il en l'entraînant par le bras.

— Attends, attends. Je ne sais même pas ce que je vais lui dire. Tu peux nous accorder une minute ?

Et Ben se laissa tomber sur le banc où Daniel était assis l'instant d'avant.

— Mais nom d'une pipe, Braindead, je croyais que tu devais lui parler ! explosa Daniel, à bout de patience.

— Tu l'avais pas précisé. Tu m'as juste demandé de le ramener ici, je l'ai fait, non ? Tu as appelé tes copines mannequins ?

— Non, putain ! Et je ne le ferai pas tant que tu ne m'auras pas aidé à lui faire franchir la porte de cette maternité.

— C'est hyper injuste. Tu avais dit jusqu'à la porte de l'hôpital et il y est. Alors où il est mon rencard ?

Daniel ferma les yeux en implorant un dieu, quel qu'il soit, de lui donner la force, quelle qu'elle soit.

Puis il rouvrit les yeux et tomba à genoux devant Ben.

— Écoute, le bébé arrive bientôt. C'est tout proche. Alors va la rejoindre. Sois à ses côtés et assiste à la naissance de cet enfant, dit-il avec douceur.

— Ouais, écoute-le, mon pote. Ne laisse pas l'autre salaud poser ses mains avides sur le gosse avant toi. Vas-y, bats-toi pour ce qui t'appartient, insista Braindead d'un ton joyeux, cherchant des yeux l'approbation de Daniel.

Voyant qu'il n'en recevait aucune, il reprit :

— Écoute, l'autre type a l'air naze. Alors rentre là-dedans et fous-le dehors. Débarrasse-toi de lui. Les femmes aiment les mecs qui savent se défendre, tu sais. Montre-lui qui est le patron.

Toujours assise au bout de son banc, l'infirmière ricana.

— Hé, on est au milieu d'une conversation privée très importante, la morigéna Braindead.

— Désolée, mais je n'ai pas pu faire autrement que de vous entendre, répliqua-t-elle. Puis-je essayer de vous donner le point de vue d'une femme ?

— Vraiment, je ne pense pas que vous compreniez la situation, la rembarra Braindead. C'est une discussion d'hommes. Vous n'avez pas la moindre idée de ce que traverse ce pauvre gars.

— Ça fait vingt-cinq ans que je travaille dans cet hôpital, répondit-elle. Et croyez-moi, j'ai tout vu.

— Eh bien, je vous garantis que vous n'avez pas rencontré un cas pareil. Un sacré putain de bordel.

— Braindead, je ne pense pas que ça nous aide beaucoup, intervint Daniel en désignant d'un geste du menton un Ben qui avait désormais la tête entre les mains.

L'infirmière s'approcha un peu et lui posa une main sur le dos.

— Alors voyons. Il y a là-dedans une femme sur le point d'accoucher d'un bébé qui pourrait être le vôtre, mais pourrait aussi être celui d'un autre. Et en ce moment, c'est cet autre qui est avec elle, résuma-t-elle.

— Qu'est-ce que… ? s'exclama Braindead.

Daniel leva un regard reconnaissant en direction du ciel.

Ben se redressa lentement et hocha la tête.

— Et c'est très compliqué, c'est ça ? Cet autre homme, il est marié et ils attendent des jumeaux, poursuivit l'infirmière.

— Putain de merde, elle a raison ? s'étonna Braindead.

Daniel lui fit signe de se taire.

Quant à Ben, il hocha de nouveau la tête.

L'infirmière répondit de même. Au bout d'un long silence, alors que les trois hommes retenaient leur souffle, elle reprit :

— Récapitulons de façon simple, OK ?

Les trois têtes opinèrent simultanément.

— Il n'y a qu'une question vraiment importante à laquelle vous devez répondre, ensuite vous saurez exactement quoi faire, poursuivit-elle.

— Ah oui ? Dites-nous ! S'il vous plaît, dites-nous quelle est cette question, la supplia Daniel, avant que Braindead et Ben puissent le faire taire.

— Vous l'aimez ?

— Bon sang mais c'est bien sûr ! s'exclama Daniel en bondissant. La seule question qui soit. Comment j'ai pu oublier ça ? Quel idiot, quel idiot, quel idiot ! Vous êtes géniale, conclut-il en l'embrassant directement sur les lèvres.

— OK, calmez-vous, calmez-vous. Il n'a pas encore répondu.

— Mais bien sûr que si. Allons-y, ajouta-t-il en tirant Ben par la manche, on n'a pas de temps à perdre.

— Non, non, attends, intervint Braindead, qui écarta Daniel de Ben. Laisse-le répondre d'abord. Comme a dit la dame, c'est important. Il doit répondre.

— Merci, fit l'infirmière avec un regard noir en direction de Daniel.

— Alors, insista Braindead, tu l'aimes ? Tu peux me le dire, à moi, je suis ton pote. Je ne vais pas rigoler de toi, ni le raconter aux copains.

Ben s'adossa au banc et porta les mains à son visage pour le cacher. Il prit plusieurs profondes inspirations. Les trois membres de son auditoire l'observaient en silence, sans oser parler. Et puis, lentement, il écarta les mains et commença à bouger la tête de façon presque imperceptible. Dans une direction incertaine au départ, puis il apparut qu'il s'agissait d'un « oui » sans équivoque, accompagné de l'esquisse d'un sourire au coin des lèvres.

— Alléluia, putain ! exulta Braindead.

— Dieu soit loué, enchaîna Daniel en jetant les bras au ciel, avant d'embrasser à nouveau l'infirmière. J'ignore d'où vous venez, et très honnêtement je ne suis pas sûr de vouloir le savoir, mais vous êtes un ange descendu du ciel et les voies de Dieu sont vraiment impénétrables.

— J'ai des super pouvoirs, en fait, répliqua-t-elle. Ça, et puis il se trouve que j'examinais Katy quand l'autre gars est arrivé. Allons, la chose n'est pas encore réglée.

Elle se tourna vers Ben et lui prit les mains.

— C'est merveilleux. Vous avez trouvé la femme que vous aimez. J'ai raison ?

— Oui, répondit-il. Oui, c'est vrai.

— Alors maintenant que vous l'avez trouvée, vous allez la laisser tomber sans vous battre ? Vous êtes le genre d'homme qui reste planté là à regarder les autres décider de son destin ? Prendre les décisions pour lui ? C'est ça l'homme que vous êtes ?

— Non, il est pas comme ça ! lança Braindead. Allez, mec, il est temps de régler les choses, t'es pas d'accord ?

Les yeux fixés sur son ami, Ben se leva.

— Toi et toi, annonça-t-il en désignant tour à tour Daniel et Braindead, vous restez ici jusqu'à nouvel ordre. Pigé ?

— Oh oui ! répondirent-ils en chœur.

— Et vous…, ajouta-t-il à l'intention de l'infirmière. Merci.

— De rien, dit-elle, rayonnante.

Il commença à monter les marches de l'hôpital, avant de se retourner vers eux.

— Une dernière chose. Qu'est-ce que je lui dis ?

— Ce que tu ressens mec, dis-lui ce que tu ressens, lui conseilla Braindead.

— C'est à elle que je m'adressais, corrigea Ben. Qu'est-ce que vous pensez que je doive lui dire, madame ?

— Ce que vous ressentez, comme l'a suggéré votre ami, répondit-elle.

Ben hocha la tête et disparut entre les portes de l'hôpital.

Chapitre 23

9h05

Ben avait l'impression d'être Forest Gump. Il courait depuis une éternité dans les interminables couloirs de l'hôpital, cherchant Katy désespérément. Enfin, il tomba sur quelqu'un qui parvint à comprendre ses bredouillements épuisés et on lui montra la porte derrière laquelle l'attendait son avenir.

Il se rua à l'intérieur de la pièce, se souciant peu de son apparence pour le moins négligée. Il combattait toujours une atroce gueule de bois et ne s'était ni douché ni rasé depuis deux jours. Son menton était couvert d'une barbe roux vif. C'était d'ailleurs la seule partie de lui qui montrait la moindre vivacité, car il avait la peau grisâtre, la chemise et la veste froissées et le pantalon déformé. Quand Ben entra dans la chambre, Matthew passa aussitôt une main protectrice autour des épaules de Katy. Par contraste, il paraissait parfaitement affûté, dans son costume droit bleu marine, sa chemise blanche immaculée et sa cravate de golf. Katy, quant à elle, n'avait toujours pas lâché son masque à oxygène, qui lui servait de bouclier face à la réalité qu'elle devait affronter.

— Tiens tiens, regardez qui voilà, commenta Matthew. À la vue et à l'odeur, on dirait que tu as passé ta nuit à boire. Eh bien, tu peux retourner avec tes potes et continuer à te soûler, parce que, ici, on gère la situation. Pas vrai, Katy ?

Elle était paralysée, incapable de savoir comment réagir. Elle trouva que Ben avait l'air épuisé et se demanda pourquoi il était là.

— Tu vois, je suis en mesure de m'occuper d'elle, vu que tu n'es manifestement pas à la hauteur de la tâche. Ne me demande pas comment, c'est entre Katy et moi, mais tu n'as plus besoin de te charger de rien. Aucune responsabilité, tu es libre de repartir vivre ta vie comme tu le voulais tant.

Matthew s'interrompit pour tourner la tête vers Katy et lui frotter les épaules, avant de reprendre d'une voix ferme :

— Maintenant, Katy est très près d'accoucher, alors je te suggère de sortir et de la laisser tranquille.

Ben ne bougeait pas, il n'avait d'ailleurs même pas encore posé un regard sur Matthew, il fixait Katy. Il scrutait son visage à la recherche d'un indice, d'une forme d'encouragement, sans parvenir à déchiffrer ce qui se passait derrière le masque.

Enfin, il prit une longue inspiration et plongea une main dans la poche de son pantalon, dont il retira lentement quelque chose.

Une banane, toute noire et plutôt ramollie.

Qu'il tendit timidement à Katy, sans bouger de son poste sur le seuil de la chambre.

— Je t'ai apporté ça. Tu la veux ? En cours, ils ont dit que ça pouvait aider.

Matthew contemplait la banane, perplexe.

Katy aussi, et elle cilla à de nombreuses reprises avant d'ôter enfin le masque de son visage.

— Une banane ! explosa alors Matthew. Une putain de banane. Non, mais tu es sérieux ? Tu lui apportes une banane, maintenant ? C'est d'amour et de stabilité qu'elle a besoin, pas d'une putain de banane. Bon sang, tu es vraiment un idiot fini. Une putain de banane. Incroyable.

Katy ouvrit la bouche pour parler, mais en fut abruptement empêchée par l'arrivée d'une nouvelle contraction.

— Regarde ce que tu as fait, lança Matthew avec un regard noir à l'intention de Ben. Doucement, doucement, Katy. Le livre conseille de respirer. Respire.

— « Le livre conseille » ? répéta Ben en s'approchant du lit. Elle s'en fiche de savoir ce que raconte ton bouquin pourri. Vas-y, lâche-toi, Katy. Crie un bon coup.

— Non, Katy. Ne l'écoute pas. Les cris, c'est une perte inutile d'énergie. Respire, ça va passer. Regarde, suis ce diagramme qui est là.

Et il lui colla son livre sous le nez en désignant frénétiquement la page.

Katy laissa échapper son beuglement le plus impressionnant.

Ben en fut sidéré. Choqué qu'elle soit capable d'un tel bruit.

Matthew tournait à la hâte les pages de son livre, cherchant l'inspiration avec frénésie.

Pour la deuxième fois de la matinée, Katy envoya balader le livre à l'autre bout de la pièce. Et au prix d'un effort surhumain, au beau milieu de sa contraction, elle tendit la main qui n'était pas occupée à tenir le masque pour saisir la banane que lui présentait toujours Ben. Lentement. Intentionnellement.

Matthew les regarda tous les deux tour à tour, l'air stupéfait.

— Tu n'es pas sérieuse, Katy ? Allons, réfléchis. Tu ne peux pas compter sur lui pour quoi que ce soit. Il aura fichu le camp demain, dès qu'il se sera rendu compte de l'ampleur de ses responsabilités, et alors tu en seras où ? Allons, Katy. Tu dois faire le bon choix, là.

Ayant posé la banane à côté d'elle, Katy attrapa la main de Ben. Il porta la sienne à ses lèvres, avant de se tourner vers Matthew.

— Responsabilités, tu disais ? dit-il avec le plus grand calme. Tu as raison. C'est très important. Alors comportons-nous une minute en adultes responsables, d'accord ? Si tu commençais par aller retrouver Alison, ta femme, qui est sur le point d'avoir des jumeaux ? Ce serait responsable, ça, pas vrai ? Et une fois que tu auras quitté cette chambre pour aller te conduire en homme responsable, je ferai le bon choix en demandant à Katy de m'épouser.

Il baissa les yeux et s'adressa directement à elle :

— Bien sûr, tu peux refuser, mais si tu veux de moi, je crois qu'on devrait tenter l'expérience.

Katy hocha vigoureusement la tête, avant de pousser un autre gigantesque hurlement.

— T'épouser ? Hé, oh ! Elle ne sait plus ce qu'elle fait. Tu ne peux pas épouser Katy, je ne te laisserai pas profiter de l'état dans lequel elle se trouve.

L'air épuisé, Ben réfléchissait à la façon de procéder ensuite.

— J'ai la permission de la lui fourrer dans le cul ? finit-il par demander à Katy en ramassant la banane.

Elle lâcha son masque et fit « oui » de la tête, un sourire au coin des lèvres et laissant les larmes l'engloutir avant l'arrivée d'une autre contraction.

— Bon, je crois que tout est dit, pas toi ? Tu ferais mieux de filer, à moins que tu ne préfères que j'accède au souhait de la dame, conclut Ben, brandissant toujours le fruit.

Katy plissa le visage sous l'effet de la douleur et agrippa la main de Ben avec une force surhumaine. Pourtant, Matthew ne donnait toujours pas l'impression de vouloir bouger. Ben devait agir vite, il le savait.

— Je suis vraiment désolé, dit-il à Matthew, avant de lancer le bras en arrière.

Il lui colla un grand coup de poing au menton. Matthew recula sous le choc et tomba lourdement au sol, KO.

L'air d'abord étonné de son succès, Ben tourna bientôt vers Katy un regard inquiet.

— Pardonne-moi, mais il ne m'a pas laissé le choix. Ça fait vraiment mal ? Vas-y, agrippe-moi la jambe, proposa-t-il en se hissant sur le lit à ses côtés.

Tandis qu'elle lui saisissait la cuisse, il se pencha pour appuyer sur le bouton d'appel d'urgence.

Presque instantanément, la porte s'ouvrit en grand sur l'infirmière Brady, Daniel et Braindead, qui avaient tout écouté depuis le couloir.

— Qu'est-ce qui se passe ? Qu'est-ce qui se passe ? Oh, mon Dieu, je n'en peux plus d'attendre, lança un Daniel surexcité. Dites-moi, c'est fini ? S'il vous plaît, dites-moi si c'est fini !

— Bien joué, fils. Ça, c'est du résultat, rugit Braindead en apercevant Matthew allongé au sol, et Ben, un bras passé autour d'une Katy toujours en proie à une contraction. Oh bon sang, Katy, je ne t'avais pas reconnue. T'as une mine horrible.

Elle lui répondit par un énorme cri qui le fit sursauter d'horreur.

— Le prends pas comme ça. Je voulais juste dire que tu n'es pas toi-même, c'est tout.

— Écoutez, les gars, intervint Ben, l'air hébété mais heureux, merci pour tout mais je pense que Katy a besoin de se concentrer sur l'accouchement, là. Donc si vous voulez bien nous excuser… Oh, et si vous pouviez vous assurer qu'il rejoigne Alison, ajouta-t-il en désignant Matthew du menton.

Soudain, deux hommes firent irruption dans la chambre avec un brancard sur roulettes.

— Sortez-le d'ici, d'accord ? ordonna l'infirmière Brady en pointant Matthew. Et l'un de vous deux ferait mieux de rester à ses côtés jusqu'à ce qu'il reprenne conscience, histoire qu'il sache ce qui s'est passé, précisa-t-elle à l'intention de Daniel et Braindead.

— Fait chier, répondit Braindead sans ambages. Il est plutôt l'heure d'un bon sandwich au bacon et d'une discussion avec mon nouveau copain Daniel. On a des affaires en cours à boucler, pas vrai, mon pote ? Quelques coups de fil à passer, si tu vois ce que je veux dire.

— Bon, va te chercher à manger, et moi je m'occupe de Matthew, indiqua Daniel.

— Pour quoi faire ? Tu lui dois rien, répliqua Braindead.

— Il faut bien que l'un de nous deux veille à ce qu'il n'essaie pas de revenir. Je m'en charge et je te rejoins plus tard, promis.

— Bon, si tu penses que c'est ton devoir. Mais ne t'avise pas d'oublier notre pacte, OK ? Je ne passe pas des nuits blanches pour n'importe qui, tu vois.

— Promis, je reviens vers toi, cria Daniel par-dessus son épaule, en courant après le brancard qui emportait Matthew.

Braindead jeta un dernier regard satisfait vers Ben, désormais très pâle, qui tâchait de réconforter Katy pendant sa contraction.

— On dirait que mon travail est fini, conclut-il. Pas besoin de me remercier, hein. Bon, si j'ai plus rien à faire, je vais vous laisser.

Katy lâcha un nouveau grognement et il disparut.

Chapitre 24

Daniel avait l'impression d'avoir parcouru des millions de kilomètres de couloirs à la recherche de Matthew. Les multiples nuances du gris typiquement hospitalier qu'il avait croisées sur les murs commençaient à le déstabiliser. Il arborait néanmoins vaillamment un sourire satisfait, en se demandant comment Katy allait le remercier d'efforts aussi héroïques, ingénieux et acharnés dans le but d'assurer son bonheur. Peut-être en lui offrant la montre qu'il convoitait – ce serait une récompense appropriée face à pareille démonstration d'amitié. Il l'inviterait peut-être à une virée shopping, au cours de laquelle il en profiterait pour lui glisser quelque indice tout en subtilité, du genre : « Katy. Tu vois cette montre ? Tu me dois bien ça. »

Il finit par trouver Matthew affalé sur un fauteuil dans un couloir, qui pleurait comme une madeleine. Daniel s'assit et attendit patiemment que les larmes tarissent.

— Casse-toi, furent les premiers mots de Matthew quand il se rendit compte de sa présence à ses côtés. Casse-toi, je te jure.

— Je suis là dans le seul but de m'assurer que tu vas bien.

— Qu'est-ce que tu en as à foutre, que j'aille bien ? Qu'est-ce que ça peut bien te faire, hein ?

— Ce que ça peut me faire ? répéta Daniel, trop épuisé pour garder son calme. Je vais te le dire, moi, ce que j'en ai à faire. J'ai passé toute la nuit à me tourmenter, si tu veux savoir. Non, en réalité, ce n'est pas tout à fait ça. J'ai passé la majeure partie des neuf mois écoulés à m'angoisser, à essayer de régler vos histoires. À écouter, à parler, à tâcher de comprendre votre bazar, et maintenant je suis fatigué. Alors je n'ai pas besoin que tu viennes me dire de me casser. Va te faire foutre toi-même et poursuis le cours de ta putain de vie.

Horrifié, Daniel vit le visage de Matthew se plisser à nouveau. Ce dernier se détourna pour cacher son embarras et se mit à pleurer, les épaules secouées par de lourds sanglots.

Un couple de personnes âgées assis de l'autre côté du couloir était soit trop impoli soit trop vieux pour les observer avec discrétion. Entendant un grincement, Daniel remarqua même que la vieille dame venait d'approcher sa chaise afin d'avoir une meilleure vue.

Les sanglots de Matthew devenaient plus bruyants de seconde en seconde. Daniel n'avait pas d'autre choix que d'agir.

— Le spectacle est terminé, annonça-t-il à son public.

Mais il leur en fallait manifestement plus pour les décourager, car ils continuaient à les contempler de leur air innocent.

D'un geste maladroit, Daniel tenta de passer un bras autour des épaules de Matthew, qui le repoussa. Mais Daniel insista.

— Allez, mon garçon, tu sais bien que tu t'en remettras, lui dit-il d'une voix douce.

Pourquoi il se mettait toujours à parler comme sa mère quand il essayait de consoler quelqu'un, il n'en avait aucune idée. Pire, même, il se rendit compte qu'il venait de répéter les paroles exactes de sa mère après qu'il lui avait annoncé être amoureux de son professeur d'art à l'université – un homme. Il avait été si frustré par sa posture bornée qu'il lui avait illico rétorqué se savoir homo depuis l'âge de quinze ans, où il avait été séduit par David Sanderson lors d'une sortie scouts.

« *David Sanderson !?* » s'était-elle exclamée, scandalisée.

« *Oui.* »

« *Menteur. Tu ne peux pas avancer une horreur pareille au sujet de ce pauvre David.* »

« *Et pourtant c'est vrai, maman, il m'a dragué* », avait-il protesté.

« *Comment oses-tu mêler le fils d'un pasteur à ce genre de choses ? Je ne sais pas ce qui est pire, entre te prétendre homosexuel et blasphémer.* »

Le manque total de compréhension dont elle avait fait preuve rappelait à Daniel que Matthew méritait une forme de compassion, même si celle-ci lui était prodiguée par l'homme qui avait comploté contre son projet romantique.

Il resta donc patiemment assis à ses côtés, à lui tapoter l'épaule en attendant que cessent ses pleurs. De temps à autre lui parvenait un mouvement ou un toussotement du couple, comme pour lui rappeler qu'il avait un auditoire en attente de spectacle.

— Des mouchoirs ? leur demanda-t-il alors.

— Oh oui, acquiesça la femme avec empressement, ravie d'être promue au rang d'actrice parlante.

Ayant fouillé dans son sac à main, elle en tira un paquet de Kleenex à demi vide.

— Désolée, il n'est pas entier, s'excusa-t-elle. J'en ai utilisé quelques-uns à la veillée mortuaire de Connie Waring, hier. Je m'étais renversé du baba au rhum sur mon chemisier, et en plus c'était une génoise fourrée à la confiture, donc ça allait forcément tacher.

— Je ne mange de la confiture que nu, répliqua Daniel. Bon, vous deux : j'ai besoin d'avoir ce qui est communément qualifié de conversation privée avec mon pauvre copain, là. Il nous faudrait donc être un peu seuls.

— Oh, nous ne ferons pas un bruit, lui assura aussitôt la dame. On est très doués pour ça, avec tous les enterrements auxquels on assiste, voyez-vous. Faites comme si on n'était pas là. À moins que vous ayez besoin d'aide, bien entendu.

— Fichez-moi le camp ou je vous dénonce pour harcèlement, cria Daniel, à bout de patience.

— D'accord, d'accord, bafouilla la vieille en s'éloignant. On essayait juste d'être aimables. On ne fera pas autant d'efforts la prochaine fois. Pas vrai, Bob ?

Les sanglots de Matthew semblaient s'être tus. Il affichait une tristesse spectaculaire, et son costume froissé ainsi que sa cravate, auparavant parfaite et désormais de travers, ne faisaient rien pour arranger le tableau.

Daniel fit appel à une force intérieure profondément enfouie en lui. Il était on ne peut plus fatigué et abattu sur le plan émotionnel, mais sa tâche n'était pas tout à fait terminée, il s'en rendait compte, et il ne serait pas dit que Daniel Laker était du genre à faire le travail à moitié.

Voyant Matthew fixer un point droit devant lui, il décida d'enfoncer le clou, dans l'espoir de pouvoir rejoindre son stripteaseur au fond de son lit dans moins d'une heure.

— Alors, Matthew, voyons un peu. Je suppose que pas mal de choses se bousculent dans ta tête, à l'heure qu'il est.

L'intéressé ne bougeant pas d'un muscle, il poursuivit.

— Et si on prenait les choses par petits bouts ? Je trouve ça plus facile à gérer, pas toi ?

Matthew tourna les yeux vers lui, toujours muet.

— OK, allons droit au but. Commençons par Katy et toi, d'accord ? Voici comment je vois l'affaire : tu es malheureux, tu vois quelqu'un qui te rappelle des temps plus gais et soudain le monde te semble plus agréable, à tel point que tu t'y raccroches, tu veux que revienne cette époque de bonheur. Sauf que ce bonheur, il est faux, tu piges, Matthew ? C'est celui dont tu te souviens d'avant. Le bonheur des premières amours, des premières expériences sexuelles, des premiers tout. Les moments les plus excitants de ta vie. Tu ne peux pas retrouver ça, Matthew. Pas même si tu renouais avec la personne avec qui tu partageais tout ça. Ça ne fonctionne pas de cette manière, voilà. Avant que tu t'en rendes compte, vous cessez de parler de ta musique préférée, de la raison pour laquelle vous détestez vos parents et de quelle sortie d'autoroute vous allez prendre pour vous rouler des pelles ; et vous commencez à vous disputer sur les toilettes mal nettoyées et à vous demander pourquoi vous ne faites plus l'amour. Tu ne peux pas aimer Katy, parce que tu ne la connais pas, en fait. Celle que tu connais, c'est la Katy adolescente, pas la Katy qui approche la quarantaine. Au passage, s'il te plaît, ne va pas lui répéter que j'ai dit qu'elle approchait la quarantaine. Elle me tuerait.

Daniel entendit un reniflement derrière lui.

— Si je me retourne et que je vous trouve encore là, j'appelle l'infirmière chef, cria-t-il.

Quelques murmures s'ensuivirent, puis le glissement de semelles souples qui s'éloignaient sur le lino.

— Où en étais-je ? Oui, donc tu chassais un faux bonheur quand tu aurais dû te concentrer sur la raison de ton mal-être. Alison et toi, vous êtes mariés, Matthew. À un moment donné, tu l'as aimée à un point tel que tu étais d'accord pour mettre de côté toutes les autres pour le bonheur d'être avec elle. C'est énorme. Plus qu'énorme. Tu dois retrouver cet état-là avec Alison. Ça n'a pas pu disparaître complètement. Tu peux y arriver, Matthew, je le sais, et ce sera encore mieux cette fois, car vous aurez deux enfants avec qui partager ça. Deux enfants à vous, à aimer ensemble. Et avant que tu ne m'interrompes, je sais que Katy va peut-être accoucher de ton enfant, mais réfléchis : il est forcément préférable que tes jumeaux aient deux parents pour les aimer et que l'enfant de Katy jouisse du même bonheur, plutôt que de gâcher tout ça et, sans doute, de perturber complètement leur vie par la même occasion.

Daniel se rassit sur son siège, absolument vidé. Il ne pouvait pas dire un mot de plus.

Matthew leva les yeux sur lui. Et Daniel attendit que s'exprime enfin sa gratitude, montrant ainsi qu'il venait de comprendre à quel visionnaire il avait affaire, à savoir le plus grand qu'il ait jamais rencontré.

— Daniel.

— Oui, répondit-il, plein d'espoir.

— Tu veux bien aller te faire foutre maintenant ?

Daniel leva les mains en signe de défaite.

— Je ne peux pas en faire davantage.

— Merci, marmonna Matthew.

Avec une tape sur l'épaule, Daniel disparut pour aller se perdre à nouveau dans le dédale des couloirs de l'hôpital.

Longtemps, très longtemps, Matthew resta immobile, les yeux rivés à la fissure dans le mur en face de sa chaise. Des chariots chargés de repas roulèrent devant lui, des serpillières s'agitèrent tout autour et un million de paires de chaussures anonymes passèrent dans un sens et dans l'autre sans interrompre le cours de ses pensées.

Au bout d'une heure environ, ce furent les bips de son téléphone qui finirent par l'en tirer.

C'était un SMS d'Alison lui demandant ce qu'il faisait.

Il prit une longue inspiration, se leva et s'engagea dans le couloir qui conduisait à sa chambre.

Quand il entra, elle lui tournait le dos et il crut qu'elle dormait. Sur la pointe des pieds, il contourna le lit.

Alison pleurait en silence.

Il s'assit sur le siège près du lit.

— Tu es là ?

— Pourquoi pleures-tu ?

— J'ai peur, Matthew, admit-elle d'une toute petite voix. Et si je n'y arrive pas ? Et si je ne suis pas à la hauteur ?

— Tu vas y arriver, Alison. Jamais tu ne les décevras. C'est plutôt moi qui risque de faire ça.

— Ne sois pas bête. Tu seras là quand ils auront besoin de toi.

— J'espère.

En bougeant sur son fauteuil, il sentit quelque chose s'enfoncer dans son flanc. Plongeant la main dans sa poche, il en tira l'exemplaire de *L'Accouchement sans peur*.

— Tu veux que je t'en lise quelques passages ? proposa-t-il.

— Non. Je n'ai pas besoin de livres, là, Matthew. J'ai juste besoin de toi.

— Vraiment ?

— Vraiment.

Chapitre 25

— Elle est merveilleuse, commenta Ben pour la centième fois en contemplant le petit être qu'il tenait dans ses bras, emmailloté dans une couverture.

Katy était allongée sur ses oreillers, à bout de forces et débordante de bonheur. La journée s'était terminée bien différemment de ce qu'elle avait redouté. Le meilleur moment ayant été le visage de Ben quand il s'était aventuré près de la balance afin de voir de plus près le bébé qui venait d'être nettoyé. Il s'était alors retourné vers elle, avec aux lèvres le plus grand sourire de la Terre.

— Elle est rousse ! Elle est rousse ! lui avait-il crié, les pouces levés.

Ben tendit la toute petite fille à Katy pour un câlin.

— Merci, lui dit-elle. D'être là.

— Eh bien, ça a été hyper juste. Braindead et moi, on était à Edinburgh.

— Quand ?

— Hier soir.

— Hier soir ? Qu'est-ce que tu faisais là-bas hier soir ?

— Tu sais, Katy, quand je suis parti de chez toi, je ne savais plus quoi faire de moi. J'avais la tête qui tournait à toute allure, alors je suis allé au pub, bien sûr, et Braindead était là en pause-déjeuner. Bref, Rick a appelé sur mon portable en demandant à quelle heure on partait pour Edinburgh, vendredi, pour son enterrement de vie de garçon. Comme moi je n'étais pas en état de réfléchir de façon cohérente, Braindead a pris l'appareil et répondu à Rick qu'on se mettait en route illico presto. Sur le coup, ça nous a paru une idée extra, on est sortis du pub et on est allés direct à la gare, où on a pris le train pour Edinburgh. Sans bagages ni rien. Une fois sur place, on s'est installés dans le premier pub qu'on a trouvé et tout ce que je me rappelle, c'est qu'à un moment donné Braindead a répondu à son portable et n'arrêtait pas de déblatérer avec Daniel.

— Daniel ? Daniel a appelé Braindead ? C'était à quelle heure, ça ?

— Aucune idée. Vers 23 heures je dirais.

— Mais il était avec moi.

— Ben, je ne sais pas, mais il a réussi à établir une bonne vieille audioconférence, parce que Braindead n'arrêtait pas de répéter les mêmes trucs. Daniel essayait de le convaincre de me convaincre de rentrer. Honnêtement, si le sujet n'avait pas été aussi sérieux, entendre Braindead parler comme Daniel, ça aurait été carrément hilarant. Avec plein de mots compliqués et tout.

— Et ils disaient quoi, en substance ? Qu'est-ce qui t'a fait revenir ? demanda timidement Katy.

Ben hésita un moment.

— Ils m'ont montré que je devrais considérer que ce bébé pourrait être de moi, et pas le contraire, et me demander ce que je ferais s'il devenait le meilleur buteur de l'équipe d'Angleterre et que je devais avouer à ce pauvre gamin que je n'étais même pas présent le jour de sa naissance.

— C'est donc le foot qui t'a fait revenir ? l'interrogea Katy, dont le bonheur commençait à retomber un peu.

— Non, Katy, non. Ça a juste été la goutte d'eau qui a fait déborder le vase, en quelque sorte. Mais pour être parfaitement honnête, même dans le train du retour, je n'étais toujours pas sûr de moi. Et puis Daniel m'attendait devant l'hôpital, et avec une infirmière ils m'ont demandé de me poser la seule question véritablement importante.

— Quoi, la question : « Est-ce qu'elle m'aime vraiment ? »

— Non, la question : « Est-ce que je l'aime vraiment ? »

— Et ?

— Et la réponse était oui, bien sûr.

— C'est vrai ? Vraiment vrai ?

— Mais oui, oui, évidemment ! Je sais que je ne te l'ai jamais dit, mais tu sais, ce n'est pas mon style.

Alors il lui prit la main et plongea droit dans ses yeux.

— Je t'aime, je t'ai toujours aimée.

— Je t'aime aussi, tu sais.

— Ne te sens pas obligée de répondre ça parce que je te l'ai dit.

— Non, c'est vrai. Je t'aime vraiment et j'accepte de t'épouser, enfin si l'offre tient toujours.

— Bien sûr qu'elle tient toujours. Mais j'ai une condition.

— Laquelle ? demanda-t-elle, craignant le pire.

— Qu'on ne devienne jamais l'un de ces couples mariés ennuyeux. Tu sais, du genre qui sont assis au restaurant, ne se parlent pas et ne font sans doute jamais l'amour.

— Je te le promets, affirma-t-elle, bien persuadée que la vie avec Ben ne serait jamais ennuyeuse. Et je vais même te dire un truc : on fera aussi l'amour le mardi.

Remerciements

Ce livre m'a été inspiré par deux rencontres. La première, une conversation du bout de la nuit, dans une discothèque, avec un homme qui m'a raconté sa sortie précipitée de la salle de travail où accouchait sa femme. La seconde, c'étaient les paroles de présentation sidérantes d'une femme enceinte lors de notre premier cours prénatal. Calmement, elle nous a présenté son amie, nous informant qu'elles n'étaient pas lesbiennes, mais que cette personne l'accompagnait car son mari l'avait quittée cinq semaines plus tôt. Ce livre ne reflète en rien leur histoire, mais ces deux rencontres m'ont fait comprendre le potentiel tragique – et comique – de la maternité.

Je dois aussi mentionner tous les gens que je connais et dont je n'ai pas oublié les bons mots lancés au hasard, qui m'ont fourni certaines répliques amusantes de ce livre. Mention spéciale à Steve et Andrea pour certains temps forts en termes de drôlerie. Vous vous reconnaîtrez. Ainsi qu'à Tony, qui pense honnêtement que PERSONNE NE FAIT L'AMOUR LE MARDI. Je le remercie du fond du

cœur d'avoir découvert cette vérité et de l'avoir partagée avec moi.
Je souhaite aussi remercier mon agente, Araminta Whitley, qui croit en moi et me donne la confiance nécessaire pour continuer à viser haut.
Je voudrais aussi mentionner Joanna Swainson et Madeleine Milburn, qui les premières ont repéré le potentiel de ce roman et en ont vendu les droits à plusieurs éditeurs internationaux. Vous m'avez mise sur la voie, alors merci.
Chris, Lee, Lucy et Guy, de *The One Off*, qui se sont mis en quatre pour dessiner la couverture de ce livre et réussir à prendre une photo de moi que j'aime bien. Des faiseurs de miracles. Merci.
Enfin, je voudrais remercier ma famille. Des réassureurs de premier choix qui m'ont appris que l'humour est toujours la réponse. Jim, June, Andrew et Helen, vous me faites toujours rire.
Et pour terminer en beauté, Minette. J'espère que tu ne m'en voudras pas d'avoir encore une fois emprunté ton prénom.

Achevé d'imprimer en janvier 2018
Par CPI France
N° d'impression : 3026864
Dépôt légal : février 2018
Imprimé en France
81123223-1